西遊記

冊三

吴承恩 著

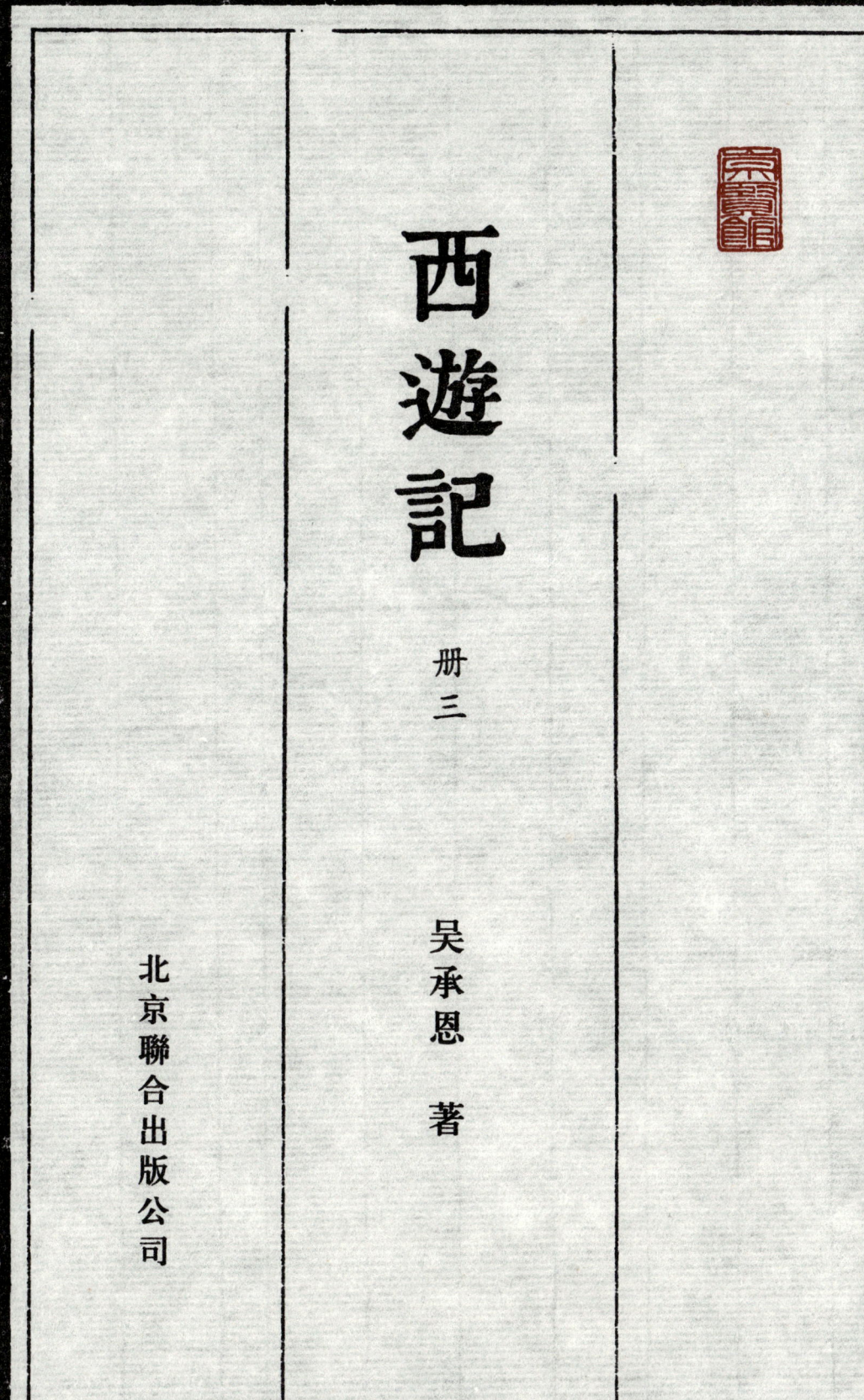

北京聯合出版公司

第三十四回 魔王巧算困心猿 大聖騰那騙寶貝

却説那兩個小妖，將假葫蘆拿在手中，争看一會，忽抬頭不見了行者。伶俐蟲道：『哥啊，神仙也會打誑語。他説換了寶貝，度我等成仙，怎麽不辭就去了？』精細鬼道：『我們相應便宜的多哩，他敢去得成？拿過葫蘆來，等我裝裝天，也試演試演看。』真個把葫蘆往上一抛，撲的就落將下來。慌得個伶俐蟲道：『怎麽不裝！不裝！莫是孫行者假變神仙，將假葫蘆換了我們的真的去耶？』精細鬼道：『不要胡説！孫行者是那三座山壓住了，怎生得出？拿過來，等我念他那幾句咒兒裝了看。』這怪也把葫蘆兒望空丢起，口中念道：『若有半聲不肯，就上靈霄殿上，動起刀兵！』念不了，撲的又落將下來。兩妖道：『不裝！不裝！一定是個假的！』

正嚷處，孫大聖在半空裏聽得明白，看得真實，恐怕他弄得時辰多了，緊要處走了風汛，將身一抖，把那變葫蘆的毫毛，收上身來，弄得那兩妖四手皆空。精細鬼道：『兄弟，拿葫蘆來。』伶俐蟲道：『你拿着的。——天呀！怎麽不見了？』都去地下亂摸，草裏胡尋，吞袖子，揣腰間，那裏得有？二妖唬得呆呆掙掙道：『怎的好！怎的好！當時大王將寶貝付與我們，教拿孫行者；今行者既不曾拿得，連寶貝都不見了。我們怎敢去回話？這一頓直直的打死了也！怎的好！怎的好！』伶俐蟲道：『我們走了罷。』精細鬼道：『往那裏走麽？』伶俐蟲道：『不管那裏走罷。若回去説没寶貝，斷然是送命了。』精細鬼道：『不要走，還回去。二大王平日看你甚好，我推一句兒在你身上。他若肯將就，留得性命，説不過，就打死，還在此間。莫弄得兩頭不着。去來！去來！』那怪商議了，轉步回山。

行者在半空中見他回去，又摇身一變，變作蒼蠅兒。飛下去，跟着小妖。你道他既變了蒼蠅，那寶貝却放在何處？如丢在路上，藏在草裏，被人看見拿去，却不是勞而無功？他還帶在身上。帶在身上啊，蒼蠅不過豆粒大小，如何容得？原來他那寶貝，與他金箍棒相同，叫做如意佛寶，隨身變化，可以大，可以小，故身上亦可容得。他嚶的一聲飛下去，跟定那怪。不一時，到了洞裏。

衹見那兩個魔頭，坐在那裏飲酒。小妖朝上跪下。行者就釘在那門櫃上，側耳聽着。小妖道：『大王。』二老魔即停杯道：『你們來了？』小妖道：『來了。』又問：『拿着孫行者否？』小妖叩頭，不敢聲言。老魔又問，又不敢應，只是叩頭。問之再三，小妖俯伏在地：『赦小的萬千死罪！赦小的萬千死罪！我等執着寶貝，走到半山之中，忽遇着蓬萊山一個神仙。他問我們那裏去，我們答道，拿孫行者去。那神仙聽見説孫行者，他也惱他，要與我們幫功。是我們不曾叫他幫功，却將拿寶貝裝人的情由，與他説了。那神仙也有個葫蘆，善能裝天。我們也是妄想之心，養家之意：他的裝天，我的裝人，與他换了罷。原説葫蘆换葫蘆，伶俐蟲又貼他個净瓶。誰想他仙家之物，近不得凡人之手。正試演處，就連人都不見了。萬望饒小的們死罪！』老魔聽説，暴躁如雷道：『罷了！罷了！這就是孫行者假妝神仙騙哄去了！那猴頭神通廣大，處處人熟，不知那個毛神，放他出來，騙去寶貝！』

二魔道：『兄長息怒。叵耐那猴頭着然無禮。既有手段，便走了也罷，怎麽又騙寶貝？我若没本事拿他，永不在西方路上爲怪！』老魔道：『怎生拿他？』二魔道：『我們有五件寶貝，去了兩件，還有三件，務要拿住他。』老魔道：『還有那三件？』二魔道：『還有「七星劍」與「芭蕉扇」在我身邊；那一條「幌金繩」，在壓龍山壓龍洞老母親那裏收着哩。如今差兩個小妖去請母親來吃唐僧肉，就教他帶幌金繩來拿孫行者。』老魔道：『差那個去？』二魔道：『不差這樣廢物去！』將精細鬼、伶俐蟲一聲喝起。二人道：『造化！造化！打也不曾打，罵也不曾罵，却就饒了。』二魔道：『叫那常隨的伴當巴山虎、倚海龍來。』二人跪下。二魔吩咐道：『你却要小心。』俱應道：『小心。』——『却要仔細。』俱應道：『仔細。』又問道：『你認得老奶奶家麽？』又俱應道：『認得。』——『你既認得，你快早走動，到老奶奶處，多多拜上，説請吃唐僧肉哩；就着帶幌金繩來，要拿孫行者。』

二怪領命疾走，怎知那行者在旁，一一聽得明白。他展開翅，飛將去，趕上巴山虎，釘在他身上。行經二三

里，就要打殺他兩個；又思道：『打死他，有何難事？但他奶奶身邊有那幌金繩，又不知住在何處。等我且問他一問再打。』好行者，嘤的一聲，躲離小妖，讓他先行有百十步，却又搖身一變，也變做個小妖兒，戴一頂狐皮帽子，將虎皮裙子倒插上來勒住，趕上道：『走路的，等我一等。』那倚海龍回頭問道：『是那裏來的？』行者道：『好哥啊，連自家人也認不得？』小妖道：『我家没有你。』行者道：『怎麽没我？你再認認看。』小妖道：『面生，面生，不曾相會。』行者道：『正是。你們不曾會着我，我是外班的。』小妖道：『外班長官，是不曾會。你往那裏去？』行者道：『大王説差你二位請老奶奶來吃唐僧肉，教他就帶幌金繩來，拿孫行者。恐你二位走得緩，有些貪頑，誤了正事，又差我來催你們快去。』小妖見説着海底眼，更不疑惑，把行者果認做一家人。急急忙忙，往前飛跑。一氣又跑有八九里。行者道：『忒走快了些。我們離家有多少路了？』小怪道：『有十五六里了。』行者道：『還有多遠？』倚海龍用手一指道：『烏林子裏就是。』行者抬頭見一帶黑林不遠，料得那老怪衹在林子裏外。却立定步，讓那小怪前走，即取出鐵棒，走上前，着脚後一刮，可憐忒不禁打，就把兩個小妖刮做一團肉餅。却拖着脚，藏在路旁深草科裏。即便拔下一根毫毛，吹口仙氣，叫『變！』變做個巴山虎，自身却變做個倚海龍。假妝做兩個小妖，徑往那壓龍洞請老奶奶。這叫做七十二變神通大，指物騰那手段高。

三五步，跳到林子裏，正找尋處，衹見有兩扇石門，半開半掩，不敢擅入。只得洋叫一聲：『開門！開門！』早驚動那把門的一個女怪，將那半扇兒開了，道：『你是那裏來的？』行者道：『我是平頂山蓮花洞裏差來請老奶奶的。』那女怪道：『進去。』到了二層門下，閃着頭，往裏觀看，又見那正當中高坐着一個老媽媽兒。你道他怎生模樣？但見：

雪鬢蓬松，星光晃亮。臉皮紅潤皺紋多，牙齒稀疏神氣壯。貌似菊殘霜裏色，形如松老雨餘顔。頭纏白練攢絲帕，耳墜黄金嵌金環。

孫大聖見了，不敢進去，衹在二門外仵着臉，脱脱的哭起來，——你道他哭怎的，莫成是怕他？就怕也便不哭。況先哄了他的寶貝，又打殺他的小妖，却爲何而哭？他當時曾下九鼎油鍋，就炸了七八日也不曾有一點泪兒。衹爲想起唐僧取經的苦惱，他就泪出痛腸，放眼便哭。——心却想道：『老孫既顯手段，變做小妖，來請這老怪，没有個直直的站了説話之理，一定見他磕頭才是。我爲人做了一場好漢，止拜了三個人：西天拜佛祖，南海拜觀音，兩界山師父救了我，我拜了他四拜。爲他使碎六葉連肝肺，用盡三毛七孔心。一卷經能值幾何？今日却教我去拜此怪。若不跪拜，必定走了風汛。——苦啊！算來衹爲師父受困，故使我受辱于人！』到此際也没及奈何，撞將進去，朝上跪下道：『奶奶磕頭。』

那怪道：『我兒，起來。』行者暗道：『好！好！好！叫得結實！』老怪問道：『你是那裏來的？』行者道：『平頂山蓮花洞，蒙二位大王有令，差來請奶奶去吃唐僧肉，教帶幌金繩，要拿孫行者哩。』老怪大喜道：『好孝順的兒子！』就去叫抬出轎來。行者道：『我的兒啊！妖精也抬轎！』後壁厢即有兩個女怪，抬出一頂香藤轎，放在門外，挂上青絹緯幔。老怪起身出洞，坐在轎裏。後有幾個小女怪，捧着减妝，端着鏡架，提着手巾，托着香盒，跟隨左右。那老怪道：『你們來怎的？我往自家兒子去處，愁那裏没人伏侍，要你們去獻勤塌嘴？都回去！關了門看家！』那幾個小妖果俱回去，止有兩個抬轎的。老怪問道：『那差來的叫做甚麽名字？』行者連忙答應道：『他叫做巴山虎，我叫做倚海龍。』老怪道：『你兩個前走，與我開路。』行者暗想道：『可是晦氣！經倒不曾取得，且來替他做皂隸！』却又不敢抵强，只得向前引路，大四聲喝起。

行了五六里遠近，他就坐在石崖上。等候那抬轎的到了，行者道：『略歇歇如何？壓得肩頭疼啊。』小怪那知甚麽訣竅，就把轎子歇下。行者在轎後，胸脯上拔下一根毫毛，變做一個大燒餅，抱着啃。轎夫道：『長官，你吃的是甚麽？』行者道：『不好説。這遠的路，來請奶奶，没些兒賞賜，肚裏飢了，原帶來的乾糧，等我吃些兒

再走。」轎夫道：「把些兒我們吃吃。」行者笑道：「來麽，都是一家人，怎麽計較？」那小妖不知好歹，圍住行者，分其乾糧，被行者掣出棒，着頭一磨，一個蕩着的，打得稀爛；一個擦着的，不死還哼。那老怪聽得人哼，轎子裏伸出頭來看時，被行者跳到轎前，劈頭一棍，打了個窟窿，腦漿迸流，鮮血直冒。拖出轎來看處，原是個九尾狐狸。行者笑道：「造孽畜！叫甚麽老奶奶！你叫老奶奶，就該稱老孫做上太祖公公是！」好猴王，把他那幌金繩搜出來，籠在袖裏，歡喜道：「那潑魔縱有手段，已此三件兒寶貝姓孫了！」却又拔兩根毫毛變做個巴山虎、倚海龍，又拔兩根變做兩個抬轎的，他却變做老奶奶模樣，坐在轎裏。將轎子抬起，徑回本路。

不多時，到了蓮花洞口，那毫毛變的小妖，俱在前道：「開門！開門！」內有把門的小妖，開了門道：「巴山虎、倚海龍來了？」毫毛道：「來了。」「你們請的奶奶呢？」毫毛用手指道：「那轎內的不是？」小怪道：「你且住，等我進去先報。」報道：「大王，奶奶來耶。」兩個魔頭聞說，即命排香案來接。行者聽得，暗喜道：「造化！也輪到我爲人了！我先變小妖，去請老怪，磕了他一個頭；這番來，我變老怪，是他母親，定行四拜之禮。雖不怎的，好道也賺他兩個頭兒！」好大聖，下了轎子，抖抖衣服，把那四根毫毛收在身上。那把門的小妖，把空轎抬入門裏。他却隨後徐行。那般嬌嬌啻啻，扭扭捏捏，就像那老怪的行動，徑自進去。又祇見大小群妖，都來跪接。鼓樂簫韶，一派響亮；博山爐裏，靄靄香烟。他到正廳中，南面坐下。兩個魔頭，雙膝跪倒，朝上叩頭，叫道：「母親，孩兒拜揖。」行者道：「我兒起來。」

却說猪八戒吊在梁上，哈哈的笑了一聲。沙僧道：「二哥，好啊！吊出笑來也！」八戒道：「兄弟，我笑中有故。」沙僧道：「甚故？」八戒道：「我們只怕是奶奶來了，就要蒸吃；原來不是奶奶，是舊話來了。」沙僧道：「甚麽舊話？」八戒笑道：「弼馬温來了。」沙僧道：「你怎麽認得是他？」八戒道：「彎倒腰，叫『我兒起來』，那後面就掬起猴尾巴子。我比你吊得高，所以看得明也。」沙僧道：「且不要言語，聽他說甚麽話。」八戒道：「正是，正是。」

那孫大聖坐在中間，問道：「我兒，請我來有何事幹？」魔頭道：「母親啊，連日兒等少禮，不曾孝順得。今早愚兄弟拿得東土唐僧，不敢擅吃，請母親來獻獻生，好蒸與母親吃了延壽。」行者道：「我兒，唐僧的肉，我倒不吃；聽見有個猪八戒的耳朵甚好，可割將下來整治整治我下酒。」那八戒聽見慌了道：「遭瘟的！你來爲割我耳朵的！我喊出來不好聽啊！」

噫！祇爲呆子一句通情話，走了猴王變化的風。那裏有幾個巡山的小怪，把門的衆妖，都撞將進來，報道：「大王，禍事了！孫行者打殺奶奶，他妝來耶！」魔頭聞此言，那容分說，掣七星寶劍，望行者劈面砍來。好大聖，將身一幌，祇見滿洞紅光，預先走了。似這般手段，着實好耍子。正是那聚則成形，散則成氣。唬得個老魔頭魂飛魄散，衆群精噬指搖頭。老魔道：「兄弟，把唐僧與沙僧、八戒、白馬、行李都送還那孫行者，閉了是非之門罷。」二魔道：「哥哥，你說那裏話？我不知費了多少辛勤，施這計策，將那和尚都攝將來；如今似你這等怕懼孫行者的詭譎，就俱送去還他，真所謂畏刀避劍之人，豈大丈夫之所爲也？你且請坐勿懼。我聞你說孫行者神通廣大，我雖與他相會一場，却不曾與他比試。取披挂來，等我尋他交戰三合。假若他三合勝我不過，唐僧還是我們之食；如三戰我不能勝他，那時再送唐僧與他未遲。」老魔道：「賢弟說得是。」教：「取披挂。」

衆妖抬出披挂，二魔結束齊整，執寶劍，出門外，叫聲「孫行者！你往那裏走了？」此時大聖已在雲端裏，聞得叫他名字，急回頭觀看。原來是那二魔。你看他怎生打扮：

頭戴鳳盔欺臘雪，身披戰甲幌鑌鐵。腰間帶是蟒龍筋，粉皮靴梅花摺。顔如灌口活真君，貌比巨靈無二别。七星寶劍手中擎，怒氣衝霄威烈烈。

二魔高叫道：「孫行者！快還我寶貝與我母親來，我饒你唐僧取經去！」大聖忍不住罵道：「這潑怪物，錯

認了你孫外公！趕早兒送還我師父、師弟、白馬、行囊，仍打發我些盤纏，往西走路。若牙縫裏道半個「不」字，就自家搓根繩兒去罷，也免得你外公動手。」二魔聞言，急縱雲，跳在空中，輪寶劍來刺。行者掣鐵棒劈面相迎。他兩個在半空中，這場好殺：

棋逢對手，將遇良才。棋逢對手難藏興，將遇良才可用功。那兩員神將相交，好便似南山虎鬥，北海龍爭。龍爭處，鱗甲生輝；虎鬥時，爪牙亂落。爪牙亂落撒銀鈎，鱗甲生輝支鐵葉。這一個翻翻復復，有千般解數；那一個來來往往，無半點放閑。金箍棒，離頂門祇隔三分；七星劍，向心窩惟爭一蹍。那個威風逼得斗牛寒，這個怒氣勝如雷電險。

他兩個戰了有三十回合，不分勝負。

行者暗喜道：「這潑怪倒也架得住老孫的鐵棒！我已得了他三件寶貝，却這般苦苦的與他厮殺，可不誤了我的工夫？不若拿葫蘆或净瓶裝他去，多少是好。」又想道：「不好！不好！常言道：『物隨主便。』倘若我叫他不答應，却又不誤了事業？且使幌金繩釦頭罷。」好大聖，一隻手使棒，架住他的寶劍；一隻手把那繩拋起，刷喇的扣了魔頭。原來那魔頭有個《緊繩咒》，有個《鬆繩咒》。若扣住別人，就念《緊繩咒》，莫能得脫；若扣住自家人，就念《鬆繩咒》，不得傷身。他認得是自家的寶貝，即念《鬆繩咒》，把繩鬆動，便脫出來。反望行者拋將去，却早扣住了大聖。大聖正要使「瘦身法」，想要脱身，却被那魔頭念動《緊繩咒》，緊緊扣住，怎能得脱？褪至頸項之下，原是一個金圈子套住。那怪將繩一扯，扯將下來，照光頭上砍了七八寶劍，行者頭皮兒也不曾紅了一紅。那魔道：「這猴子，你這等頭硬，我不砍你，且帶你回去，再打你。將我那兩件寶貝趁早還我！」行者道：「我拿你甚麼寶貝，你問我要？」那魔頭將身上細細搜檢，却將那葫蘆、净瓶都搜出來，又把繩子牽着，帶至洞裏道：「兄長，拿將來了。」老魔道：「拿了誰來？」二魔道：「孫行者。你來看，你來看。」老魔一見，認得是行者，滿面歡喜道：「是他！是他！把他長長的繩兒拴在柱科上耍子！」真個把行者拴住，兩個魔頭，却進後面堂裏飲酒。

那大聖在柱根下爬蹉，忽驚動八戒。那呆子吊在梁上，哈哈的笑道：「哥哥啊，耳朵吃不成了！」行者道：「呆子！可吊得自在麼？我如今就出去，管情救了你們。」八戒道：「不羞！不羞！本身難脫，還想救人，罷！罷！罷！師徒們都在一處死了，好到陰司裏問路！」行者道：「不要胡說！你看我出去。」八戒道：「我看你怎麼出去。」那大聖口裏與八戒說話，眼裏却抹着那些妖魔。見他在裏邊吃酒，有幾個小妖拿盤拿盞，執壺釃酒，不住的兩頭亂跑，關防的略鬆了些兒。他見面前無人，就弄神通：順出棒來，吹口仙氣，叫「變！」即變做一個純鋼的銼兒，扳過那頸項的圈子，三五銼，銼做兩段；扳開銼口，脱將出來，拔了一根毫毛，叫變做一個假身，拴在那裏，真身却幌一幌，變做個小妖，立在旁邊。八戒又在梁上喊道：「不好了！不好了！拴的是假貨，吊的是正身！」老魔停杯便問：「那猪八戒吆喝的是甚麼？」行者已變做小妖，上前道：「猪八戒攛道孫行者教變化走了罷，他不肯走，在那裏吆喝哩。」二魔道：「還説猪八戒老實！原來這等不老實！該打二十多嘴棍！」

這行者就去拿條棍來打。八戒道：「你打輕些兒，若重了些兒，我又喊起。我認得你！」行者道：「老孫變化，也祇爲你們。你怎麼倒走了風息？這一洞裏妖精，都認不得，怎的偏你認得？」八戒道：「你雖變了頭臉，還不曾變得屁股。那屁股上兩塊紅不是？我因此認得是你。」行者隨往後面，演到厨中，鍋底上摸了一把，將兩臀擦黑，行至前邊。八戒看見，又笑道：「那個猴子去那裏混了這一會，弄做個黑屁股來了。」

行者仍站在跟前，要偷他寶貝。真個甚有見識：走上廳，對那怪扯個腿子道：「大王，你看那孫行者拴在柱上，左右爬蹉，磨壞那根金繩，得一根粗壯些的繩子换將下來才好。」老魔道：「說得是。」即將腰間的獅蠻帶解下，遞與行者。行者接了帶，把假妝的行者拴住。换下那條繩子，一窩兒窩兒籠在袖內；又拔一根毫毛，吹口仙氣，變作一根假幌金繩，雙手送與那怪。那怪祇因貪酒，那曾細看，就便收下。這個是大聖騰那弄本事，毫毛又换幌金繩。

得了這件寶貝，急轉身跳出門外，現了原身。高叫：「妖怪！」那把門的小妖問道：「你是甚人，在此呼喝？」行者道：「你快早進去報與你那潑魔，説者行孫來了。」那小妖如言報告。老魔大驚道：「拿住孫行者，又怎麽有個者行孫？」二魔道：「哥哥，怕他怎的？寶貝都在我手裏，等我拿那葫蘆出去，把他裝將來。」老魔道：「兄弟仔細。」二魔拿了葫蘆，走出山門，忽看見與孫行者模樣一般，只是略矮些兒。問道：「你是那裏來的？」行者道：「我是孫行者的兄弟。聞説你拿了我家兄，却來與你尋事的。」二魔道：「是我拿了，鎖在洞中。你今既來，必要索戰；我也不與你交兵，我且叫你一聲，你敢應我麽？」行者道：「可怕你叫上千聲，我就答應你萬聲！」那魔執了寶貝，跳在空中，把底兒朝天，口兒朝地，叫聲「者行孫。」行者却不敢答應，心中暗想道：「若是應了，就裝進去哩。」那魔道：「你怎麽不應我？」行者道：「我有些耳閉，不曾聽見。你高叫。」那怪物又叫聲「者行孫」。行者在底下掐着指頭算了一算，道：「我真名字叫做孫行者，起的鬼名字叫做者行孫。真名字可以裝得，鬼名字好道裝不得。」却就忍不住，應了他一聲。颼的被他吸進葫蘆去，貼上帖兒。原來那寶貝，那管甚麽名字真假，但綽個應的氣兒，就裝了去也。

大聖到他葫蘆裏，渾然烏黑。把頭往上一頂，那裏頂得動，且是塞得甚緊，却纔心中焦躁道：「當時我在山上，遇着那兩個小妖，他曾告誦我説：不拘葫蘆、净瓶，把人裝在裏面，祇消一時三刻，就化爲膿了，敢莫化了我麽？」一條心又想着道：「没事！化不得我！老孫五百年前大鬧天宫，被太上老君放在八卦爐中煉了四十九日，煉成個金子心肝，銀子肺腑，銅頭鐵背，火眼金睛，那裏一時三刻就化得我？且跟他進去，看他怎的。」

二魔拿入面裏道：「哥哥，拿來了。」老魔道：「拿了誰？」二魔道：「者行孫是我裝在葫蘆裏也。」老魔歡喜道：「賢弟，請坐。不要動，祇等摇得響再揭帖兒。」行者聽得道：「我這般一個身子，怎麽便摇得響？祇除化成稀汁，才摇得響是。等我撒泡溺罷，他若摇得響時，一定揭帖起蓋，我乘空走他娘罷！」又思道，「不好！不好！溺雖可

響，只是污了這直裰。等他搖時，我但聚些唾津漱口，稀漓呼喇的，哄他揭開，老孫再走罷。」大聖作了準備，那怪貪酒不搖。大聖作個法，意思只是哄他來搖，忽然叫道：「天呀！孤拐都化了！」那魔也不搖。大聖又叫道：「娘啊！連腰截骨都化了！」老魔道：「化至腰時，都化盡矣。揭起帖兒看看。」

那大聖聞言，就拔了一根毫毛，叫「變！」變作個半截的身子，在葫蘆底上。真身却變做個蟭蟟蟲兒，釘在那葫蘆口邊。衹見那二魔揭起帖子看時，大聖早已飛出。打個滾，又變做個倚海龍。倚海龍却是原去請老奶奶的那個小妖。他變了，站在旁邊。那老魔扳着葫蘆口，張了一張，見是個半截身子動耽，他也不認真假，慌忙叫：「兄弟，蓋上！蓋上！還不曾化得了哩！」二魔依舊貼上。大聖在旁暗笑道：「不知老孫已在此矣！」

那老魔拿了壺，滿滿的斟了一杯酒，近前雙手遞與二魔道：「賢弟，我與你遞個鍾兒。」二魔道：「兄長，我們已吃了這半會酒，又遞甚鍾？」老魔道：「你拿住唐僧、八戒、沙僧猶可，又索了孫行者，裝了者行孫，如此功勞，該與你多遞幾鍾。」二魔見哥哥恭敬，怎敢不接，但一隻手托着葫蘆，一隻手不敢去接，却把葫蘆遞與倚海龍，雙手去接杯，不知那倚海龍是孫行者變的。你看他端葫蘆，殷勤奉侍。二魔接酒吃了，也要回奉一杯。老魔道：「不消回酒，我這裏陪你一杯罷。」兩人衹管謙遜。行者頂着葫蘆，眼不轉睛，看他兩個左右傳杯，全無計較，他就把個葫蘆攏入衣袖。拔根毫毛，變個假葫蘆，一樣無二，捧在手中。那魔遞了一會酒，也不看真假，一把接過寶貝。各上席，安然坐下，依然敘飲。孫大聖撤身走過，得了寶貝，心中暗喜道：

「饒這魔頭有手段，畢竟葫蘆還姓孫！」

畢竟不知向後怎樣施爲，方得救師滅怪，且聽下回分解。

總評：

轉轉變化，人以爲奇矣，幻矣，不知人心之變化，實不止此也。人試思之，定當啞然自笑。

第三十五回　外道施威欺正性　心猿獲寶伏邪魔

本性圓明道自通，翻身跳出網羅中。修成變化非容易，煉就長生豈俗同？清濁幾番隨運轉，辟開數劫任西東。逍遥萬億年無計，一點神光永注空。

此詩暗合孫大聖的道妙。他自得了那魔真寶，籠在袖中，喜道：「潑魔苦苦用心拿我，誠所謂水中撈月；老孫若要擒你，就好似火上弄冰。」藏着葫蘆，密密的溜出門外，現了本相，厲聲高叫道：「精怪開門！」旁有小妖道：「你又是甚人，敢來吆喝？」行者道：「快報與你那老潑魔，吾乃行者孫來也。」

那小妖急入裏報道：「大王，門外有個甚麽行者孫來了。」老魔大驚道：「賢弟，不好了！惹動他一窩風了！幌金繩現拴着孫行者，葫蘆裏現裝着者行孫，怎麽又有個甚麽行者孫？想是他幾個兄弟都來了。」二魔道：「兄長放心。我這葫蘆裝下一千人哩。我纔裝了者行孫一個，又怕那甚麽行者孫！等我出去看看，一發裝來。」老魔道：「兄弟仔細。」

你看那二魔拿着個假葫蘆，還像前番，雄糾糾，氣昂昂，走出門高呼道：「你是那裏人氏，敢在此間吆喝？」行者道：「你認不得我？

家居花果山，祖貫水簾洞。衹爲鬧天宮，多時罷爭競。如今幸脱災，棄道從僧用。秉教上雷音，求經歸覺正。相逢野潑魔，却把神通弄。還我大唐僧，上西參佛聖。兩家罷戰爭，各守平安境。休惹老孫焦，傷殘老性命！」

那魔道：「你且過來，我不與你相打，但我叫你一聲，你敢應麽？」行者笑道：「你叫我，我就應了；我若叫你，你可應麽？」那魔道：「我叫你，是我有個寶貝葫蘆，可以裝人，你叫我，却有何物？」行者道：「我也有個葫蘆兒。」那魔道：「既有，拿出來我看。」行者就于袖中取出葫蘆道：「潑魔，你看！」幌一幌，復藏在袖中，恐他來搶。那魔見了大驚道：「他葫蘆是那裏來的？怎麽就與我的一般？……縱是一根藤上結的，也有個大小不同，偏

正不一，却怎麽一般無二？』他便正色叫道：『行者孫，你那葫蘆是那裏來的？』行者委的不知來歷，接過口來，就問他一句道：『你那葫蘆是那裏來的？』那魔不知是個見識，祇道是句老實言語，就將根本從頭説出道：『我這葫蘆是混沌初分，天開地闢，有一位太上老祖，解化女媧之名，煉石補天，普救閻浮世界；補到乾宮夬地，見一座昆侖山脚下，有一縷仙藤，上結着這個紫金紅葫蘆，却便是老君留下到如今。』大聖聞言，就綽了他口氣道：『我的葫蘆，也是那裏來的。』魔頭道：『怎見得？』大聖道：『自清濁初開，天不滿西北，地不滿東南，太上道祖解化女媧，補完天缺，行至昆侖山下，有根仙藤，藤結有兩個葫蘆。我得一個是雄的，你那個却是雌的。』那怪道：『莫説雌雄，但祇裝得人的，就是好寶貝。』大聖道：『你也説得是，我就讓你先裝。』

那怪甚喜，急縱身跳將起去，到空中，執着葫蘆，叫一聲『行者孫。』大聖聽得，却就不歇氣，連應了八九聲，只是不能裝去。那魔墜將下來，跌脚捶胸道：『天哪！祇説世情不改變哩！這樣個寶貝，也怕老公，雌見了雄，就不敢裝了！』行者笑道：『你且收起，輪到老孫該叫你哩。』急縱筋斗，跳起去，將葫蘆底兒朝天，口兒朝地，照定妖魔，叫聲『銀角大王』。那怪不敢閉口，只得應了一聲，倏的裝在裏面，被行者貼上『太上老君急急如律令奉敕』的帖子。心中暗喜道：『我的兒，你今日也來試試新了！』

他就按落雲頭，拿着葫蘆，心心念念，只是要救師父，又往蓮花洞口而來。那山上都是些窪踏不平之路，況他又是個圈盤腿，拐呀拐的走着，摇的那葫蘆裏瀬瀬索索，響聲不絶。你道他怎麽便有響聲？原來孫大聖是熬煉過的身體，急切化他不得；那怪雖也能騰雲駕霧，不過是些法術，大端是凡胎未脱，到于寶貝裏就化了。行者還不當他就化了，笑道：『我兒子啊，不知是撒尿耶，不知是漱口哩。這是老孫幹過的買賣。不等到七八日，化成稀汁，我也不揭蓋來看。——忙怎的？有甚要緊？想着我出來的容易，就該千年不看才好！』他拿着葫蘆，説着話，不覺的到了洞口，把那葫蘆摇摇，一發響了。他道：『這個像發課的筒子響，倒好發課。等老孫發一課，看師父甚麽時才得出門。』你看他手裏不住的摇，口裏不住的念道：『周易文王、孔子聖人、桃花女先生、鬼谷子先生。』

那洞裏小妖看見道：『大王，禍事了！行者孫把二大王爺爺裝在葫蘆裏發課哩！』那老魔聞得此言，唬得魂飛魄散，骨軟筋麻，撲的跌倒在地，放聲大哭道：『賢弟呀！我和你私離上界，轉託塵凡，指望同享榮華，永爲山洞之主；怎知爲這和尚，傷了你的性命，斷吾手足之情！』滿洞群妖，一齊痛哭。

猪八戒吊在梁上，聽得他一家子齊哭，忍不住叫道：『妖精，你且莫哭，等老猪講與你聽。先來的孫行者，次來的者行孫，後來的行者孫，返復三字，都是我師兄一人。他有七十二變化，騰那進來，盗了寶貝，裝了令弟。令弟已是死了，不必這等扛喪，快些兒刷浄鍋竈，辦些香蕈、蘑菇、茶芽、竹笋、豆腐、麪筋、木耳、蔬菜，請我師徒們下來，與你令弟念卷「受生經」。』那老魔聞言，心中大怒道：『祇説猪八戒老實，原來甚不老實！他倒作笑話兒打覷我！』叫：『小妖，『且休舉哀，把猪八戒解下來，蒸得稀爛，等我吃飽了，再去拿孫行者報仇。』沙僧埋怨八戒道：『好麽！我説教你莫多話，多話的要先蒸吃哩！』那呆子也盡有幾分悚懼。旁有一小妖道：『大王，猪八戒不好蒸。』八戒道：『阿彌陀佛！是那位哥哥積陰德的？果是不好蒸。』又有一個妖道：『將他皮剥了，就好蒸。』八戒慌了道：『好蒸！好蒸！皮骨雖然粗糙，湯滾就爛。櫪户！櫪户！』

正嚷處，祇見前門外一個小妖報道：『行者孫又駡上門來了！』那老魔又大驚道：『這厮輕我無人！』叫：『小的們，且把猪八戒照舊吊起，查一查還有幾件寶貝。』管家的小妖道：『洞中還有三件寶貝哩。』老魔問：『是那三件？』管家的道：『還有「七星劍」、「芭蕉扇」與「浄瓶」。』老魔道：『那瓶子不中用：原是叫人，人應了就裝得，轉把個口訣兒教了那孫行者，倒把自家兄弟裝去了。不用他，放在家裏。快將劍與扇子拿來。』那管家的即將兩件寶貝獻與老魔。老魔將芭蕉扇插在後項衣領，把七星劍提在手中，又點起大小群妖，有三百多名，都教一個個拈槍弄棒，理索輪刀。這老魔却頂盔貫甲，罩一領赤焰焰的絲袍。群妖擺出陣去，要拿孫大聖。那孫大聖早

已知二魔化在葫蘆裏面，却將他緊緊拴釦停當，撒在腰間，手持着金箍棒，準備厮殺。衹見那老妖紅旗招展，跳出門來。却怎生打扮？

頭上盔纓光焰焰，腰間帶束彩霞鮮。身穿鎧甲龍鱗砌，上罩紅袍烈火燃。圓眼睁開光掣電，鋼鬚飄起亂飛煙。七星寶劍輕提手，芭蕉扇子半遮肩。行似流雲離海嶽，聲如霹靂震山川。威風凜凜欺天將，怒帥群妖出洞前。

那老魔急令小妖擺開陣勢。罵道：『你這猴子，十分無禮！害我兄弟，傷我手足，着然可恨！』行者罵道：『你這討死的怪物！你一個妖精的性命捨不得，似我師父、師弟、連馬四個生靈，平白的吊在洞裏，我心何忍！情理何甘！快快的送將出來還我，多多貼些盤費，喜喜歡歡打發老孫起身，還饒了你這個老妖的狗命！』那怪那容分說，舉寶劍劈頭就砍。這大聖使鐵棒舉手相迎。這一場在洞門外好殺！咦！

金箍棒與七星劍，對撞霞光如閃電。悠悠冷氣逼人寒，蕩蕩昏雲遮嶺堰。那個皆因手足情，些兒不放善；這個衹爲取經僧，毫厘不容緩。兩家各恨一般仇，二處每懷生怒怨。衹殺得天昏地暗鬼神驚，日淡煙濃龍虎戰。這個咬牙銼玉釘，那個怒目飛金焰。一來一往逞英雄，不住翻騰棒與劍。

這老魔與大聖戰經二十回合，不分勝負。他把那劍梢一指，叫聲『小妖齊來！』那三百餘精，一齊擁上，把行者圍在垓心。好大聖，公然無懼，使一條棒，左衝右撞，後抵前遮。那小妖都有手段，越打越上，一似綿絮纏身，摟腰扯腿，莫肯退後。大聖慌了，即使個身外身法，將左脅下毫毛，拔了一把，嚼碎噴去，喝聲叫『變！』一根根都變做行者。你看他長的使棒，短的輪拳，再小的没處下手，抱着孤拐啃筋，把那小妖都打得星落雲散，齊聲喊道：『大王啊，事不諧矣！難矣乎哉！滿地盈山，皆是孫行者了！』被這身外法把群妖打退，止撤得老魔圍困中間，趕得東奔西走，出路無門。

那魔慌了，將左手擎着寶劍，右手伸于項後，取出芭蕉扇子，望東南丙丁火，正對離宮，唿喇的一扇子，搧

將下來，衹見那就地上，火光焰焰。原來這般寶貝，平白地搧出火來。那怪物着實無情：一連搧了七八扇子，熯天熾地，烈火飛騰。好火：

那火不是天上火，不是爐中火，也不是山頭火，也不是竈底火，乃是五行中自然取出的一點靈光火。這扇也不是凡間常有之物，也不是人工造就之物，乃是自開闢混沌以來産成的珍寶之物。用此扇，搧此火，煌煌燁燁，就如電掣紅綃；灼灼輝輝，却似霞飛絳綺。更無一縷青煙，盡是滿山赤焰。衹燒得嶺上松翻成火樹，崖前柏變作燈籠。那窩中走獸貪性命，西撞東奔；這林内飛禽惜羽毛，高飛遠舉。這場神火飄空燎，衹燒得石爛溪乾遍地紅！

大聖見此惡火，却也心驚膽顫，道聲『不好了！我本身可處，毫毛不濟：一落這火中，豈不真如燎毛之易？』將身一抖，遂將毫毛收上身來。衹將一根變作假身子，避火逃災，他的真身，捻着避火訣，縱筋斗，跳將起去，脱離了大火之中，徑奔他蓮花洞裏，想着要救師父。急到門前，把雲頭按落。又見那洞門外有百十個小妖，都破頭折脚，肉綻皮開。原來都是他分身法打傷了的，都在這裏聲聲唤唤，忍疼而立。大聖見了，按不住惡性兇頑，輪起鐵棒，一路打將進去。可憐把那苦煉人身的功果息，依然是塊舊皮毛！

那大聖打絶了小妖，撞入洞裏，要解師父，又見那内面有火光焰焰，唬得他手慌脚忙道：『罷了！罷了！這火從後門口燒起來，老孫却難救師父也！』正悚懼處，仔細看時，呀！原來不是火光，却是一道金光。他正了性，往裏視之，乃羊脂玉净瓶放光，却自心中歡喜道：『好寶貝耶！這瓶子曾是那小妖拿在山上放光，老孫得了，不想那怪又復搜去；今日藏在這裏，原來也放光。』你看他竊了這瓶子，喜喜歡歡，且不救師父，急抽身往洞外而走。才出門，衹見那妖魔提着寶劍，拿着扇子，從南而來。孫大聖回避不及，被那老魔舉劍劈頭就砍。大聖急縱筋斗雲，跳將起去，無影無踪的逃了不題。

却説那怪到得門口，但見屍橫滿地，——就是他手下的群精，——慌得仰天長嘆，止不住放聲大哭道：『苦哉！

痛哉！」有詩爲證。詩曰：

可恨猿乖馬劣頑，靈胎轉託降塵凡。祇因錯念離天闕，致使忘形落此山。鴻雁失群情切切，妖兵絶族泪潺潺。何時孽滿開怨鎖，返本還原上御關？

那老魔慚惶不已，一步一聲，哭入洞內。祇見那什物傢火俱在，祇落得静悄悄，没個人形，悲切切，愈加凄慘。獨自個坐在洞中，蹋伏在那石案之上，將寶劍斜倚案邊，把扇子插于肩後，昏昏默默睡着了。這正是「人逢喜事精神爽，悶上心來瞌睡多。」

話說孫大聖撥轉筋斗雲，佇立山前，想着要救師父，把那净瓶兒牢釦腰間，徑來洞口打探。見那門開兩扇，静悄悄的不聞消耗，隨即輕輕移步，潛入裏邊。祇見那魔斜倚石案，呼呼睡着，芭蕉扇褪出肩衣，半蓋着腦後，七星劍還斜倚案邊；却被他輕輕的走上前拔了扇子，急回頭，呼的一聲，跑將出去。原來這扇柄兒刮着那怪的頭髮，早驚醒他。抬頭看時，是孫行者偷了，急慌忙執劍來趕。那大聖早已跳出門前，將扇子撒在腰間，雙手輪開鐵棒，與那魔抵敵。這一場好殺：

惱壞潑妖王，怒髮衝冠志。恨不過揭來囫圇吞，難解心頭氣。惡口罵猢猻：「你老大將人戲！傷我若乾生，還來偷寶貝。這場决不容，定見存亡計！」大聖喝妖魔：「你好不知趣！徒弟要與老孫爭，累卵焉能擊石碎？」寶劍來，鐵棒去，兩家更不留仁義。一翻二復賭輸贏，三轉四回施武藝。蓋爲取經僧，靈山參佛位，致令金火不相投，五行撥亂傷和氣，揚威耀武顯神通，走石飛沙弄本事。交鋒漸漸日將晡，魔頭力怯先回避。

那老魔與大聖戰經三四十合，天將晚矣，抵敵不住，敗下陣來，徑往西南上，投奔壓龍洞去不題。

這大聖才按落雲頭，闖入蓮花洞裏，解下唐僧與八戒、沙和尚來。他三人脱得灾危，謝了行者，却問：「妖魔那裏去了？」行者道：「二魔已裝在葫蘆裏，想是這會子已化了；大魔才然一陣戰敗，往西南壓龍山去訖。概洞小妖，被老孫分身法打死一半，還有些敗殘回的，又被老孫殺絶，方纔得入此處，解放你們。」唐僧謝之不盡道：「徒弟啊，多虧你受了勞苦！」行者笑道：「誠然勞苦。你們還只是吊着受疼，我老孫再不曾住脚，比急遞鋪的鋪兵還甚，反復裏外，奔波無已。因是偷了他的寶貝，方能平退妖魔。」猪八戒道：「師兄，你把那葫蘆兒拿出來與我們看看。只怕那二魔已化了也。」大聖先將净瓶解下，又將金繩與扇子取出，然後把葫蘆兒拿在手道：「莫看！莫看！他先曾裝了老孫，被老孫漱口，哄得他揭開蓋子，老孫方得走了。我等切莫揭蓋，只怕他也會弄喧走了。」師徒們喜喜歡歡，將他那洞中的米麪菜蔬尋出，燒刷了鍋竈，安排些素齋吃了。飽餐一頓，安寢洞中，一夜無詞。早又天曉。

却說那老魔徑投壓龍山，會聚了大小女怪，備言打殺母親，裝了兄弟，絶滅妖兵，偷騙寶貝之事。衆女怪一齊大哭。哀痛多時道：「你等且休凄慘。我身邊還有這口七星劍，欲會汝等女兵，都去壓龍山後，會借外家親戚，斷要拿住那孫行者報仇。」説不了，有門外小妖報道：「大王，山後老舅爺帥領若幹兵卒來也。」老魔聞言，急換了縞素孝服，躬身迎接。原來那老舅爺是他母親之弟，名唤狐阿七大王。因聞得哨山的妖兵報道，他姐姐被孫行者打死，假變姐形，盗了外甥寶貝，連日在平頂山拒敵。他却帥本洞妖兵二百餘名，特來助陣，故此先攏姐家問信。才進門，見老魔挂了孝服，二人大哭。哭久，老魔拜下，備言前事。那阿七大怒，即命老魔換了孝服，提了寶劍，盡點女妖，合同一處，縱風雲，徑投東北而來。

這大聖却教沙僧整頓早齋，吃了走路。忽聽得風聲，走出門看，乃是一伙妖兵，自西南上來。行者大驚，急抽身，忙呼八戒道：「兄弟，妖精又請救兵來也。」三藏聞言，驚恐失色道：「徒弟，似此如何？」行者笑道：「放心！放心！把他這寶貝都拿來與我。」大聖將葫蘆、净瓶繫在腰間，金繩籠于袖內，芭蕉扇插在肩後，雙手輪着鐵棒，教沙僧保守師父，穩坐洞中；着八戒執釘鈀，同出洞外迎敵。

那怪物擺開陣勢，祇見當頭的是阿七大王。他生的玉面長髯，鋼眉刀耳，頭戴金煉盔，身穿鎖子甲，手執方

天戟，高聲罵道：『我把你個大膽的潑猴！怎敢這等欺人？偷了寶貝，傷了眷族，殺了妖兵，又敢久佔洞府！趕早兒一個個引頸受死，雪我姐家之仇！』行者罵道：『你這伙作死的毛團，不識你孫外公的手段！不要走！領吾一棒！』那怪物側身躲過，使方天戟劈面相迎。兩個在山頭一來一往，戰經三四回合，那怪力軟，敗陣回走。行者趕來，却被老魔接住。又鬥了三合，祇見那狐阿七復轉來攻。這壁廂八戒見了，急掣九齒鈀擋住。一個抵一個，戰經多時，不分勝敗。那老魔喝了一聲，衆妖兵一齊圍上。

却說那三藏坐在蓮花洞裏，聽得喊聲振地，便叫：『沙和尚，你出去看你師兄勝負何如。』沙僧果舉降妖杖出來，喝一聲，撞將出去，打退群妖。阿七見事勢不利，回頭就走，被八戒趕上，照背後一鈀，就築得九點鮮紅往外冒，可憐一靈真性赴前程。急拖來剥了衣服看處，原來也是個狐狸精。

那老魔見傷了他老舅，丟了行者，提寶劍，就劈八戒。八戒使鈀架住。正賭鬥間，沙僧撞近前來，舉杖便打。那妖抵敵不住，縱風雲，往南逃走。八戒、沙僧緊緊趕來。大聖見了，急縱雲跳在空中，解下净瓶，罩定老魔，叫聲『金角大王。』那怪祇道是自家敗殘的小妖呼叫，就回頭應了一聲，颼的裝將進去，被行者貼上『太上老君急急如律令奉敕』的帖子。祇見那七星劍墜落塵埃，也歸了行者。八戒迎着道：『哥哥，寶劍你得了，精怪何在？』行者笑道：『了了！已裝在我這瓶兒裏也。』沙僧聽說，與八戒十分歡喜。

當時通掃净諸邪，回至洞裏，與三藏報喜道：『山已净，妖已無矣，請師父上馬走路。』三藏喜不自勝。師徒們吃了早齋，收拾了行李、馬匹，奔西找路。

正行處，猛見路旁閃出一個瞽者，走上前扯住三藏馬，道：『和尚，那裏去？還我寶貝來！』八戒大驚道：『罷了！這是老妖來討寶貝了！』行者仔細觀看，原來是太上李老君，慌得近前施禮道：『老官兒，那裏去？』那老祖急陞玉局寶座，九霄空裏佇立，叫：『孫行者，還我寶貝。』大聖起到空中道：『甚麼寶貝？』老君道：『葫蘆

是我盛丹的，净瓶是我盛水的，寶劍是我煉魔的，扇子是我搧火的，繩子是我一根勒袍的帶。那兩個怪：一個是我看金爐的童子，一個是我看銀爐的童子。祇因他偷了我的寶貝，走下界來，正無覓處，却是你今拿住，得了功績。』大聖道：『你這老官兒，着實無禮。縱放家屬爲邪，該問個鈐束不嚴的罪名。』老君道：『不幹我事，不可錯怪了人。此乃海上菩薩問我借了三次，送他在此，托化妖魔，看你師徒可有真心往西去也。』大聖聞言，心中作念道：『這菩薩也老大憊懶！當時解逃老孫，教保唐僧西去取經，我說路途艱澀難行，他曾許我到急難處，親來相救；如今反使精邪指害，話言不的，該他一世無夫！——若不是老官兒親來，我决不與他，既是你這等說，拿去罷。』那老君收得五件寶貝，揭開葫蘆與净瓶蓋口，倒出兩股仙氣，用手一指，仍化爲金銀二童子，相隨左右。祇見那霞光萬道。咦！

縹緲同歸兜率院，逍遥直上大羅天。

畢竟不知此後又有甚事，孫大聖怎生保護唐僧，幾時得到西天，且聽下回分解。

總評：

行者孫、孫行者、者行孫，名色雖多，真體則一，不要吃他名色混了，看不清潔。噫，今之爲名色混者，豈止一人而已哉！〇没後李老君來取寶貝，亦有微旨。蓋空諸所有，乃是究竟。魔固不可有，寶亦不可有，有此寶貝，到底累人。何若并去之爲妙也。真是眼中着不得丸屑，亦着不得金玉之屑。知此者有幾人哉，噫！

第三十六回　心猿正處諸緣伏　劈破傍門見月明

却説孫行者按落雲頭，對師父備言菩薩借童子，老君收去寶貝之事。三藏稱謝不已，死心塌地，辦虔誠，捨命投西。攀鞍上馬，猪八戒挑着行李，沙和尚攏着馬頭，孫行者執了鐵棒，剖開路，徑下高山前進。說不盡那水宿風餐，披霜冒露。師徒們行罷多時，前又一山阻路。

三藏在那馬上高叫：「徒弟啊，你看那裏山勢崔巍，須是要仔細提防，恐又有魔障侵身也。」行者道：「師父休要胡思亂想，祇要定性存神，自然無事。」三藏道：「徒弟呀，西天怎麼這等難行？我記得離了長安城，在路上春盡夏來，秋殘冬至，有四五個年頭，怎麼還不能得到？」行者聞言，呵呵笑道：「早哩！早哩！還不曾出大門哩！」八戒道：「哥哥不要扯謊。人間就有這般大門？」行者道：「兄弟，我們還在堂屋裏轉哩！」沙僧笑道：「師兄，少説大話嚇我。那裏就有這般大堂屋，却也没處買這般大過梁啊。」行者道：「兄弟，若依老孫看時，把這青天爲屋瓦，日月作窗欞，四山五嶽爲梁柱，天地猶如一敞廳！」八戒聽説道：「罷了！罷了！我們祇當轉些時回去罷。」行者道：「不必亂談，祇管跟着老孫走路。」

好大聖，横擔了鐵棒，領定了唐僧，剖開山路，一直前進。那師父在馬上遥觀，好一座山景。真個是：

山頂嵯峨摩斗柄，樹梢仿佛接雲霄。青煙堆裏，時聞得谷口猿啼；亂翠陰中，每聽得松間鶴唳。嘯風山魅立溪間，戲弄樵夫；成器狐狸坐崖畔，驚張獵户。好山！看那八面崔巍，四圍崄峻。古怪喬松盤翠蓋，枯摧老樹掛藤蘿。泉水飛流，寒氣透人毛發冷；巔峰屹立，清風射眼夢魂驚。時聽大蟲哮吼，每聞山鳥時鳴。麂鹿成群穿荆棘，往來跳躍；獐犯結黨尋野食，前後奔跑。佇立草坡，一望并無客旅；行來深凹，四邊俱有豺狼。應非佛祖修行處，盡是飛禽走獸場。

那師父戰戰兢兢，進此深山，心中凄慘，兜住馬，叫聲「悟空啊！我

自從益智登山盟，王不留行送出城。路上相逢三稜子，途中催趲馬兜鈴。尋坡轉澗求荆芥，邁嶺登山拜茯苓。防己一身如竹瀝，茴香何日拜朝廷？」

孫大聖聞言，呵呵冷笑道：「師父不必挂念，少要心焦。且自放心前進，還你個「功到自然成」也。」師徒們玩着山景，信步行時，早不覺紅輪西墜。正是：

十裏長亭無客走，九重天上現星辰。八河船隻皆收港，七千州縣盡關門。六宫五府回官宰，四海三江罷釣綸。兩座樓頭鐘鼓響，一輪明月滿乾坤。

那長老在馬上遥觀，祇見那山凹裏有樓臺迭迭，殿閣重重。三藏道：「徒弟，此時天色已晚，幸得那壁廂有樓閣不遠，想必是庵觀寺院，我們都到那裏借宿一宵，明日再行罷。」行者道：「師父説得是。不要忙，等我且看好歹如何。」那大聖跳在空中，仔細觀看，果然是座山門。但見：

八字磚墻泥紅粉，兩邊門上釘金釘。迭迭樓臺藏嶺畔，層層宫闕隱山中。萬佛閣對如來殿，朝陽樓應大雄門。七層塔屯雲宿霧，三尊佛神現光榮。文殊臺對伽藍捨，彌勒殿靠大慈廳。看山樓外青光舞，步虚閣上紫雲生。松關竹院依依緑，方丈禪堂處處清。雅雅幽幽供樂事，川川道道喜回迎。參禪處有禪僧講，演樂房多樂器鳴。妙高臺上曇花墜，説法壇前貝葉生。正是那林遮三寶地，山擁梵王宫。半壁燈煙光閃灼，一行香靄霧朦朧。

孫大聖按下雲頭，報與三藏道：「師父，果然是一座寺院，却好借宿，我們去來。」

這長老放開馬，一直前來，徑到了山門之外。行者道：「師父，這一座是甚麼寺？」三藏道：「我的馬蹄才然停住，脚尖還未出鐙，就問我是甚麼寺，好没分曉！」行者道：「你老人家自幼爲僧，須曾講過儒書，方纔去演經法；文理皆通，然後受唐王的恩宥；門上有那般大字，如何不認得？」長老罵道：「潑猢猻！説話無知！我纔面西催馬，被那太陽影射，奈何門雖有字，又被塵垢朦朧，所以未曾看見。」行者聞言，把腰兒躬一躬，長了二丈餘高，用手

展去灰塵道：『師父，請看。』上有五個大字，乃是『敕建寶林寺』。行者收了法身，道：『師父，這寺裏誰進去借宿？』三藏道：『我進去。你們的嘴臉醜陋，言語粗疏，性剛氣傲，倘或衝撞了本處僧人，不容借宿，反爲不美。』行者道：『既如此，請師父進去，不必多言。』

那長老却丢了錫杖，解下斗篷，整衣合掌，徑入山門。祇見兩邊紅漆欄杆裏面，高坐着一對金剛，裝塑的威儀惡醜：

一個鐵面鋼鬚似活容，一個燥眉圜眼若玲瓏。左邊的拳頭骨突如生鐵，右邊的手掌巉嶒賽赤銅。金甲連環光燦爛，明盔綉帶映飄風。西方真個多供佛，石鼎中間香火紅。

三藏見了，點頭長嘆道：『我那東土，若有人也將泥胎塑這等大菩薩，燒香供養啊，我弟子也不往西天去矣。』正嘆息處，又到了二層山門之內。見有四大天王之相，乃是持國、多聞、增長、廣目，按東北西南風調雨順之意。進了二層門裏，又見有喬松四樹，一樹樹翠蓋蓬蓬，却如傘狀。忽抬頭，乃是大雄寶殿。那長老合掌皈依，舒身下拜。拜罷起來，轉過佛臺，到于後門之下。又見有倒座觀音普度南海之相。那壁上都是良工巧匠裝塑的，那些蝦、魚、蟹、鱉，出頭露尾，跳海水波潮耍子。長老又點頭三五度，感嘆萬千聲道：『可憐啊！鱗甲衆生都拜佛，爲人何不肯修行？』

正讃嘆間，又見三門裏走出一個道人。那道人忽見三藏相貌稀奇，丰姿非俗，急趨步上前施禮道：『師父那裏來的？』三藏道：『弟子是東土大唐駕下差來，上西天拜佛求經的。今到寶方，天色將晚，告借一宿。』那道人道：『師父莫怪，我做不得主。我是這裏掃地撞鐘打勤勞的道人。裏面還有個管家的老師父哩，待我進去稟他一聲。他若留你，我就出來奉請；若不留你，我却不敢羈遲。』三藏道：『累及你了。』

那道人急到方丈報道：『老爺，外面有個人來了。』那僧官即起身，換了衣服，按一按毗盧帽，披上袈裟，急開門迎接。問道人：『那裏人來？』道人用手指定道：『那正殿後邊不是一個人？』那三藏光着一個頭，穿一領

二十五條達摩衣，足下登一雙拖泥帶水的達公鞋，斜倚在那後門首。僧官見了，大怒道：『道人少打！你豈不知我是僧官，但祇有城上來的士夫降香，我方出來迎接。這等個和尚，你怎麽多虚少實，報我接他！看他那嘴臉，不是個誠實的，多是雲遊方上僧，今日天晚，想是要來借宿。我們方丈中，豈容他打攪！教他往前廊下蹲罷了，報我怎麽？』抽身轉去。

長老聞言，滿眼垂泪道：『可憐！可憐！這才是「人離鄉賤」！我弟子從小兒出家，做了和尚，又不曾拜懺吃葷生歹意，看經懷怒壞禪心；又不曾丢瓦拋磚傷佛殿，阿羅臉上剥真金。噫！可憐啊！不知是那世裏觸傷天地，教我今生常遇不良人！——和尚，你不留我們宿便罷了，怎麽又説這等憊懶話，教我們在前道廊下去「蹲」？此話不與行者説還好，若説了，那猴子進來，一頓鐵棒，把孤拐都打斷你的！』長老道：『也罷，也罷。常言道：「人將禮樂爲先。」我且進去問他一聲，看意下如何。』

那師父踏脚跡，跟他進方丈門裏。祇見那僧官脱了衣服，氣呼呼的坐在那裏，不知是念經，又不知是與人家寫法事，見那桌案上有些紙札堆積。唐僧不敢深入，就立于天井裏，躬身高叫道：『老院主，弟子問訊了！』那和尚就有些不耐煩他進裏邊來的意思，半答不答的還了個禮，道：『你是那裏來的？』三藏道：『弟子乃東土大唐駕下差來，上西天拜活佛求經的。經過寶方，天晚，求借一宿，明日不犯天光就行了。萬望老院主方便，方便。』那僧官才欠起身來道：『你是那唐三藏麽？』三藏道：『不敢，弟子便是。』僧官道：『你既往西天取經，怎麽路也不會走？』三藏道：『弟子更不曾走貴處的路。』他道：『正西去，祇有四五里遠近，有一座三十里店，店上有賣飯的人家，方便好宿。我這裏不便，不好留你們遠來的僧。』三藏合掌道：『院主，古人有云：「庵觀寺院，都是我方上人的館驛，見山門就有三升米分。」你怎麽不留我，却是何情？』僧官怒聲叫道：『你這遊方的和尚，便是有些油嘴油舌的説話！』三藏道：『何爲油嘴油舌？』僧官道：『古人云：「老虎進了城，家家都閉門。雖然

不咬人，日前壞了名。」」三藏道：「怎麼「日前壞了名」？」他道：「向年有幾衆行脚僧，來于山門口坐下，是我見他寒薄，一個個衣破鞋無，光頭赤脚，我嘆他那般襤褸，即忙請入方丈，延之上坐，款待了齋飯，又將故衣各借一件與他，就留他住了幾日。怎知他貪圖自在衣食，更不思量起身，就住了七八個年頭。住便也罷，又幹出許多不公的事來。」三藏道：「有甚麼不公的事？」僧官道：「你聽我說：

閑時沿墻拋瓦，悶來壁上扳釘。冷天向火折窗欞，夏日拖門攔徑。幡佈扯爲脚帶，牙香偷換蔓菁。常將琉璃把油傾，奪碗奪鍋賭勝。」

三藏聽言，心中暗道：「可憐啊！我弟子可是那等樣没脊骨的和尚？」欲待要哭，又恐那寺裏的老和尚笑他；但暗暗扯衣揩泪，忍氣吞聲，急走出去，見了三個徒弟。那行者見師父面上含怒，向前問：「師父，寺裏和尚打你來？」唐僧道：「不曾打。」八戒説：「一定打來。不是，怎麼還有些哭包聲？」那行者道：「罵你來？」唐僧道：「也不曾罵。」行者道：「既不曾打，又不曾罵，你這般苦惱怎麼？好道是思鄉哩？」唐僧道：「徒弟，他這裏不方便。」行者笑道：「這裏想是道士？」唐僧怒道：「觀裏才有道士，寺裏只是和尚。」行者道：「你不濟事；但是和尚，即與我們一般。常言道：『既在佛會下，都是有緣人。』你且坐，等我進去看看。」

好行者，按一按頂上金箍，束一束腰間裙子，執着鐵棒，徑到大雄寶殿上，指着那三尊佛像道：「你本是泥塑金裝假像，內裏豈無感應？我老孫保領大唐聖僧往西天拜佛求取真經，今晚特來此處投宿，趁早與我報名！假若不留我等，就一頓棍打碎金身，教你還現本相泥土！」

這大聖正在前邊發狠，搗叉子亂説。祇見一個燒晚香的道人，點了幾枝香，來佛前爐裏插，被行者咄的一聲，唬了一跌；爬起來看見臉，又是一跌；嚇得滾滾蹡蹡，跑入方丈裏，報道：「老爺！外面有個和尚來了！」那僧官道：「你這伙道人都少打！一行説教他往前廊下去「蹲」，又報甚麼！再説打二十！」道人説：「老爺，這個和尚，比那個和尚不同：生得惡躁，没脊骨。」僧官道：「怎的模樣？」道人道：「是個圓眼睛，查耳朵，滿面毛，雷公嘴。手執一根棍子，咬牙恨恨的，要尋人打哩。」僧官道：「等我出去看他。」

他即開門，祇見行者撞進來了。真個生得醜陋：七高八低孤拐臉，兩隻黃眼睛，一個磕額頭；獠牙往外生，就像屬螃蟹的，肉在裏面，骨在外面。那老和尚慌得把方丈門關了。行者趕上，撲的打破門扇，道：「趕早將乾净房子打掃一千間，老孫睡覺！」僧官躲在房裏，對道人説：「怪他生得醜麽？原來是説大話，折作的這般嘴臉。我這裏連方丈、佛殿、鐘鼓樓、兩廊，共總也不上三百間，他却要一千間睡覺。却打那裏來？」道人説：「師父，我也是嚇破膽的人了，憑你怎麽答應他罷。」那僧官戰索索的高叫道：「那借宿的長老，我這小荒山不方便，不敢奉留，往別處去宿罷。」

行者將棍子變得盆來粗細，直壁壁的豎在天井裏，道：「和尚，不方便，你就搬出去！」僧官道：「我們從小兒住的寺，師公傳與師父，師父傳與我輩，我輩要遠繼兒孫。他不知是那裏勾當，冒冒實實的，教我們搬哩。」道人説：「老爺，十分不尷，搬出去也罷。——扛子打進門來了。」僧官道：「你莫胡説！我們老少衆大四五百名和尚，往那裏搬？搬出去，却也没處住。」行者聽見道：「和尚，没處搬，便着一個出來打樣棍！」老和尚叫：「你出去與我打個樣棍來。」那道人慌了道：「爺爺呀！那等個大扛子，教我去打樣棍！」老和尚道：「養軍千日，用軍一朝。」你怎麼不出去？」道人説：「那扛子莫説打來，若倒下來，壓也壓個肉泥！」老和尚道：「也莫要説壓，祇道豎在天井裏，夜晚間走路，不記得啊，一頭也撞個大窟窿！」道人説：「師父，你曉得這般重，却教我出去打甚麼樣棍？」他自家裏面轉鬧起來。

行者聽見道：「是也禁不得。假若就一棍打殺一個，我師父又怪我行兇了。且等我另尋一個甚麼打與你看看。」忽抬頭，祇見方丈門外有一個石獅子，却就舉起棍來，乒乓一下，打得粉亂麻碎。那和尚在窗眼兒裏看見，就嚇

得骨軟筋麻，慌忙往床下拱，道人就往鍋門裏鑽，口中不住叫：『爺爺！棍重，棍重！禁不得！方便，方便！』

行者道：『和尚，我不打你。我問你：這寺裏有多少和尚？』僧官戰索索的道：『前後是二百八十五房頭，共有五百個有度牒的和尚。』行者道：『你快去把那五百個和尚都點得齊齊整整，穿了長衣服出去，把我那唐朝的師父接進來，就不打你了。』僧官道：『爺爺，若是不打，便抬也抬進來。』行者道：『趁早去！』僧官叫：『道人，你莫説嚇破了膽，就是嚇破了心，便也去與我叫這些人來接唐僧老爺爺來。』

那道人没奈何，捨了性命，不敢撞門，從後邊狗洞裏鑽將出去，徑到正殿上，東邊打鼓，西邊撞鐘。鐘鼓一齊響處，驚動了兩廊大小僧衆，上殿問道：『這早還不晚哩，撞鐘打鼓做甚？』道人説：『快换衣服，隨老師父排班，出山門外迎接唐朝來的老爺。』那衆和尚，真個齊齊整整，擺班出門迎接。有的披了袈裟，有的着了偏衫；無的穿着個一口鐘直裰；十分窮的，没有長衣服，就把腰裙接起兩條披在身上。行者看見道：『和尚，你穿的是甚麽衣服？』和尚見他醜惡，道：『爺爺，不要打，我等説。——這是我們城中化的布。此間没有裁縫，是自家做的個「一裹窮」。』

行者聞言暗笑，押着衆僧，出山門下跪下。那僧官磕頭高叫道：『唐老爺，請方丈裏坐。』八戒看見道：『師父老大不濟事。你進去時，淚汪汪，嘴上挂得油瓶。師兄怎麽就有此獐智，教他們磕頭來接？』三藏道：『你這個呆子，好不曉禮！常言道：「鬼也怕惡人哩。」』

唐僧見他們磕頭禮拜，甚是不過意。上前叫：『列位請起。』衆僧叩頭道：『老爺，若和你徒弟説聲方便，不動扛子，就跪一個月也罷。』唐僧叫：『悟空，莫要打他。』行者道：『不曾打，若打，這會已打斷了根矣。』那些和尚却纔起身，牽馬的牽馬，挑擔的挑擔，抬着唐僧，馱着八戒，挽着沙僧，一齊都進山門裏去。却到後面方丈中，依叙坐下。

衆僧却又禮拜。三藏道：『院主請起，再不必行禮，作踐貧僧。我和你都是佛門弟子。』僧官道：『老爺是上

國欽差，小和尚有失迎接。今到荒山，奈何俗眼不識尊儀，與老爺邂逅相逢。動問老爺：一路上是吃素？是吃葷？我們好去辦飯。』三藏道：『吃素。』僧官道：『徒弟，這個爺爺好的吃葷。』行者道：『我們也吃素。都是胎裏素。』那和尚道：『爺爺呀，這等兇漢也吃素！』有一個膽量大的和尚，近前又問：『老爺既然吃素，煮多少米的飯方够吃？』八戒道：『小家子和尚！問甚麽？一家煮上一石米。』那和尚都慌了，便去刷洗鍋竈，各房中安排茶飯。高掌明燈，調開桌椅，管待唐僧。

師徒們都吃罷了晚齋，衆僧收拾了家伙，三藏稱謝道：『老院主，打攪寶山了。』僧官道：『不敢，不敢。怠慢，怠慢。』三藏道：『我師徒却在那裏安歇？』僧官道：『老爺不要忙，小和尚自有區處。』叫：『道人，那壁厢有幾個人聽使令的？』道人説：『師父，有。』僧官吩咐道：『你們着兩個去安排草料，與唐老爺餵馬；着幾個去前面把那三間禪堂，打掃乾净，鋪設床帳，快請老爺安歇。』

那些道人聽命，各各整頓齊備，却來請唐老爺安寢。他師徒們牽馬挑擔，出方丈，徑至禪堂門首看處，祇見那裏面燈火光明，兩梢間鋪着四張藤屜床。行者見了，唤那辦草料的道人，將草料抬來，放在禪堂裏面，拴下白馬，教道人都出去。三藏坐在中間，燈下，兩班兒，立五百個和尚，都伺候着，不敢側離。三藏欠身道：『列位請回，貧僧好自在安寢也。』衆僧决不敢退。僧官上前，吩咐大衆：『伏侍老爺安置了再回。』三藏道：『即此就是安置了，都就請回。』衆人却纔敢散去訖。

唐僧舉步出門小解，祇見明月當天，叫：『徒弟。』行者、八戒、沙僧都出來侍立。因感這月清光皎潔，玉宇深沉，真是一輪高照，大地分明。對月懷歸，口占一首古風長篇。詩云：

『皓魄當空寶鏡懸，山河摇影十分全。瓊樓玉宇清光滿，冰鑒銀盤爽氣旋。萬里此時同皎潔，一年今夜最明鮮。渾如霜餅離滄海，却似冰輪挂碧天。别館寒窗孤客悶，山村野店老翁眠。乍臨漢苑驚秋鬢，才到秦樓促晚奩。庚

亮有詩傳晋史，袁宏不寐泛江船。光浮杯面寒無力，清映庭中健有仙。處處窗軒吟白雪，家家院宇弄冰弦。今宵靜玩來山寺，何日相同返故園？』

行者聞言，近前答曰：『師父啊，你衹知月色光華，心懷故裏，更不知家中之意，乃先天法象之規繩也。月至三十日，陽魂之金散盡，陰魄之水盈輪，故純黑而無光，乃曰「晦」。此時與日相交，在晦朔兩日之間，感陽光而有孕。至初三日一陽現，初八日二陽生，魄中魂半，其平如繩，故曰「上弦」。至今十五日，三陽備足，是以團圓，故曰「望」。至十六日一陰生，二十二日二陰生，此時魂中魄半，其平如繩，故曰「下弦」。至三十日三陰備足，亦當晦。此乃先天采煉之意。我等若能溫養二八，九九成功，那時節，見佛容易，返故田亦易也。詩曰：

前弦之後後弦前，藥味平平氣象全。采得歸來爐裏煉，志心功果即西天。』

長老聽説，一時解悟，明徹真言。滿心歡喜，稱謝了悟空。沙僧在旁笑道：『師兄此言雖當，衹説的是弦前屬陽，弦後屬陰，陰中陽半，得水之金；更不道：

水火相攙各有緣，全憑土母配如然。三家同會無爭競，水在長江月在天。』

那長老聞得，亦開茅塞。正是理明一竅通千竅，説破無生即是仙。八戒上前扯住長老道：『師父，莫聽亂講，誤了睡覺。這月啊：

缺之不久又團圓，似我生來不十全。吃飯嫌我肚子大，拿碗又説有黏涎。他都伶俐修來福，我自痴愚積下緣。我説你取經還滿三塗業，擺尾搖頭直上天！』

三藏道：『也罷，徒弟們走路辛苦，先去睡下。等我把這卷經來念一念。』行者道：『師父差了。你自幼出家，做了和尚，小時的經文，那本不熟？却又領了唐王旨意，上西天見佛，求取「大乘真典」。如今功未完成，佛未得見，經未曾取，你念的是那卷經兒？』三藏道：『我自出長安，朝朝跋涉，日日奔波，小時的經文恐怕生了；幸今夜得閑，

等我温習温習。』行者道：『既這等説，我們先去睡也。』他三人各往一張藤床上睡下。長老掩上禪堂門，高剔銀缸，鋪開經本，默默看念。正是那：

樓頭初鼓人煙静，野浦漁舟火滅時。

畢竟不知那長老怎麽樣離寺，且聽下回分解。

總評：

説月處大須着眼。〇行者、沙僧之語，人易知道。最妙是八戒二語，人容易忽略，特拈出之。八戒之語曰：『他都伶俐修來福，我自愚痴積下緣。』直説因果，乃大乘之言，非玄門小小修煉已也。着眼，着眼。

第三十七回 鬼王夜謁唐三藏 悟空神化引嬰兒

却説三藏坐于寶林寺禪堂中，燈下念一會《梁皇水懺》，看一會《孔雀真經》，衹坐到三更時候，却纔把經本包在囊裏。正欲起身去睡，衹聽得門外撲刺刺一聲響亮，淅零零颼陣狂風。那長老恐吹滅了燈，慌忙將偏衫袖子遮住。又見那燈或明或暗，便覺有些心驚膽戰。此時又睏倦上來，伏在經案上盹睡。雖是合眼矇矓，却還心中明白，耳内嚶嚶聽着那窗外陰風颯颯。好風，真個那：

淅淅瀟瀟，飄飄蕩蕩。淅淅瀟瀟飛落葉，飄飄蕩蕩捲浮雲。滿天星斗皆昏昧，遍地塵沙盡灑紛。一陣家猛，一陣家純。純時松竹敲清韵，猛處江湖波浪渾。颳得那山鳥難栖聲哽哽，海魚不定跳噴噴。東西館閣門窗脱，前後廊房神鬼瞋。佛殿花瓶吹墮地，琉璃摇落慧燈昏。香爐攲倒香灰迸，燭架歪斜燭焰煙。幢幡寶蓋都摇折，鐘鼓樓臺撼動根。

那長老昏夢中聽着風聲一時過處，又聞得禪堂外，隱隱的叫一聲『師父！』忽抬頭夢中觀看，門外站着一條漢子：渾身上下，水淋淋的，眼中垂泪，口裏不住叫：『師父！師父！』三藏欠身道：『你莫是魍魎妖魅，神怪邪魔，至夜深時，來此戲我？我却不是那貪欲貪嗔之類。我本是個光明正大之僧，奉東土大唐旨意，上西天拜佛求經者。我手下有三個徒弟，都是降龍伏虎之英豪，掃怪除魔之壯士。他若見了你，碎屍粉骨，化作微塵。此是我大慈悲之意，方便之心。你趁早兒潜身遠遁，莫上我的禪門來。』那人倚定禪堂道：『師父，我不是妖魔鬼怪，亦不是魍魎邪神。』三藏道：『你既不是此類，却深夜來此何爲？』那人道：『師父，你捨眼看我一看。』長老果仔細定睛看處，——呀！衹見他：

頭戴一頂衝天冠，腰束一條碧玉帶，身穿一領飛龍舞鳳赭黄袍，足踏一雙雲頭綉口無憂履，手執一柄列門羅星白玉珪。面如東岳長生帝，形似文昌開化君。

三藏見了，大驚失色。急躬身厲聲高叫道：『是那一朝陛下？請坐。』用手忙攙，撲了個空虛，回身坐定。再看處，還是那個人。

長老便問：『陛下，你是那裏皇王？何邦帝主？想必是國土不寧，讒臣欺虐，半夜逃生至此。有何話説，説與我聽。』這人才泪滴腮邊談舊事，愁攢眉上訴前因，道：『師父啊，我家住在正西，離此祇有四十里遠近。那廂有座城池，便是興基之處。』三藏道：『叫做甚麽地名？』那人道：『不瞞師父説，便是朕當時創立家邦，改號烏鷄國。』三藏道：『陛下這等驚慌，却因甚事至此？』那人道：『師父啊，我這裏五年前，天年乾旱，草子不生，民皆饑死，甚是傷情。』三藏聞言，點頭嘆道：『陛下啊，古人云：「國正天心順。」想必是你不慈恤萬民。既遭荒歉，怎麽就躲離城郭？且去開了倉庫，賑濟黎民；悔過前非，重興今善，放赦了那枉法冤人；自然天心和合，雨順風調。』那人道：『我國中倉廪空虛，錢糧盡絶。文武兩班停俸禄，寡人膳食亦無葷。倣效禹王治水，與萬民同受甘苦，沐浴齋戒，晝夜焚香祈禱。如此三年，祇乾得河枯井涸。正都在危急之處，忽然鐘南山來了一個全真，能呼風喚雨，點石成金。先見我文武多官，後來見朕，當即請他登壇祈禱，果然有應，祇見令牌響處，頃刻間大雨滂沱。寡人祇望三尺雨足矣，他説久旱不能潤澤，又多下了二寸。朕見他如此尚義，就與他八拜爲交，以「兄弟」稱之。』三藏道：『此陛下萬千之喜也。』那人道：『喜自何來？』三藏道：『那全真既有這等本事，若要雨時，就教他下雨；若要金時，就教他點金。還有那些不足，却離了城闕來此？』那人道：『朕與他同寢食者，只得二年。又遇着陽春天氣，紅杏夭桃，開花綻蕊，家家士女，處處王孫，俱去遊春賞玩。那時節，文武歸衙，嬪妃轉院。朕與那全真携手緩步，至御花園裏，忽行到八角琉璃井邊，不知他拋下些甚麽物件，井中有萬道金光。哄朕到井邊看甚麽寶貝，他陡起兇心，撲通的把寡人推下井内，將石板蓋住井口，擁上泥土，移一株芭蕉栽在上面。——可憐我啊，已死去三年，是一個落井傷生的冤屈之鬼也！』

唐僧見説是鬼，唬得筋力酥軟，毛骨聳然。没奈何，只得將言又問他道：『陛下，你説的這話，全不在理。既死三年，那文武多官，三宫皇后，遇三朝見駕殿上，怎麽就不尋你？』那人道：『師父啊，説起他的本事，果然世間罕有！自從害了朕，他當時在花園内摇身一變，就變做朕的模樣，更無差别。現今佔了我的江山，暗侵了我的國土。他把我兩班文武，四百朝官，三宫皇后，六院嬪妃，盡屬了他矣。』三藏道：『陛下，你忒也懦。』那人道：『何懦？』三藏道：『陛下，那怪倒有些神通，變作你的模樣，侵佔你的乾坤，文武不能識，後妃不能曉，祇有你死的明白；你何不在陰司閻王處具告，把你的屈情伸訴，伸訴。』那人道：『他的神通廣大，官吏情熟，——都城隍常與他會酒，海龍王盡與他有親；東嶽天齊是他的好朋友，十代閻羅是他的异兄弟。——因此這般，我也無門投告。』

三藏道：『陛下，你陰司裏既没本事告他，却來我陽世間作甚？』那人道：『師父啊，我這一點冤魂，怎敢上你的門來？山門前有那護法諸天、六丁六甲、五方揭諦、四值功曹、一十八位護教伽藍，緊隨鞍馬。却纔被夜遊神一陣神風，把我送將進來。他説我三年水灾該滿，着我來拜謁師父。他説你手下有一個大徒弟，是齊天大聖，極能斬怪降魔。今來志心拜懇，千乞到我國中，拿住妖魔，辨明邪正。朕當結草啣環，報酬師恩也！』

三藏道：『陛下，你此來是請我徒弟與你去除却那妖怪麽？』那人道：『正是！正是！』三藏道：『我徒弟幹别的事不濟，但説降妖捉怪，正合他宜。陛下啊，雖是着他拿怪，但恐理上難行。』那人道：『怎麽難行？』三藏道：『那怪既神通廣大，變得與你相同，滿朝文武，一個個言和心順；三宫妃嬪，一個個意合情投；我徒弟縱有手段，决不敢輕動乾戈。倘被多官拿住，説我們欺邦滅國，問一款大逆之罪，困陷城中，却不是畫虎刻鵠也？』那人道：『我朝中還有人哩。』三藏道：『却好！却好！想必是一代親王侍長，發付何處鎮守去了？』那人道：『不是，我本宫有個太子，是我親生的儲君。』三藏道：『那太子想必被妖魔貶了？』那人道：『不曾。他祇在金鑾殿上，

五鳳樓中，或與學士講書，或共全真登位。自此三年，禁太子不入皇宮，不能夠與娘娘相見。』三藏道：『此是何故？』那人道：『此是妖怪使下的計策。祇恐他母子相見，閑中論出長短，怕走了消息；故此兩不會面，他得永住常存也。』

三藏道：『你的灾屯，想應天付，却與我相類。當時我父曾被水賊傷生。我母被水賊欺佔，經三個月，分娩了我。我在水中逃了性命，幸金山寺恩師，救養成人。記得我幼年無父母，此間那太子失雙親，真個可憐！』

又問道：『你縱有太子在朝，我怎的與他相見？』那人道：『如何不得見？』三藏道：『他被妖魔拘轄，連一個生身之母尚不得見，我一個和尚，欲見何由？』那人道：『他明早出朝來也。』三藏問：『出朝作甚？』那人道：『明日早朝，領三千人馬，架鷹犬，出城采獵，師父斷得與他相見。見時肯將我的言語說與他，他便信了。』三藏道：『他本是肉眼凡胎，被妖魔哄在殿上，那一日不叫他幾聲父王？他怎肯信我的言語？』那人道：『既恐他不信，我留下一件表記與你罷。』三藏問：『是何物件？』那人把手中執的金厢白玉珪放下道：『此物可以爲記。』三藏道：『此物何如？』那人道：『全真自從變作我的模樣，只是少變了這件寶貝。他到宮中，說那求雨的全真拐了此珪去了。自此三年，還沒此物。我太子若看見，他睹物思人，此仇必報。』三藏道：『也罷，等我留下，着徒弟與你處置。——却在那裏等麽？』那人道：『我也不敢等。我這去，還央求夜遊神，再使一陣神風，把我送進皇宮內院，託一夢與我那正宮皇后，教他母子們合意，你師徒們同心。』三藏點頭應承道：『你去罷。』

那冤魂叩頭拜別，舉步相送，不知怎麼蹋了脚，跌了一個筋斗，把三藏驚醒，却原來是南柯一夢。慌得對着那盞昏燈，連忙叫：『徒弟！徒弟！』八戒醒來道：『甚麽「土地土地」？——當時我做好漢，專一吃人度日，受用腥羶，其實快活；偏你出家，教我們保護你跑路！原說祇做和尚，如今拿做奴才，日間挑包袱牽馬，夜間提尿瓶務脚！這早晚不睡，又叫徒弟作甚？』

三藏道：『徒弟，我剛纔伏在案上打盹，做了一個怪夢。』行者跳將起來道：『師父，夢從想中來。你未曾上山，

西遊記

第三十七回

先怕妖怪；又愁雷音路遠，不能得到；思念長安，不知何日回程；所以心多夢多。似老孫一點真心，專要西方見佛，更無一個夢兒到我。』三藏道：『徒弟，我這椿夢，不是思鄉之夢。才然合眼，見一陣狂風過處，禪房門外有一朝皇帝，自言是烏鷄國王。渾身水濕，滿眼泪垂。』這等這等，如此如此，將那夢中話一一的説與行者。行者笑道：『不消說了，他來託夢與你，分明是照顧老孫一場生意。必然是個妖怪在那裏篡位謀國。等我與他辨個真假。想那妖魔，棍到處，立業成功。』三藏道：『徒弟，他說那怪神通廣大哩。』行者道：『怕他甚麽廣大！早知老孫到，教他即走無方！』三藏道：『我又記得留下一件寶貝做表記。』八戒答道：『師父莫要胡纏；做個夢便罷了，怎麽祇管當真？』沙僧道：『「不信直中直，須防仁不仁。」我們打起火，開了門，看看如何便是。』

行者果然開門。一齊看處，祇見星月光中，階檐上，真個放着一柄金厢玉珪。八戒近前拿起道：『哥哥，這是甚麽東西？』行者道：『這是國王手中執的寶貝，名唤玉珪。師父啊，既有此物，想此事是真。明日拿妖，全都在老孫身上。只是要你三椿兒造化底哩。』八戒道：『好！好！好！做個夢罷了，又告誦他。他那些兒不會作弄人哩？就教你三椿兒造化底。』三藏回入裏面道：『是那三椿？』行者道：『明日要你頂缸、受氣、遭瘟。』八戒笑道：『一椿兒也是難的，三椿兒却怎麽耽得？』唐僧是個聰明的長老，便問：『徒弟啊，此三事如何講？』行者道：『也不消講，等我先與你二件物。』

好大聖，拔了一根毫毛，吹口仙氣，叫聲『變！』變做一個紅金漆匣兒，把白玉珪放在內盛着，道：『師父，你將此物捧在手中，到天曉時，穿上錦襴袈裟，去正殿坐着念經，等我去看看他那城池。端的是個妖怪，就打殺他，也在此間立個功績；假若不是，且休撞禍。』三藏道：『正是！正是！』行者道：『那太子不出城便罷；若真個應夢出城來，我定引他來見你。』三藏道：『見了我如何迎答？』行者道：『來到時，我先報知，你把那匣蓋兒扯開些，等我變作二寸長的一個小和尚，放在匣兒裏，你連我捧在手中。那太子進了寺來，必然拜佛；你盡他怎的下拜，

只是不睬他。他見你不動身，一定教拿你，你憑他拿下去，——打也由他，綁也由他，殺也由他。』三藏道：『呀！他的軍令大，真個殺了我，怎麼好？』行者道：『沒事，有我哩。若到那緊關處，我自然護你。他若問時，你說是東土欽差上西天拜佛取經進寶的和尚。他道：「有甚寶貝？」你却把錦襴袈裟對他說一遍，說道：「此是三等寶貝。還有頭一等、第二等的好物哩。」但問處，就說這匣內有一件寶貝，上知五百年，下知五百年，中知五百年，共一千五百年過去未來之事，俱盡曉得。却把老孫放出來。我將那夢中話告誦那太子，他若肯信，就去拿了那妖魔，一則與他父王報仇，二來我們立個名節；他若不信，再將白玉珪拿與他看。——衹恐他年幼，還不認得哩。』三藏聞言，大喜道：『徒弟啊，此計絶妙！但說這寶貝，一個叫做錦襴袈裟，一個叫做白玉珪，你變的寶貝却叫做甚名？』行者道：『就叫做「立帝貨」罷。』三藏依言，記在心上。師徒們一夜那曾得睡，盼到天明，恨不得點頭喚出扶桑日，噴氣吹散滿天星。

不多時，東方發白。行者又吩咐了八戒、沙僧，教他兩個：『不可攪擾僧人，出來亂走。待我成功之後，共汝等同行。』才別了唐僧，打了唿哨，一筋斗跳在空中。睜火眼平西看處，果見有一座城池。你道怎麼就看見了？當時說那城池離寺衹有四十里，故此憑高就望見了。

行者近前仔細看處，又見那怪霧愁雲漠漠，妖風怨氣紛紛。行者在空中讚嘆道：

『若是真王登寶座，自有祥光五色雲；衹因妖怪侵龍位，騰騰黑氣鎖金門。』

行者正然感嘆，忽聽得炮聲響亮，又衹見東門開處，閃出一路人馬，真個是采獵之軍，果然勢勇。但見：

曉出禁城東，分圍淺草中。綵旗開映日，白馬驟迎風。鼉鼓鼕鼕擂，標槍對對衝。架鷹軍猛烈，牽犬將驍雄。火炮連天振，粘竿映日紅。人人支弩箭，個個挎雕弓。張網山坡下，鋪繩小徑中。一聲驚霹靂，千騎擁貔熊。狡兔身難保，乖獐智亦窮。狐狸該命盡，麋鹿喪當終。山雉難飛脱，野鷄怎避兇？他都要撿佔山場擒猛獸，摧殘林木射飛蟲。

那些人出得城來，散步東郊，不多時，有二十里向高田地，又衹見中軍營裏，有小小的一個將軍：頂着盔，貫着甲，果肚花，十八札，手執青鋒寶劍，坐下黄驃馬，腰帶滿弦弓。真個是：

隱隱君王像，昂昂帝主容。規模非小輩，行動顯真龍。

行者在空暗喜道：『不須說，那個就是皇帝的太子了。等我戲他一戲。』

好大聖，按落雲頭，撞入軍中太子馬前。摇身一變，變作一個白兔兒，衹在太子馬前亂跑。太子看見，正合歡心，拈起箭，拽滿弓，一箭正中了那兔兒。

原來是那大聖故意教他中了，却眼乖手疾，一把接住那箭頭，把箭翎花落在前邊，丢開脚步跑了。那太子見箭中了玉兔，兜開馬，獨自争先來趕。不知馬行的快，行者如風；馬行的遲，行者慢走；衹在他面前不遠。看他一程一程，將太子哄到寶林寺山門之下，行者現了本身，——不見兔兒，衹見一枝箭插在門檻上。——徑撞進去，見唐僧道：『師父，來了！來了！』却又一變，變做二寸長短的小和尚兒，鑽在紅匣之内。

却說那太子趕到山門前，不見了白兔，衹見門檻上插住一枝雕翎箭。太子大驚失色道：『怪哉！怪哉！分明我箭中了玉兔，玉兔怎麼不見，衹見箭在此間！想是年多日久，成了精魅也。』拔了箭，抬頭看處，山門上有五個大字，寫着『敕建寶林寺』。太子道：『我知之矣。向年間曾記得我父王在金鑾殿上差官賚些金帛與這和尚修理佛殿佛像，不期今日到此。正是「因過道院逢僧話，又得浮生半日閑」。我且進去走走。』

那太子跳下馬來，正要進去。衹見那保駕的官將與三千人馬趕上，簇簇擁擁，都入山門裏面。慌得那本寺衆僧，都來叩頭拜接。接入正殿中間，參拜佛像。却纔舉目觀瞻，又欲遊廊玩景，忽見正當中坐着一個和尚，太子大怒道：『這個和尚無禮！我今半朝鑾駕進山，雖無旨意知會，不當遠接，此時軍馬臨門，也該起身，怎麼還坐着不動？』

教：『拿下來！』說聲『拿』字，兩邊校尉，一齊下手，把唐僧抓將下來，急理繩索便捆。行者在匣裏默默的念咒，教道：『護法諸天、六丁六甲，我今設法降妖，這太子不能知識，將繩要捆我師父，汝等即早護持；若真捆了，汝等都該有罪！』那大聖暗中吩咐，誰敢不遵，却將三藏護持定了：那些人摸也摸不着他光頭，好似一壁墻擋住，難攏其身。

那太子道：『你是那方來的，使這般隱身法欺我！』三藏上前施禮道：『貧僧無隱身法，乃是東土唐僧，上雷音寺拜佛求經進寶的和尚。』太子道：『你那東土雖是中原，其窮無比，有甚寶貝，你說來我聽。』三藏道：『我身上穿的這袈裟，是第三樣寶貝。還有第一等，第二等更好的物哩！』太子道：『你那衣服，半邊苦身，半邊露臂，能值多少物，敢稱寶貝！』三藏道：『這袈裟雖不全體，有詩幾句。詩曰：

佛衣偏袒不須論，內隱真如脫世塵。萬綫千針成正果，九珠八寶合元神。仙娥聖女恭修制，遺賜禪僧靜垢身。——見駕不迎猶自可，你的父冤未報枉爲人！』

太子聞言，心中大怒道：『這潑和尚胡說！你那半片衣，憑着你口能舌便，誇好誇強。我的父冤從何未報，你說來我聽。』

三藏進前一步，合掌問道：『殿下，爲人生在天地之間，能有幾恩？』太子道：『有四恩。』三藏道：『那四恩？』太子道：『感天地蓋載之恩，日月照臨之恩，國王水土之恩，父母養育之恩。』三藏笑曰：『殿下言之有失。人衹有天地蓋載，日月照臨，國王水土，那得個父母養育來？』太子怒道：『和尚是那遊手遊食削髮逆君之徒！人不得父母養育，身從何來？』三藏道：『殿下，貧僧不知。但衹這紅匣內有一件寶貝，叫做「立帝貨」，他上知五百年，中知五百年，下知五百年，共知一千五百年過去未來之事，便知無父母養育之恩，令貧僧在此久等多時矣。』

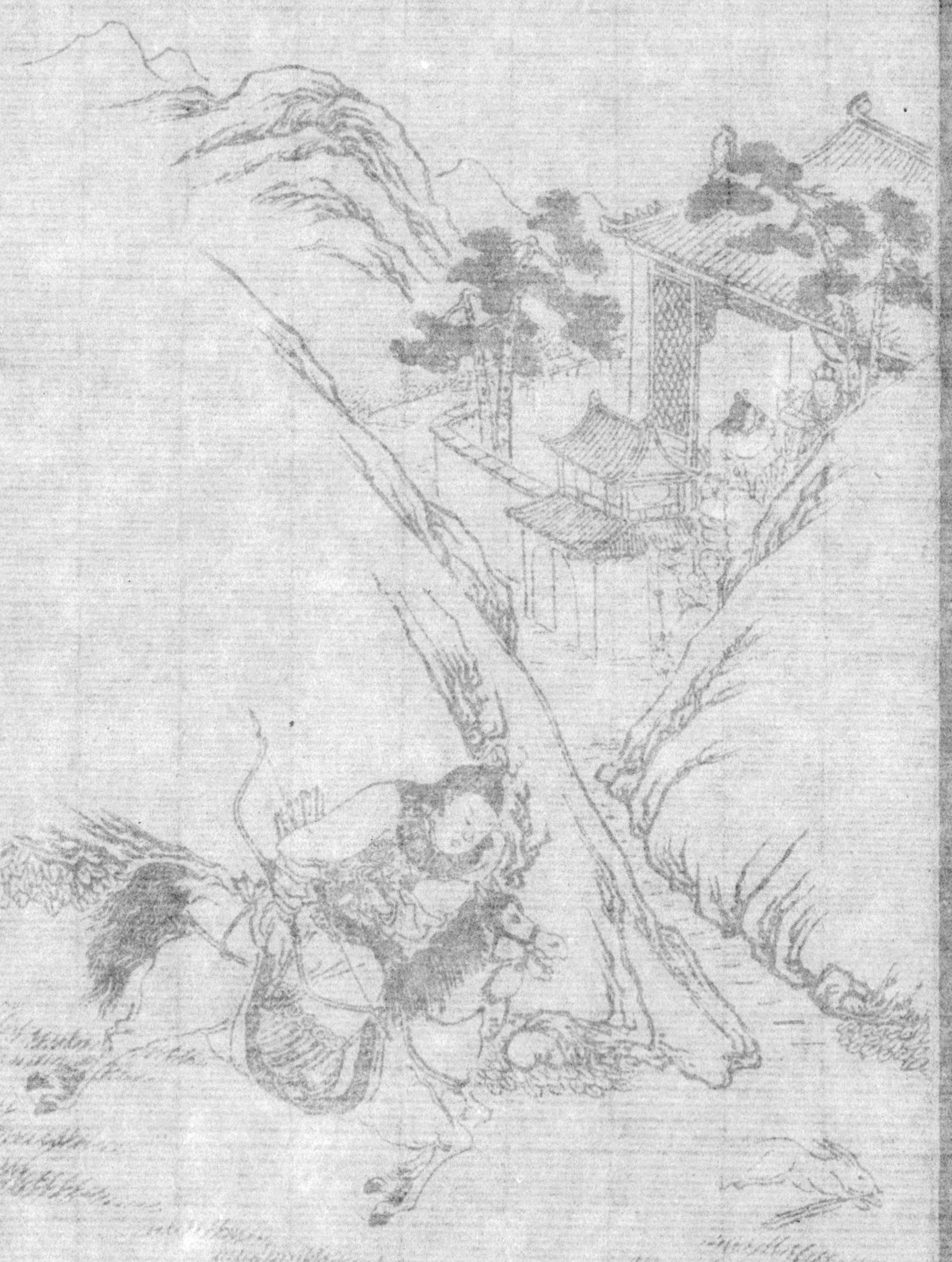

太子聞說，教：『拿來我看。』三藏扯開匣蓋兒，那行者跳將出來，㧐牙㧐的，兩邊亂走。太子道：『這星星小人兒，能知甚事？』行者聞言嫌小，却就使個神通，把腰伸一伸，就長了有三尺四五寸。衆軍士吃驚道：『若是這般快長，不消幾日，就撑破天也。』行者長到原身，就不長了。太子才問道：『立帝貨，這老和尚說你能知未來過去吉凶，你却有龜作卜？有蓍作筮？憑書句斷人禍福？』行者道：『我一毫不用，只是全憑三寸舌，萬事盡皆知。』太子道：『這廝又是胡說。自古以來，《周易》之書，極其玄妙，斷盡天下吉凶，使人知所趨避，故龜所以卜，蓍所以筮。聽汝之言，憑據何理？妄言禍福，扇惑人心！』

行者道：『殿下且莫忙，等我說與你聽。你本是烏鷄國王的太子。你那裏五年前，年程荒旱，萬民遭苦，你家皇帝共臣子，秉心祈禱。正無點雨之時，鐘南山來了一個道士，他善呼風喚雨，點石爲金。君王忒也愛小，就與他拜爲兄弟。這樁事有麽？』太子道：『有！有！有！你再說說。』行者道：『後三年不見全真，稱孤的却是誰？』太子道：『果是有個全真，父王與他拜爲兄弟，食則同食，寢則同寢。三年前在御花園裏玩景，被他一陣神風，把父王手中金厢白玉珪，攝回鐘南山去了。至今父王還思慕他。因不見他，遂無心賞玩，把花園緊閉了，已三年矣。做皇帝的，非我父王而何？』

行者聞言，哂笑不絕。太子再問不答，只是哂笑。

太子怒道：『這廝當言不言，如何這等哂笑？』行者又道：『還有許多話哩，奈何左右人衆，不是說處。』太子見他言語有因，將袍袖一展，教軍士且退。那駕上官將，急傳令，將三千人馬，都出門外住札。此時殿上無人，太子坐在上面，長老立在前邊，左手旁立着行者。本寺諸僧皆退。行者才正色上前道：『殿下，化風去的是你生身之父母，見坐位的，是那祈雨之全真。』太子道：『胡說！胡說！我父自全真去後，風調雨順，國泰民安。照依你說，就不是我父王了。還是我年孺，容得你，若我父王聽見你這番話，拿了去，碎屍萬段！』把行者咄的喝下來。

行者對唐僧道：『何如？我說他不信。果然！果然！如今却拿那寶貝進與他，倒換關文，往西方去罷。』三藏即將紅匣子遞與行者。行者接過來，將身一抖，那匣兒卒不見了，——原是他毫毛變的，被他收上身去。——却將白玉珪雙手捧上，獻與太子。

太子見了道：『好和尚！好和尚！你五年前本是個全真，來騙了我家的寶貝，如今又妝做和尚來進獻！』叫：『拿了！』一聲傳令，把長老唬得慌忙指着行者道：『你這弼馬溫！專撞空頭禍，帶累我哩！』行者近前一齊攔住道：『休嚷！莫走了風！我不叫做立帝貨，還有真名哩。』太子怒道：『你上來！我問你個真名字，好送法司定罪！』

行者道：『我是那長老的大徒弟，名喚悟空孫行者。因與我師父上西天取經，昨宵到此覓宿。我師父夜讀經卷，至三更時分，得一夢。夢見你父王道，他被那全真欺害，推在御花園八角琉璃井内，全真變作他的模樣。滿朝官不能知，你年幼亦無分曉，禁你入宮，關了花園，大端怕漏了消息。你父王今夜特來請我降魔，我恐不是妖邪，自空中看了，果然是個妖精。正要動手拿他，不期你出城打獵。你箭中的玉兔，就是老孫。老孫把你引到寺裏，見師父，訴此衷腸，句句是實。你既然認得白玉珪，怎麽不念鞠養恩情，替親報仇？』

那太子聞言，心中慘戚，暗自傷愁道：『若不信此言語，他却有三分兒真實；若信了，怎奈殿上見是我父王。』這才是進退兩難心問口，三思忍耐口問心。行者見他疑惑不定，又上前道：『殿下不必心疑，請殿下駕回本國，問你國母娘娘一聲，看他夫妻恩愛之情，比三年前如何。祇此一問，便知真假矣。』

那太子回心道：『正是！且待我問我母親去來。』他跳起身，籠了玉珪就走。行者扯住道：『你這些人馬都回，却不走漏消息，我難成功？但要你單人獨馬進城，不可揚名賣弄。莫入正陽門，須從後宰門進去。到宮中見你母親，切休高聲大氣，須是悄語低言：恐那怪神通廣大，一時走了消息，你娘兒們性命俱難保也。』太子謹遵教命，出山

門吩咐將官：「穩在此札營，不得移動。我有一事，待我去了就來一同進城。」看他：

指揮號令屯軍士，上馬如飛即轉城。

這一去，不知見了娘娘，有何話說，且聽下回分解。

總評：

世上既有認賊作子的，定有認妖作父的，所以禪門急急喚人要認真爺娘也。吁，爺娘則爺娘矣，緣何又要認真爺娘也？此處最可細思，勿作一句没頭話理會過才是，才是。

第三十八回　嬰兒問母知邪正　金木參玄見假真

逢君祇說受生因，便作如來會上人。一念靜觀塵世佛，十方同看降威神。欲知今日真明主，須向當年嫡母身。別有世間曾未見，一行一步一花新。

却說那烏鷄國王太子，自別大聖，不多時，回至城中。果然不奔朝門，不敢報傳宣詔，徑至後宰門首，見幾個太監在那裏把守。——見太子來，不敢阻滯，讓他進去了。好太子，夾一夾馬，撞入裏面，忽至錦香亭下。祇見那正宮娘娘坐在錦香亭上，兩邊有數十個嬪妃掌扇，那娘娘倚雕欄兒流泪哩。

你道他流泪怎的？原來他四更時也做了一夢，記得一半，含糊了一半，沉沉思想。這太子下馬，跪于亭下，叫：「母親！」那娘娘强整歡容，叫聲「孩兒，喜呀！喜呀！這二三年在前殿與你父王開講，不得相見，我甚思量，今日如何得暇來看我一面？誠萬千之喜！誠萬千之喜！孩兒，你怎麽聲音悲慘？你父王年紀高邁，有一日龍歸碧海，鳳返丹霄，你就傳了帝位，還有甚麽不悦？」太子叩頭道：「母親，我問你：即位登龍是那個？稱孤道寡果何人？」娘娘聞言道：「這孩兒發風了！做皇帝的是你父王，你問怎的？」太子叩頭道：「萬望母親赦子無罪，敢問；不赦，不敢問。」娘娘道：「子母家有何罪？赦你，赦你，快快說來。」太子道：「母親，我問你三年前夫妻宫裏之事與後三年恩愛同否，如何？」

娘娘見說，魂飄魄散，急下亭抱起，緊摟在懷，眼中滴泪道：「孩兒！我與你久不相見，怎麽今日來宫問此？」太子發怒道：「母親有話早說；不說時，且誤了大事。」娘娘才喝退左右，泪眼低聲道：「這樁事，孩兒不問，我到九泉之下，也不得明白。既問時，聽我說：

三載之前温又暖，三年之後冷如冰。枕邊切切將言問，他說老邁身衰事不興！」

太子聞言，撒手脱身，攀鞍上馬。那娘娘一把扯住道：「孩兒，你有甚事，話不終就走？」太子跪在面前道：

『母親，不敢說。今日早朝，蒙欽差架鷹逐犬，出城打獵，偶遇東土駕下來的個取經聖僧，有大徒弟乃孫行者，極善降妖。原來我父王死在御花園八角琉璃井內，這全真假變父王，侵了龍位。今夜三更，父王託夢，請他到城捉怪。孩兒不敢盡信，特來問母。母親才說出這等言語，必然是個妖精。』那娘娘道：『兒啊，外人之言，你怎麼就信爲實？』太子道：『兒還不敢認實，父王遺下表記與他了。』娘娘問是何物，太子袖中取出那金廂白玉珪，遞與娘娘。那娘娘認得是當時國王之寶，止不住淚如泉涌。叫聲『主公！你怎麼死去三年，不來見我，却來見聖僧，後來見我？』太子道：『母親，這話是怎的說？』娘娘道：『兒啊，我四更時分，也做了一夢，夢見你父王水淋淋的，站在我跟前，親說他死了，鬼魂兒拜請了唐僧，降假皇帝，救他前身。記便記得是這等言語，只是一半兒不得分明。正在這裏狐疑，怎知今日你又來說這話，又將寶貝拿出。我且收下，你且去請那聖僧急急爲之。果然掃蕩妖氛，辨明邪正，庶報你父王養育之恩也。』

太子急忙上馬，出後宰門，躲離城池。真個是噙淚叩頭辭國母，含悲頓首復唐僧。不多時，出了城門，徑至寶林寺山門前下馬。衆軍士接着太子，又見紅輪將墜。太子傳令，不許軍士亂動。他又獨自個入了山門，整束衣冠，拜請行者。

祇見那猴王從正殿搖搖擺擺走來。那太子雙膝跪下道：『師父，我來了。』行者上前攙住道：『請起，你到城中，可曾問誰麼？』太子道：『問母親來。』將前言盡說了一遍。行者微微笑道：『若是那般冷啊，想是個甚麼冰冷的東西變的。不打緊！不打緊！等我老孫與你掃蕩。却只是今日晚了，不好行事。你先回去，待明早我來。』太子跪地叩拜道：『師父，我祇在此伺候，到明日同師父一路去罷。』行者道：『不好！不好！若是與你一同入城，那怪物生疑，不說是我撞着你，却說是你請老孫，却不惹他反怪你也？』太子道：『我如今進城，他也怪我。』行者道：『怪你怎麼？』太子道：『我自早朝蒙差，帶領若乾人馬鷹犬出城，今一日更無一件野物，怎麼見駕？若問我個不才之罪，

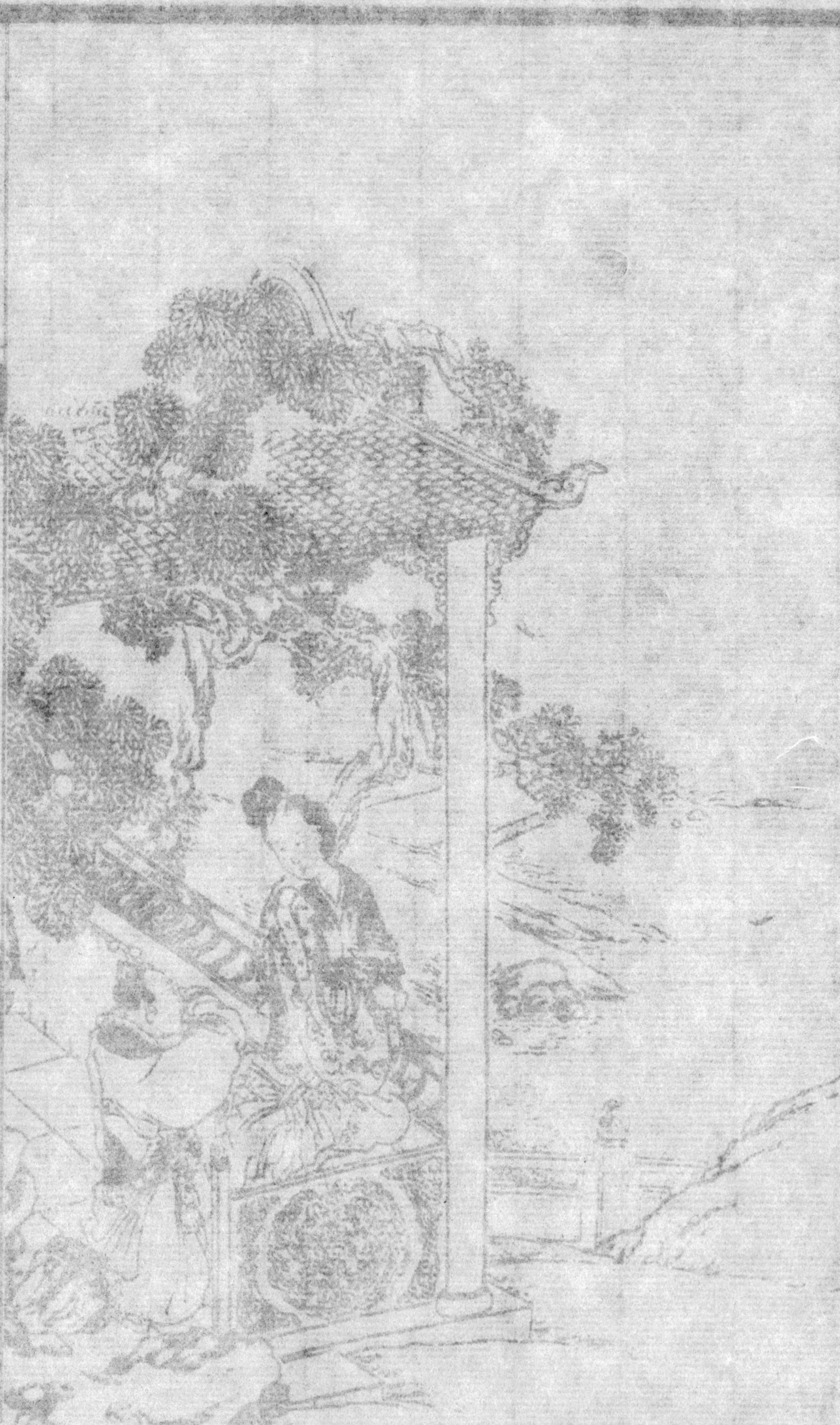

監陷羑裏，你明日進城，却將何倚？況那班部中更没個相知人也。』行者道：『這甚打緊？你肯早説時，却不尋下些等你。』

好大聖！你看他就在太子面前，顯個手段，將身一縱，跳在雲端裏。捻着訣，念一聲『藍净法界』的真言，拘得那山神、土地在半空中施禮道：『大聖，呼喚小神，有何使令？』行者道：『老孫保護唐僧至此，欲拿邪魔，奈何那太子打獵無物，不敢回朝；問汝等討個人情，快將獐犯鹿兔，走獸飛禽，各尋些來，打發他回去。』山神、土地聞言，敢不承命；又問各要幾何。大聖道：『不拘多少，取些來便罷。』那各神即着本處陰兵，颳一陣聚獸陰風，捉了些野雞山雉，角鹿肥獐，狐貛狢兔，虎豹狼蟲，共有百千餘衹，獻與行者。行者道：『老孫不要。你可把他都捻就了筋，單擺在那四十里路上兩旁，教那些人不縱鷹犬，拿回城去，算了汝等之功。』衆神依言，散了陰風，擺在左右。

行者才按雲頭，對太子道：『殿下請回，路上已有物了，你自收去。』太子見他在半空中弄此神通，如何不信，只得叩頭拜别。出山門傳了令，教軍士們回城。衹見那路旁果有無限的野物，軍士們不縱鷹犬，一個個俱着手擒捉，喝采，俱道是千歲殿下的洪福，怎知是老孫的神功？你聽凱歌聲唱，一擁回城。

這行者保護了三藏。那本寺中的和尚，見他們與太子這樣綢繆，怎不恭敬？却又安排齋供，管待了唐僧，依然還歇在禪堂裏。將近有一更時分，行者心中有事，急睡不着。他一轂轆爬起來，到唐僧床前，叫：『師父。』此時長老還未睡哩。他曉得行者會失驚打怪的，推睡不應。行者摸着他的光頭，亂摇道：『師父怎睡着了？』唐僧怒道：『這個頑皮！這早晚還不睡，吆喝甚麼？』行者道：『師父，有一樁事兒，和你計較計較。』長老道：『甚麼事？』行者道：『我日間與那太子誇口，説我的手段比山還高，比海還深，拿那妖精如探囊取物一般，伸了手去就拿將轉來，——却也睡不着，想起來，有些難哩。』唐僧道：『你説難，便就不拿了罷。』行者道：『拿是還要拿，只是理上不順。』唐僧道：『這猴頭亂説！妖精奪了人君位，怎麼叫做理上不順？』行者道：『你老人家衹知念經拜佛，打坐參禪，那曾見那蕭何的律法？常言道：「拿賊拿贜。」那怪物做了三年皇帝，又不曾走了馬脚，漏了風聲。他與三宫妃後同眠，又和兩班文武共樂，我老孫就有本事拿住他，也不好定個罪名。』唐僧道：『怎麼不好定罪？』行者道：『他就是個没嘴的葫蘆，也與你滚上幾滚。他敢道：「我是烏鷄國王。有甚逆天之事，你來拿我？」將甚執照與他折辯？』唐僧道：『憑你怎生裁處？』

行者笑道：『老孫的計已成了。只是幹礙着你老人家，——有些兒護短。』唐僧道：『我怎麼護短？』行者道：『八戒生得夯，你有些兒偏向他。』唐僧道：『我怎麼向他？』行者道：『你若不向他啊，且如今把膽放大些，與沙僧衹在這裏。待老孫與八戒趁此時先入那烏鷄國城中，尋着御花園，打開琉璃井，把那皇帝屍首撈將上來，包在我們包袱裏。明日進城，且不管甚麼倒换文牒，見了那怪，掣棍子就打。他但有言語，就將骨櫬與他看，説：「你殺的是這個人！」却教太子上來哭父，皇后出來認夫，文武多官見主，我老孫與兄弟們動手；這才是有對頭的官事好打。』唐僧聞言，暗喜道：『只怕八戒不肯去。』行者笑道：『如何？我説你護短。你怎麼就知他不肯去？你衹像我叫你時不答應，半個時辰便了！我這去，但憑三寸不爛之舌，莫説是猪八戒，就是「猪九戒」，也有本事教他跟着我走。』唐僧道：『也罷，隨你去叫他。』

行者離了師父，徑到八戒床邊。叫：『八戒！八戒！』那呆子是走路辛苦的人，丢倒頭，衹情打鼾，那裏叫得醒。行者揪着耳朵，抓着鬃，把他一拉，拉起來，叫聲『八戒。』那呆子還打掕挣。行者又叫一聲，呆子道：『睡了罷，莫頑！明日要走路哩！』行者道：『不是頑，有一樁買賣，我和你做去。』八戒道：『甚麼買賣？』行者道：『你可曾聽得那太子説麼？』八戒道：『我不曾見面，不曾聽見説甚麼。』行者道：『那太子告誦我説，那妖精有件寶貝，萬夫不當之勇。我們明日進城，不免與他争敵，倘那怪執了寶貝，降倒我們，却不反成不美，我想着打人不過，

呆子真個深知水性，却就打個猛子，淬將下去。呀！那井底深得緊！他却着實又一淬，忽睁眼見有一座牌樓，上有『水晶宮』三個字。八戒大驚道：『罷了！罷了！錯走了路了！鏘下海來也！海內有個水晶宮，井裏如何有之？』原來八戒不知此是井龍王的水晶宮。

八戒正叙話處，早有一個巡水的夜叉，開了門，看見他的模樣，急抽身進去報道：『大王，禍事了！井上落一個長嘴大耳的和尚來了！赤淋淋的，衣服全無，還不死，逼法説話哩。』那井龍王忽聞此言，心中大驚道：『這是天蓬元帥來也。昨夜夜遊神奉上敕旨，來取烏鷄國王魂靈去拜見唐僧，請齊天大聖降妖。這怕是齊天大聖、天蓬元帥來了。却不可怠慢他，快接他去也。』

那龍王整衣冠，領衆水族，出門來厲聲高叫道：『天蓬元帥，請裏面坐。』八戒却纔歡喜道：『原來是個故知。』那呆子不管好歹，徑入水晶宮裏。——其實不知上下，赤淋淋的，——就坐在上面。龍王道：『元帥，近聞你得了性命，皈依釋教，保唐僧西天取經，如何得到此處？』八戒道：『正爲此説。我師兄孫悟空多多拜上，着我來問你取甚麼寶貝哩。』龍王道：『可憐，我這裏怎麼得個寶貝？比不得那江、河、淮、濟的龍王，飛騰變化，便有寶貝。我久困于此，日月且不能長見，寶貝果何自而來也？』八戒道：『不要推辭，有便拿出來罷。』龍王道：『有便有一件寶貝，只是拿不出來，就元帥親自來看看，何如？』八戒道：『妙！妙！妙！須是看看來也。』

那龍王前走，這呆子隨後。轉過了水晶宮殿，祇見廊廡下，横躺着一個六尺長軀。龍王用手指定道：『元帥，那廂就是寶貝了。』八戒上前看了，呀！原來是個死皇帝，戴着衝天冠，穿着赭黄袍，踏着無憂履，繫着藍田帶，直挺挺睡在那廂。八戒笑道：『難！難！難！算不得寶貝！想老猪在山爲怪時，時常將此物當飯，且莫説見的多少，吃也吃够無數，那裏叫做甚麼寶貝。』龍王道：『元帥原來不知。他本是烏鷄國王的屍首，自到井中，我與他定顔珠定住，不曾得壞。你若肯馱他出去，見了齊天大聖，假有起死回生之意啊，莫説寶貝，憑你要甚麼東西都有。』八戒道：『既這等説，我與你馱出去，祇説把多少燒埋錢與我？』龍王道：『其實無錢。』八戒道：『你好白使人？果然没錢，不馱！』龍王道：『不馱，請行。』八戒就走。龍王差兩個有力量的夜叉，把屍抬將出去，送到水晶宮門外，丢在那廂，摘了辟水珠，就有水響。

八戒急回頭看，不見水晶宮門，一把摸着那皇帝的屍首，慌得他脚軟筋麻，攛出水面，扳着井墻，叫道：『師兄！伸下棒來救我一救！』行者道：『可有寶貝麼？』八戒道：『那裏有！只是水底下有一個井龍王，教我馱死人；我不曾馱，他就把我送出門來，就不見那水晶宮了，祇摸着那個屍首。唬得我手軟筋麻，掙搓不動了！哥呀！好歹救我救兒！』行者道：『那個就是寶貝，如何不馱上來？』八戒道：『知他死了多少時了，我馱他怎的？』行者道：『你不馱，我回去耶。』八戒道：『你回那裏去？』行者道：『我回寺中，同師父睡覺去。』八戒道：『我就不去了？』行者道：『你爬得上來，便帶你去，爬不上來，便罷。』八戒慌了：『怎生爬得動？你想，城墻也難上，這井肚子大，口兒小，壁陡的圈墻，又是幾年不曾打水的井，團團都長的是苔痕，好不滑也，教我怎爬？哥哥，不要失了兄弟們和氣，等我馱上來罷。』行者道：『正是。快快馱上來，我同你回去睡覺。』那呆子又一個猛子，淬將下去，摸着屍首，拽過來，揹在身上，攛出水面，扶井墻道：『哥哥，馱上來了。』那行者睁睛看處，真個的背在身上。却纔把金箍棒伸下井底，那呆子着了惱的人，張開口，咬着鐵棒，被行者輕輕的提將出來。

八戒將屍放下，撈過衣服穿了。行者看時，那皇帝容顔依舊，似生時未改分毫。行者道：『兄弟啊，這人死了三年，怎麼還容顔不壞？』八戒道：『你不知之。這井龍王對我説，他使了定顔珠定住了，屍首未曾壞得。』行者道：『造化！造化！一則是他的冤仇未報，二來該我們成功。兄弟快把他馱了去。』八戒道：『馱往那裏去？』行者道：『馱了去見師父。』八戒口中作念道：『怎的起！怎的起！好好睡覺的人，被這猢猻花言巧語，哄我教做甚麼買賣，如今却幹這等事，教我馱死人！馱着他，腌臢臭水淋將下來，污了衣服，没人與我漿洗。上面有幾個補丁，天陰發潮，

不如先下手。我和你去偷他的來，却不是好？』八戒道：『哥哥，你哄我去做賊哩。這個買賣，我也去得，果是曉得實實的幫寸，我也與你講個明白：偷了寶貝，降了妖精，我却不奈煩甚麼小家罕氣的分寶貝，我就要了。』行者道：『你要作甚？』八戒道：『我不如你們乖巧能言，人面前化得出齋來；老猪身子又夯，言語又粗，不能念經，若到那無濟無生處，可好換齋吃麼？』行者道：『老孫祇要圖名，那裏圖甚寶貝，就與你罷便了。』那呆子聽見説都與他，他就滿心歡喜，一轂轆爬將起來，套上衣服，就和行者走路。這正是清酒紅人面，黃金動道心。兩個密密的開了門，躲離三藏，縱祥光，徑奔那城。

不多時到了，按落雲頭，祇聽得樓頭方二鼓矣。行者道：『兄弟，二更時分了。』八戒道：『正好！正好！人都在頭覺裏正濃睡也。』二人不奔正陽門，徑到後宰門首，祇聽得梆鈴聲響。行者道：『兄弟，前後門皆緊急，如何得入？』八戒道：『那見做賊的從門裏走麼？瞞墻跳過便罷。』行者依言，將身一縱，跳上裏羅城墻。八戒也跳上去。二人潛入裏面，找着門路，徑尋那御花園。

正行時，祇見有一座三檐白簇的門樓，上有三個亮灼灼的大字，映着那星月光輝，乃是『御花園』。行者近前看了，有幾重封皮，公然將鎖門銹住了。即命八戒動手，那呆子掣鐵鈀，盡力一築，把門築得粉碎。行者先舉步跺入，忍不住跳將起來，大呼小叫。唬得八戒上前扯住道：『哥呀，害殺我也！那見做賊的這般吆喝！驚醒了人，把我們拿住，發到官司，就不該死罪，也要解回原籍充軍。』行者道：『兄弟啊，你却不知我發急爲何？你看這：

彩畫雕欄狼狽，寶妝亭閣攲歪。莎汀蓼岸盡塵埋，芍藥荼蘼俱敗。茉莉玫瑰香暗，牡丹百合空開。芙蓉木槿草垓垓，异卉奇葩壅壞。巧石山峰俱倒，池塘水涸魚衰。青松紫竹似乾柴，滿路茸茸蒿艾。丹桂碧桃枝損，海榴棠棣根歪。橋頭曲徑有蒼苔，冷落花園境界！』

八戒道：『且嘆他做甚？快幹我們的買賣去來！』行者雖然感慨，却留心想起唐僧的夢來，説芭蕉樹下方是井。

正行處，果見一株芭蕉，生得茂盛，比衆花木不同。真是：

一種靈苗秀，天生體性空。枝枝抽片紙，葉葉捲芳叢。翠縷千條細，丹心一點紅。淒涼愁夜雨，憔悴怯秋風。長養元丁力，栽培造化工。緘書成妙用，揮灑有奇功。鳳翎寧得似，鸞尾迴相同。薄露瀼瀼滴，輕煙淡淡籠。青陰遮户牖，碧影上簾櫳。不許栖鴻雁，何堪繫玉驄。霜天形槁悴，月夜色朦朧。僅可消炎暑，猶宜避日烘。愧無桃李色，冷落粉墻東。

行者道：『八戒，動手麼！寶貝在芭蕉樹下埋着哩。』那呆子雙手舉鈀，築倒了芭蕉，然後用嘴一拱，拱了有三四尺深，見一塊石板蓋住。呆子歡喜道：『哥呀！造化了！果有寶貝！是一片石板蓋着哩！不知是壇兒盛着，是櫃兒裝着哩。』行者道：『你掀起來看看。』那呆子果又一嘴，拱開看處，又見有霞光灼灼，白氣明明。八戒笑道：『造化！造化！寶貝放光哩！』又近前細看時，呀！原來是星月之光，映得那井中水亮。八戒道：『哥呀，你但幹事，便要留根。』行者道：『我怎留根？』八戒道：『這是一眼井。你在寺裏，早説是井中有寶貝，我却帶將兩條捆包袱的繩來，怎麼作個法兒，把老猪放下去，如今空手，這裏面東西，怎麼得下去上來耶？』行者道：『你下去麼？』八戒道：『正是要下去，只是没繩索。』行者笑道：『你脱了衣服，我與你個手段。』八戒道：『有甚麼好衣服？解了這直裰子就是了。』

好大聖，把金箍棒拿出來，兩頭一扯，叫『長！』足有七八丈長。教：『八戒，你抱着一頭兒，把你放下井去。』八戒道：『哥呀，放便放下去，若到水邊，就住了罷。』行者道：『我曉得。』那呆子抱着鐵棒，被行者輕輕提將起來，將他放下去。不多時，放至水邊。八戒道：『到水了！』行者聽見他説，却將棒往下一按。那呆子撲通的一個没頭蹲，丢了鐵棒，便就負水，口裏嘟嘟的嚷道：『這天殺的！我説到水莫放，他却就把我一按！』行者掣上棒來。笑道：『兄弟，可有寶貝麼？』八戒道：『見甚麼寶貝，只是一井水！』行者道：『寶貝沉在水底下哩。你下去摸一摸來。』

如何穿麽？」行者道：「你衹管馱了去，到寺裏，我與你換衣服。」八戒道：「不羞！連你穿的也沒有，又替我換！」行者道：「這般弄嘴，便不馱罷！」八戒道：「不馱！」行者道：「便伸過孤拐來，打二十棒！」八戒慌了道：「哥哥，那棒子重，若是打上二十，我與這皇帝一般了。」行者道：「怕打時，趁早兒馱着走路！」八戒果然怕打。沒好氣，把屍首拽將過來，揹在身上，拽步出園就走。

好大聖，捻着訣，念聲咒語，往巽地上吸一口氣，吹將去，就是一陣狂風，把八戒撮出皇宫内院，躲離了城池，息了風頭，二人落地，徐徐却走將來。那呆子心中暗惱，算計要恨報行者，道：「這猴子捉弄我，我到寺裏也捉弄他捉弄，攛唆師父，衹説他醫得活；醫不活，教師父念《緊箍兒咒》，把這猴子的腦漿勒出來，方趁我心！」走着路，再再尋思道：「不好！不好！若教他醫人，却是容易。他去閻王家討將魂靈兒來，就醫活了。衹説不許赴陰司，陽世間就能醫活，這法兒才好。」

説不了，却到了山門前，徑直進去，將屍首丢在那禪堂門前。道：「師父，起來看邪。」那唐僧睡不着，正與沙僧講行者哄了八戒去久不回之事。忽聽得他來叫了一聲，唐僧連忙起身道：「徒弟，看甚麽？」八戒道：「行者的外公，教老猪馱將來了。」行者道：「你這饢糟的呆子！我那裏有甚麽外公。」八戒道：「哥，不是你外公，却教老猪馱他來怎麽？也不知費了多少力了！」

那唐僧與沙僧開門看處，那皇帝容顔未改，似活的一般。長老忽然慘凄道：「陛下，你不知那世裏冤家，今生遇着他，暗喪其身，抛妻别子，致令文武不知，多官不曉！可憐你妻子昏蒙，誰曾見焚香獻茶？」忽失聲泪如雨下。八戒笑道：「師父，他死了可幹你事？又不是你家父祖，哭他怎的！」三藏道：「徒弟啊，出家人慈悲爲本，方便爲門。你怎的這等心硬？」八戒道：「不是心硬，師兄和我説來，他會醫得活。若是醫不活，我也不馱他來了。」那長老原來是一頭水的，被那呆子摇動了，也便就叫：「悟空，若果有手段醫活這個皇帝，正是『救人一命，勝造七級浮屠』。我等也强似靈山拜佛。」行者道：「師父，你怎麽信這呆子亂談！人若死了，或三七五七，盡七七日，受滿了陽間罪過，就轉生去了。如今已死三年，如何救得？」三藏聞其言道：「也罷了。」八戒苦恨不息。道：「師父，你莫被他瞞了。他有些夾腦風。你衹念念那話兒，管他還你一個活人。」真個唐僧就念《緊箍兒咒》，勒得那猴子眼脹頭疼。

畢竟不知怎生醫救，且聽下回分解。

總評：

描畫行者耍處，八戒笨處，咄咄欲真，傳神手也。

第三十九回　一粒金丹天上得　三年故主世間生

話說那孫大聖頭痛難禁，哀告道：「師父，莫念！莫念！等我醫罷！」長老問：「怎麽醫？」行者道：「祇除過陰司，查勘那個閻王家有他魂靈，請將來救他。」八戒道：「師父莫信他。他原說不用過陰司，陽世間就能醫活，方見手段哩。」那長老信邪風，又念《緊箍兒咒》，慌得行者滿口招承道：「陽世間醫罷！陽世間醫罷！」八戒道：「莫要住！祇管念，祇管念！」行者罵道：「你這呆孽畜，攛道師父咒我哩！」八戒笑得打跌道：「哥耶！哥耶！你祇曉得捉弄我，不曉得我也捉弄你捉弄！」行者道：「師父，莫念！莫念！待老孫陽世間醫罷。」三藏道：「陽世間怎麽醫？」行者道：「我如今一筋斗雲，撞入南天門裏，不進斗牛宫，不入靈霄殿，徑到那三十三天之上，離恨天宫兜率院內，見太上老君，把他「九轉還魂丹」求得一粒來，管取救活他也。」

三藏聞言，大喜道：「就去快來。」行者道：「如今有三更時候罷了，投到回來，好天明了。只是這個人睡在這裏，冷淡冷淡，不像個模樣；須得舉哀人看着他哭，便才好哩。」八戒道：「不消講，這猴子一定是要我哭哩。」行者道：「怕你不哭！你若不哭，我也醫不成！」八戒道：「哥哥，你自去，我自哭罷了。」行者道：「哭有幾樣：若幹着口喊，謂之嚎；扭搜出些眼泪兒來，謂之啕。又要哭得有眼泪，又要哭得有心腸，才算着嚎啕痛哭哩。」八戒道：「我且哭個樣子你看看。」他不知那裏扯個紙條，拈作一個紙拈兒，往鼻孔裏通了兩通，打了幾個涕噴，你看他眼泪汪汪，黏涎答答的，哭將起來。口裏不住的絮絮叨叨，數黄道黑，真個像死了人的一般。哭到那傷情之處，唐長老也泪滴心酸。行者笑道：「正是那樣哀痛，再不許住聲。你這呆子哄得我去了，你就不哭。我還聽哩！若是這等哭便罷；若略住住聲兒，定打二十個孤拐！」八戒笑道：「你去！你去！我這一哭動頭，有兩日哭哩。」沙僧見他數落，便去尋幾枝香來燒獻。行者笑道：「好！好！好！一家兒都有些敬意，老孫才好用功。」

好大聖，此時有半夜時分，别了他師徒三衆，縱筋斗雲，祇入南天門裏。果然也不謁靈霄寶殿，不上那斗牛天宫，一路雲光，徑來到三十三天離恨天兜率宫中。才入門，祇見那太上老君正坐在那丹房中，與衆仙童執芭蕉扇搧火煉丹哩。他見行者來時，即吩咐看丹的童兒：「各要仔細。偷丹的賊又來也。」

行者作禮笑道：「老官兒，這等没搭撒。防備我怎的？我如今不幹那樣事了。」老君道：「你那猴子，五百年前大鬧天宫，把我靈丹偷吃無數，着小聖二郎捉拿上界，送在我丹爐煉了四十九日，炭也不知費了多少。你如今幸得脱身，皈依佛果，保唐僧往西天取經，前者在平頂山上降魔，弄刁難，不與我寶貝，今日又來做甚？」行者道：「前日事，老孫更没稽遲，將你那五件寶貝當時交還，你反疑心怪我？」

老君道：「你不走路，潛入吾宫怎的？」行者道：「自别後，西過一方，名烏鷄國。那國王被一妖精假裝道士，呼風唤雨，陰害了國王，那妖假變國王相貌，現坐金鑾殿上。是我師父夜坐寶林寺看經，那國王鬼魂參拜我師，敦請老孫與他降妖，辨明邪正。正是老孫思無指實，與弟八戒，夜入園中，打破花園，尋着埋藏之所，乃是一眼八角琉璃井內。撈上他的屍首，容顏不改。到寺中見了我師，他發慈悲，着老孫醫救，不許去赴陰司裏求索靈魂，祇教在陽世間救治。我想着無處回生，特來參謁。萬望道祖垂憐，把「九轉還魂丹」借得一千丸兒，與我老孫，搭救他也。」老君道：「這猴子胡說！甚麽一千丸，二千丸！當飯吃哩！是那裏土塊捘的，這等容易？咄！快去！没有！」行者笑道：「百十丸兒也罷。」老君道：「也没有。」行者道：「十來丸也罷。」老君怒道：「這潑猴却也纏帳！没有，没有！出去，出去！」行者笑道：「真個没有，我問别處去救罷。」老君喝道：「去！去！去！」這大聖拽轉步，往前就走。

老君忽的尋思道：「這猴子憊懶哩，説去就去，只怕溜進來就偷。」即命仙童叫回來道：「你這猴子，手脚不穩，我把這「還魂丹」送你一丸罷。」行者道：「老官兒，既然曉得老孫的手段，快把金丹拿出來，與我四六分分，還是你的造化哩；不然，就送你個「皮笊籬，——一撈個罄盡」。」那老祖取過葫蘆來，倒吊過底子，傾出一粒金

丹，遞與行者道：『止有此了。拿去，拿去！送你這一粒，醫活那皇帝，祇算你的功果罷。』行者接了道：『且休忙，等我嚐嚐看。只怕是假的，莫被他哄了。』撲的往口裏一丟，慌得那老祖上前扯住，一把揪着頂瓜皮，揝着拳頭，罵道：『這潑猴若要咽下去，就直打殺了！』行者笑道：『嘴臉！小家子樣！那個吃你的哩！能值幾個錢！虛多實少的。在這裏不是？』原來那猴子頦下有嗉袋兒。他把那金丹噙在嗉袋裏，被老祖捻着道：『去罷！去罷！再休來此纏繞！』這大聖才謝了老祖，出離了兜率天宮。

你看他千條瑞靄離瑤闕，萬道祥雲降世塵。須臾間，下了南天門，回到東觀，早見那太陽星上。按雲頭，徑至寶林寺山門外，祇聽得八戒還哭哩。忽近前叫聲：『師父。』三藏喜道：『悟空來了，可有丹藥？』行者道：『有。』八戒道：『怎麼得沒有？他偷也去偷人家些來！』行者笑道：『兄弟，你過去罷，用不着你了。你揩揩眼泪，別處哭去。』教：『沙和尚，取些水來我用。』沙僧急忙往後面井上，有個方便吊桶，即將半鉢盂水遞與行者。行者接了水，口中吐出丹來，安在那皇帝唇裏，兩手扳開牙齒，用一口清水，把金丹沖灌下肚。有半個時辰，祇聽他肚裏呼呼的亂響，只是身體不能轉移。行者道：『師父，弄我金丹也不能救活，可是揩殺老孫麽？』三藏道：『豈有不活之理。似這般久死之屍，如何吞得水下？此乃金丹之仙力也。自金丹入腹，却就腸鳴了；腸鳴乃血脉和動，但氣絶不能回伸。莫説人在井裏浸了三年，就是生鐵也上銹了。只是元氣盡絶，得個人度他一口氣便好。』那八戒上前就要度氣，三藏一把扯住道：『使不得！還教悟空來。』那師父甚有主張：原來猪八戒自幼兒傷生作孽吃人，是一口濁氣；惟行者從小修持，咬松嚼柏，吃桃果爲生，是一口清氣。這大聖上前，把個雷公嘴，噙着那皇帝口唇，呼的一口氣，吹入咽喉，度下重樓，轉明堂，徑至丹田，從涌泉倒返泥垣宮。呼的一聲響亮，那君王氣聚神歸，便翻身，輪拳曲足，叫了一聲『師父！』雙膝跪在塵埃道：『記得昨夜鬼魂拜謁，怎知道今朝天曉返陽神！』三藏慌忙攙起道：『陛下，不幹我事，你且謝我徒弟。』行者笑道：『師父説那裏話？常言道：「家無二主。」你受

他一拜兒不虧。』

三藏甚不過意，攙起那皇帝來，同入禪堂。又與八戒、行者、沙僧拜見了，方纔按座。衹見那本寺的僧人，整頓了早齋，却欲來奉獻，忽見那個水衣皇帝，個個驚張，人人疑說。孫行者跳出來道：『那和尚，不要這等驚疑。這本是烏鷄國王，乃汝之真主也。三年前被怪害了性命，是老孫今夜救活。如今進他城去，要辨明邪正。若有了齋，擺將來，等我們吃了走路。』衆僧即奉獻湯水，與他洗了面，換了衣服。把那皇帝赭黄袍脱了，本寺僧官，將兩領布直裰，與他穿了；解下藍田帶，將一條黄絲縧子與他繫了；褪下無憂履，與他一雙舊僧鞋撒了；却纔都吃了早齋，扣背馬匹。

行者問：『八戒，你行李有多重？』八戒道：『哥哥，這行李日逐挑着，倒也不知有多重。』行者道：『你把那一擔兒分爲兩擔，將一擔兒你挑着，將一擔兒與這皇帝挑。我們趕早進城幹事。』八戒歡喜道：『造化！造化！當時馱他來，不知費了多少力；如今醫活了，原來是個替身。』

那呆子就弄玄虚，將行李分開，就問寺中取條匾擔，輕些的自己挑了，重些的教那皇帝挑着。行者笑道：『陛下，着你那般打扮，挑着擔子，跟我們走走，可虧你麼？』那國王慌忙跪下道：『師父，你是我重生父母一般，莫説挑擔，情願執鞭墜鐙，伏侍老爺，同行上西天去也。』行者道：『不要你去西天。我内中有個緣故。你衹挑得四十里進城，待捉了妖精，你還做你的皇帝，我們還取我們的經也。』八戒聽言道：『這等説，他衹挑四十里路，我老猪還是長工！』行者道：『兄弟，不要胡説，趁早外邊引路。』

真個八戒領那皇帝前行，沙僧伏侍師父上馬，行者隨後。衹見那本寺五百僧人，齊齊整整，吹打着細樂，都送出山門之外。行者笑道：『和尚們不必遠送，但恐官家有人知覺，泄漏我的事機，反爲不美。快回去！快回去！但把那皇帝的衣服冠帶，整頓乾净，或是今晚明早，送進城來，我討些封贈賞賜謝你。』衆僧依命各回訖。行者放開大步，趕上師父，一直前來。正是：

西方有訣好尋真，金木和同却煉神。丹母空懷懞懂夢，嬰兒長恨杌樗身。必須井底求明主，還要天堂拜老君。
悟得色空還本性，誠爲佛度有緣人。

師徒們在路上，那消半日，早望見城池相近。三藏道：『悟空，前面想是烏鷄國了。』行者道：『正是，我們快趕進城幹事。』那師徒進得城來，衹見街市上人物齊整，風光鬧熱，早又見鳳閣龍樓，十分壯麗。有詩爲證。詩曰：

海外宫樓如上邦，人間歌舞若前唐。花迎寶扇紅雲繞，日照鮮袍翠霧光。孔雀屏開香靄出，珍珠簾捲綵旗張。
太平景象真堪賀，静列多官没奏章。

三藏下馬道：『徒弟啊，我們就此進朝倒換關文，省得又攏那個衙門費事。』行者道：『説得有理。我兄弟們都進去，人多才好説話。』唐僧道：『都進去，莫要撒村，先行了君臣禮，然後再講。』行者道：『行君臣禮，就要下拜哩。』三藏道：『正是，要行五拜三叩頭的大禮。』行者笑道：『師父不濟。若是對他行禮，誠爲不智。你且讓我先走到裏邊，自有處置。等他若有言語，讓我對答。我若拜，你們也拜；我若蹲，你們也蹲。』

你看那惹禍的猴王，引至朝門，與閤門大使言道：『我等是東土大唐駕下差來，上西天拜佛求經者。今到此倒換關文，煩大人轉達，是謂不誤善果。』那黄門官即入端門，跪下丹墀，啓奏道：『朝門外有五衆僧人，言是東土唐國欽差上西天拜佛求經。今至此倒換關文，不敢擅入，現在門外聽宣。』

那魔王即令傳宣。唐僧却同入朝門裏面。那回生的國主隨行。正行，忍不住腮邊墮泪，心中暗道：『可憐！我的銅門兒江山，鐵圍的社稷，誰知被他陰佔了！』行者道：『陛下切莫傷感，恐走漏消息。這棍子在我耳朵裏跳哩，如今决要見功。管取打殺妖魔，掃蕩邪物。這江山不久就還歸你也。』那君王不敢違言，只得扯衣揩泪，捨死相從，徑來到金鑾殿下。

又見那兩班文武，四百朝官，一個個威嚴端肅，像貌軒昂。這行者引唐僧站立在白玉階前，挺身不動。那階下衆官，無不悚懼，道：『這和尚十分愚濁！怎麽見我王便不下拜，亦不開言呼祝？喏也不唱一個，好大膽無禮！』説不了，衹聽得那魔王開口問道：『那和尚是那方來的？』行者昂然答道：『我是南贍部洲東土大唐國奉欽差前往西域天竺國大雷音寺拜活佛求真經者。今到此方，不敢空度，特來倒換通關文牒。』那魔王聞説，心中作怒道：『你東土便怎麽？我不在你朝進貢，不與你國相通，你怎麽見吾抗禮，不行參拜！』行者笑道：『我東土古立天朝，久稱上國，汝等乃下土邊邦。自古道：「上邦皇帝，爲父爲君；下邦皇帝，爲臣爲子。」你倒未曾接我，且敢爭我不拜？』那魔王大怒，教文武官：『拿下這野和尚去！』説聲叫『拿』，你看那多官一齊踴躍。這行者喝了一聲，用手一指，教：『莫來！』那一指，就使個定身法，衆官俱莫能行動。真個是校尉階前如木偶，將軍殿上似泥人。

那魔王見他定住了文武多官，急縱身，跳下龍床，就要來拿。猴王暗喜道：『好！正合老孫之意。這一來就是個生鐵鑄的頭，盪着棍子，也打個窟窿！』正動身，不期旁邊轉出一個救命星來。你道是誰，原來是烏鷄國王的太子，急上前扯住那魔王的朝服，跪在面前道：『父王息怒。』

妖精問：『孩兒怎麽説？』太子道：『啓父王得知。三年前聞得人説，有個東土唐朝駕下欽差聖僧往西天拜佛求經，不期今日才來到我邦。父王尊性威烈，若將這和尚拿去斬首，衹恐大唐有日得此消息，必生嗔怒。你想那李世民自稱王位，一統江山，心尚未足，又興過海征伐；若知我王害了他御弟聖僧，一定興兵發馬，來與我王爭敵。奈何兵少將微，那時悔之晚矣。父王依兒所奏，且把那四個和尚，問他個來歷分明，先定他一段不參王駕，然後方可問罪。』

這一篇，原來是太子小心，恐怕來傷了唐僧，故意留住妖魔，更不知行者安排着要打。那魔王果信其言，立在龍床前面，大喝一聲道：『那和尚是幾時離了東土？唐王因甚事着你求經？』行者昂然而答道：『我師父乃唐

王御弟，號曰三藏。因唐王駕下有一丞相，姓魏名征，奉天條夢斬涇河老龍。大唐王夢遊陰司地府，復得回生之後，大開水陸道場，普度冤魂孽鬼。因我師父敷演經文，廣運慈悲，忽得南海觀世音菩薩指教來西。我師父大發弘願，情歡意美，報國盡忠，蒙唐王賜與文牒。那時正是大唐貞觀十三年九月望前三日。離了東土，前至兩界山，收了我做大徒弟，姓孫，名悟空行者；又到烏斯國界高家莊，收了二徒弟，姓猪，名悟能八戒；流沙河界，又收了三徒弟，姓沙，名悟淨和尚；前日在敕建寶林寺，又新收個挑擔的行童道人。』

魔王聞說，又沒法搜檢那唐僧，弄巧計盤詰行者，怒目問道：『那和尚，你起初時，一個人離東土，又收了四衆，那三僧可讓，這一道難容。那行童斷然是拐來的。他叫做甚麼名字？有度牒是無度牒？拿他上來取供。』唬得那皇帝戰戰兢兢道：『師父啊！我却怎的供？』孫行者捻他一把道：『你休怕，等我替你供。』

好大聖，趨步上前，對怪物厲聲高叫道：『陛下，這老道是一個瘖瘂之人，却又有些耳聾。衹因他年幼間曾走過西天，認得道路。他的一節兒起落根本，我盡知之，望陛下寬恕，待我替他供罷。』魔王道：『趁早實實的替他供來，免得取罪。』行者道：

『供罪行童年且邁，痴聾瘖瘂家私壞。祖居原是此間人，五載之前遭破敗。天無雨，民乾壞，君王黎庶都齋戒。焚香沐浴告天公，萬里全無雲靉靆。百姓飢荒若倒懸，鐘南忽降全真怪。呼風喚雨顯神通，然後暗將他命害。推下花園水井中，陰侵龍位人難解。幸吾來，功果大，起死回生無挂礙。情願皈依作行童，與僧同去朝西界。假君王是道人，道人轉是真王代。』

那魔王在金鑾殿上，聞得這一篇言語，唬得他心頭撞小鹿，面上起紅雲。急抽身就要走路，奈何手内無一兵器；轉回頭，衹見一個鎮殿將軍，腰挎一口寶刀，被行者使了定身法，如痴如瘂，立在那裏。他近前，奪了這寶刀，就駕雲頭望空而去。氣得沙和尚爆躁如雷，猪八戒高聲喊叫，埋怨行者是一個急猴子：『你就慢説些兒，却不穩住他了？如今他駕雲逃走，却往何處追尋？』行者笑道：『兄弟們且莫亂嚷。我等叫那太子下來拜父，嬪後出來拜夫。』却又念個咒語，解了定身法。『教那多官蘇醒回來拜君，方知是真實皇帝。教訴前情，才見分曉，我再去尋他。』好大聖，吩咐八戒、沙僧：『好生保護他君臣父子嬪後與我師父！』衹聽説聲去，就不見形影。

他原來跳在九霄雲裏，睁眼四望，看那魔王哩。衹見那畜果逃了性命，徑往東北上走哩。行者趕得將近，喝道：『那怪物，那裏去！老孫來了也？』那魔王急回頭，掣出寶刀，高叫道：『孫行者，你好憊懶！我來佔別人的帝位，與你無幹，你怎麽來抱不平，泄漏我的機密！』行者呵呵笑道：『我把你大膽的潑怪！皇帝又許你做？你既知我是老孫，就該遠遁；怎麽還刁難我師父，要取甚麽供狀！適纔那供狀是也不是？你不要走！好漢吃我老孫這一棒！』那魔側身躲過，掣寶刀劈面相還。他兩個搭上手，這一場好殺，真是：

猴王猛，魔王强，刀迎棒架敢相當。一天雲霧迷三界，衹爲當朝立帝王。

他兩個戰經數合，那妖魔抵不住猴王，急回頭復從舊路跳入城裏，闖在白玉階前兩班文武叢中，摇身一變，即變得與唐三藏一般模樣，並攙手，立在階前。這大聖趕上，就欲舉棒來打，那怪道：『徒弟莫打，是我！』急掣棒要打那個唐僧，却又道：『徒弟莫打，是我！』一樣兩個唐僧，實難辨認。——『倘若一棒打殺妖怪變的唐僧，這個也成了功果；假若一棒打殺我的真實師父，却怎麽好！』只得停手，叫八戒、沙僧問道：『果然那一個是怪，那一個是我的師父？你指與我，我好打他。』八戒道：『你在半空中相打相嚷，我瞥瞥眼就見兩個師父，也不知誰真誰假。』

行者聞言，捻訣念聲咒語，叫那護法諸天、六丁六甲、五方揭諦、四值功曹、一十八位護駕伽藍、當坊土地、本境山神道：『老孫至此降妖，妖魔變作我師父，氣體相同，實難辨認。汝等暗中知會者，請師父上殿，讓我擒魔。』原來那妖怪善騰雲霧，聽得行者言語，急撒手跳上金鑾寶殿。這行者舉起棒望唐僧就打。可憐！若不是喚那

幾位神來，這一下，就是二十個唐僧，也打爲肉醬！多虧衆神架住鐵棒道：『大聖，那怪會騰雲，先上殿去了。』

行者趕上殿，他又跳將下來扯住唐僧，在人叢裏又混了一混，依然難認。

行者心中不快，又見那八戒在旁冷笑，行者大怒道：『你這夯貨怎的？如今有兩個師父，你有得叫，有得應，有得伏侍哩，你這般歡喜得緊！』八戒笑道：『哥啊，說我呆，你比我又呆哩！師父既不認得，何勞費力？你且忍些頭疼，叫我師父念念那話兒，我與沙僧各攙一個聽着。若不會念的，必是妖怪，有何難也？』行者道：『兄弟，虧你也。正是，那話兒衹有三人記得。原是我佛如來心苗上所發，傳與觀世音菩薩，菩薩又傳與我師父，便再没人知道。——也罷，師父，念念。』真個那唐僧就念起來。那魔王怎麽知得，口裏胡哼亂哼。八戒道：『這哼的却是妖怪了！』他放了手，舉鈀就築。那魔王縱身跳起，踏着雲頭便走。

好八戒，喝一聲，也駕雲頭趕上，慌得那沙和尚丢了唐僧，也掣出寶杖來打。唐僧才停了咒語。孫大聖忍着頭疼，攥着鐵棒，趕在空中。呀！這一場，三個狠和尚，圍住一個潑妖魔。那魔王被八戒、沙僧使釘鈀寶杖左右攻住了。行者笑道：『我要再去，當面打他，他却有些怕我，衹恐他又走了；等我老孫跳高些，與他個搗蒜打，結果了他罷。』

這大聖縱祥光，起在九霄，正欲下個切手，衹見那東北上，一朵彩雲裏面，厲聲叫道：『孫悟空，且休下手！』行者回頭看處，原來文殊菩薩。急收棒，上前施禮道：『菩薩，那裏去？』文殊道：『我來替你收這個妖怪的。』行者謝道：『累煩了。』那菩薩袖中取出照妖鏡，照住了那怪的原身。行者才招呼八戒、沙僧齊來見了菩薩。却將鏡子裏看處，那魔王生得好不兇惡：

眼似琉璃盞，頭若煉炒缸。渾身三伏靛，四爪九秋霜。搭拉兩個耳，一尾掃帚長。青毛生銳氣，紅眼放金光。匾牙排玉板，圓鬚挺硬槍。鏡裏觀真像，原是文殊一個獅猁王。

行者道：『菩薩，這是你坐下的一個青毛獅子，却怎麽走將來成精，你就不收服他？』菩薩道：『悟空，他不曾走，他是佛旨差來的。』行者道：『這畜類成精，侵奪帝位，還奉佛旨差來。似老孫保唐僧受苦，就該領幾道敕書！』菩薩道：『你不知道。當初這烏鷄國王，好善齋僧，佛差我來度他歸西，早證金身羅漢。因是不可原身相見，變做一種凡僧，問他化些齋供。被吾幾句言語相難，他不識我是個好人，把我一條繩捆了，送在那御水河中，浸了我三日三夜。多虧六甲金身救我歸西，奏與如來，如來將此怪令到此處推他下井，浸他三年，以報吾三日水災之恨。「一飲一啄，莫非前定。」今得汝等來此，成了功績。』

行者道：『你雖報了甚麽「一飲一啄」的私仇，但那怪物不知害了多少人也。』菩薩道：『也不曾害人。自他到後，這三年間，風調雨順，國泰民安，何害人之有？』行者道：『固然如此，但衹三宮娘娘，與他同眠同起，點污了他的身體，壞了多少綱常倫理，還叫做不曾害人？』菩薩道：『點污他不得。他是個騸了的獅子。』八戒聞言，走近前，就摸了一把。笑道：『這妖精真個是「糟鼻子不吃酒——枉擔其名」了！』行者道：『既如此，收了去罷。若不是菩薩親來，決不饒他性命。』那菩薩却念個咒，喝道：『畜生，還不皈正，更待何時！』那魔王才現了原身。菩薩放蓮花罩定妖魔，坐在背上，踏祥光辭了行者。咦！

徑轉五臺山上去，寶蓮座下聽談經。

畢竟不知那唐僧師徒怎的出城，且聽下回分解。

總評：

讀者試思：畢竟金丹在老祖爐内否？恐離恨天兜率宫不在身外也。〇金丹到手，死者可活，緣何世人活者反要弄死？可恨，可恨！

第四十回　嬰兒戲化禪心亂　猿馬刀歸木母空

却説那孫大聖，兄弟三人，按下雲頭，徑至朝内。衹見那君臣儲後，幾班兒拜接謝恩。行者將菩薩降魔收怪的那一節，陳訴與他君臣聽了，一個個頂禮不盡。正都在賀喜之間，又聽得黄門官來奏：「主公，外面又有四個和尚來也。」八戒慌了道：「哥哥，莫是妖精弄法，假捏文殊菩薩，哄了我等，却又變作和尚，來與我們鬥智哩？」行者道：「豈有此理！」即命宣進來看。

衆文武傳令，着他進來。行者看時，原來是那寶林寺僧人，捧着那衝天冠、碧玉帶、赭黄袍、無憂履進得來也。行者大喜道：「來得好！來得好！」且教道人過來，摘下包巾，戴上衝天冠，脱了布衣，穿上赭黄袍，解了縧子，繫上碧玉帶，褪了僧鞋，登上無憂履，教太子拿出白玉珪來，與他執在手裏，早請上殿稱孤。正是自古道：「朝廷不可一日無君。」那皇帝那裏肯坐，哭啼啼，跪在階心道：「我已死三年，今蒙師父救我回生，怎麼又敢妄自稱尊；請那一位師父爲君，我情願領妻子城外爲民足矣。」那三藏那裏肯受，一心只是要拜佛求經。又請行者，行者笑道：「不瞞列位説。老孫若肯要做皇帝，天下萬國九州皇帝，都做遍了。只是我們做慣了和尚，是這般懶散。若做了皇帝，就要留頭長髮，黄昏不睡，五鼓不眠，聽有邊報，心神不安，見有灾荒，憂愁無奈。我們怎麼弄得慣？你還做你的皇帝，我還做我的和尚，修功行去也。」那國王苦讓不過，只得上了寶殿，南面稱孤，大赦天下，封贈了寶林寺僧人回去。却纔開東閣，筵宴唐僧。一壁廂傳旨宣召丹青，寫下唐師徒四位喜容，供養在金鑾殿上。

那師徒們安了邦國，不肯久停，欲辭王駕投西。那皇帝與三宫妃後、太子、諸臣，將鎮國的寶貝，金銀緞帛，獻與師父酬恩。那三藏分毫不受，只是倒換關文，催悟空等背馬早行。那國王甚不過意，擺整朝鑾駕請唐僧上坐，着兩班文武引導，他與三宫妃后併太子一家兒，捧轂推輪，送出城廓，却纔下龍輦，與衆相别。國王道：「師父啊，到西天經回之日，是必還到寡人界内一顧。」三藏道：「弟子領命。」那皇帝閣淚汪汪，遂與衆臣回去了。

那唐僧一行四僧，上了羊腸大路，一心裏專拜靈山。正值秋盡冬初時節，但見：

霜凋紅葉林林瘦，雨熟黄粱處處盈。日暖嶺梅開曉色，風摇山竹動寒聲。

師徒們離了烏鷄國，夜住曉行，將半月有餘。忽又見一座高山，真個是摩天礙日。三藏馬上心驚，急兜繮忙呼行者。行者道：「師父有何吩咐？」三藏道：「你看前面又有大山峻嶺，須要仔細堤防，恐一時又有邪物來侵我也。」行者笑道：「衹管走路，莫再多心。老孫自有防護。」那長老只得寬懷，加鞭策馬，奔至山岩，果然也十分險峻。但見得：

高不高，頂上接青霄；深不深，澗中如地府。山前常見骨都都白雲，圪騰騰黑霧。紅梅翠竹，緑柏青松。山後有千萬丈挾魂靈臺，臺後有古古怪怪藏魔洞。洞中有叮叮噹噹滴水泉，泉下更有彎彎曲曲流水澗。又見那跳天搠地獻果猿，丫丫叉叉帶角鹿，呢呢痴痴看人獐。至晚巴山尋穴虎，待曉翻波出水龍。登得洞門唿喇的響，驚得飛禽撲魯的起，看那林中走獸鞠律律的行。見此一伙禽和獸，嚇得人心圪磴磴驚。堂倒洞堂堂倒洞，洞當當倒洞當仙。青石染成千塊玉，碧紗籠罩萬堆煙。

師徒們正當悚懼，又衹見那山凹裏有一朵紅雲，直冒到九霄空内，結聚了一團火氣。行者大驚，走近前，把唐僧搊着脚，推下馬來，叫：「兄弟們，不要走了，妖怪來矣。」慌得個八戒急掣釘鈀，沙僧忙輪寶杖，把唐僧圍護在當中。

話分兩頭。却説紅光裏，真是個妖精。他數年前，聞得人講：「東土唐僧往西天取經，乃是金蟬長老轉生，十世修行的好人。有人吃他一塊肉，延生長壽，與天地同休。」他朝朝在山間等候，不期今日到了。他在那半空裏，正然觀看，衹見三個徒弟，把唐僧圍護在馬上，各各準備。這精靈誇讚不盡道：「好和尚！我纔看着一個白面胖和尚騎了馬，真是那唐朝聖僧，却怎麼被三個醜和尚護持住了！一個個伸拳斂袖，各執兵器，似乎要與人打的一

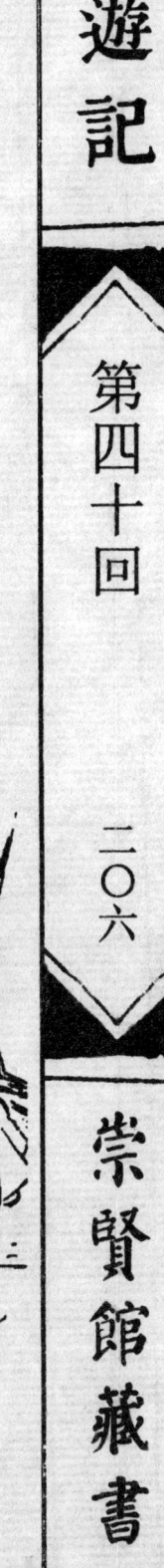

般。——噫！不知是那個有眼力的，想應認得我了。似此模樣，莫想得那唐僧的肉吃。』沉吟半晌，以心問心的自家商量道：『若要倚勢而擒，莫能得近，或者以善迷他，却到得手。但哄得他心迷惑，待我在善内生機，斷然拿了。且下去戲他一戲。』

好妖怪，即散紅光，按雲頭落下。去那山坡裏，搖身一變，變作七歲頑童，赤條條的，身上無衣，將麻繩捆了手足，高吊在那松樹梢頭，口口聲聲，祇叫『救人！救人！』

却說那孫大聖忽抬頭再看處，祇見那紅雲散盡，火氣全無。便叫：『師父，請上馬走路。』唐僧道：『你說妖怪來了，怎麼又敢走路？』行者道：『我纔然間，見一朵紅雲從地而起，到空中結做一團火氣，斷然是妖精。這一會紅雲散了，想是個過路的妖精，不敢傷人。我們去耶！』八戒笑道：『師兄說話最巧，妖精又有個甚麼過路的。』行者道：『你那裏知道。若是那山那洞的魔王設宴，邀請那諸山各洞之精赴會，却就有東南西北四路的精靈都來赴會；故此他祇有心赴會，無意傷人。此乃過路之妖精也。』

三藏聞言，也似信不信的，只得攀鞍在馬，順路奔山前進。正行時，祇聽得叫聲『救人！』長老大驚道：『徒弟呀，這半山中，是那裏甚麼人叫？』行者上前道：『師父祇管走路，莫纏甚麼「人轎」、「騾轎」、「明轎」、「睡轎」。這所在，就有轎，也沒個人抬你。』唐僧道：『不是扛抬之轎，乃是叫喚之叫。』行者答道：『我曉得，莫管閑事，且走路。』

三藏依言，策馬又進。行不上一里之遥，又聽得叫聲『救人！』長老道：『徒弟，這個叫聲，不是鬼魅妖邪；若是鬼魅妖邪，但有出聲，無有回聲。你聽他叫一聲，又叫一聲，想必是個有難之人。我們可去救他一救。』行者道：『師父，今日且把這慈悲心略收起收起，待過了此山，再發慈悲罷。這去處凶多吉少。你知道那倚草附木之說，是物可以成精。諸般還可，祇有一般蟒蛇，但修得年遠日深，成了精魅，善能知人小名兒。他若在草科裏，或山凹中，

叫人一聲，人不答應還可；若答應一聲，他就把人元神綽去，當夜跟來，斷然傷人性命。且走！且走！古人云：『脱得去，謝神明。』切不可聽他。』

長老只得依他，又加鞭催馬而去。行者心中暗想：『這潑怪不知在那裏，祇管叫啊叫的；等我老孫送他一個『卯酉星法』，教他兩不見面。』好大聖，叫沙和尚前來：『攏着馬，慢慢走着，讓老孫解解手。』你看他讓唐僧先行幾步，却念個咒語，使個移山縮地之法，把金箍棒往後一指，他師徒過此峰頭，往前走了，却把那怪物撇下。他再拽開步，趕上唐僧，一路奔山。祇見那三藏又聽得那山背後叫聲『救人！』長老道：『徒弟呀，那有難的人，大没緣法，不曾得遇着我們。我們走過他了；你聽他在山後叫哩。』八戒道：『在便還在山前，只是如今風轉了也。』行者道：『管他甚麼轉風不轉風，且走路。』因此，遂都無言語，恨不得一步跋過此山，不題話下。

却説那妖精在山坡裏，連叫了三四聲，更無人到。他心中思量道：『我等唐僧在此，望見他離不上三里，却怎麼這半晌還不到？……想是抄下路去了。』他抖一抖身軀，脱了繩索，又縱紅光，上空再看。不覺孫大聖仰面回觀，識得是妖怪，又把唐僧撮着脚推下馬來道：『兄弟們，仔細！仔細！那妖精又來也！』慌得那八戒、沙僧各持兵刀，將唐僧又圍護在中間。

那精靈見了，在半空中稱羡不已道：『好和尚！我纔見那白面和尚坐在馬上，却怎麼又被他三人藏了？這一去見面方知。先把那有眼力的弄倒了，方纔捉得唐僧。不然啊，徒費心機難獲物，枉勞情興總成空。』却又按下雲頭，恰似前番變化，高吊在松樹山頭等候。這番却不上半裏之地。

却説那孫大聖抬頭再看，祇見那紅雲又散，復請師父上馬前行。三藏道：『你説妖精又來，如何又請走路？』行者道：『這還是個過路的妖精，不敢惹我們。』長老又懷怒道：『這個潑猴，十分弄我！正當有妖魔處，却説無事；似這般清平之所，却又恐嚇我，不時的嚷道有甚妖精。虚多實少，不管輕重，將我搊着脚，下馬來，如今却解説甚麼過路的妖精。假若跌傷了我，却也過意不去！這等，這等！……』行者道：『師父莫怪。若是跌傷了你的手足，却還好醫治；若是被妖精撈了去，却何處跟尋？』三藏大怒，哏哏的，要念《緊箍兒咒》，却是沙僧苦勸，只得上馬又行。

還未曾坐得穩，祇聽又叫『師父救人啊！』長老抬頭看時，原來是小孩童，赤條條的，吊在那樹上，兜住繮，便罵行者道：『這潑猴多大憊懶！全無有一些兒善良之意，心心只是要撒潑行兇哩！我那般説叫唤的是個人聲，他就千言萬語，祇嚷是妖怪！你看那樹上吊的不是個人麼？』大聖見師父怪下來了，却又覿面看見模樣，一則做不得手脚，二來又怕念《緊箍兒咒》，低着頭，再也不敢回言。讓唐僧到了樹下。那長老將鞭梢指着問道：『你是那家孩兒？因有甚事，吊在此間？説與我，好救你。』——噫！分明他是個精靈，變化得這等，那師父却是個肉眼凡胎，不能相識。

那妖魔見他下問，越弄虚頭，眼中噙泪，叫道：『師父呀，山西去有一條枯松澗。澗那邊有一莊村。我是那裏人家。我祖公公姓紅，祇因廣積金銀，家私巨萬，混名唤做紅百萬。年老歸世已久，家産遺與我父。近來人事奢侈，家私漸廢，改名唤做紅十萬，專一結交四路豪杰，將金銀借放，希圖利息。怎知那無籍之人，設騙了去啊，本利無歸。我父發了洪誓，分文不借。那借金銀人，身貧無計，結成兇黨，明火執仗，白日殺上我門，將我財帛盡情劫擄，把我父親殺了；見我母親有些顏色，拐將去做甚麼壓寨夫人。那時節，我母親捨不得我，把我抱在懷裏，哭哀哀，戰兢兢，跟隨賊寇；不期到此山中，又要殺我，多虧我母親哀告，免教我刀下身亡，却將繩子吊我在樹上，祇教凍餓而死。那些賊將我母親不知掠往那裏去了。我在此已吊三日三夜，更没一個人來行走。不知那世裏修積，今生得遇老師父。若肯捨大慈悲，救我一命回家，就典身賣命，也酬謝師恩。致使黃沙蓋面，更不敢忘也。』

三藏聞言，認了真實，就教八戒解放繩索，救他下來。那呆子也不識人，便要上前動手。行者在旁，忍不住

喝了一聲道：『那潑物！有認得你的在這裏哩！莫要衹管架空搗鬼，說謊哄人！你既家私被劫，父被賊傷，母被人擄，救你去交與誰人？你將何物與我作謝？這謊脱節了耶！』那怪聞言，心中害怕，就知大聖是個能人，暗將他放在心上；却又戰戰兢兢，滴泪而言曰：『師父，雖然我父母空亡，家財盡絶，還有些田產未動，親戚皆存。』行者道：『你有甚麽親戚？』妖怪道：『我外公家在山南，姑娘住居嶺北。澗頭李四，是我姨夫；林内紅三，是我族伯。還有堂叔、堂兄都住在本莊左右。老師父若肯救我，到了莊上，見了諸親，將老師父拯救之恩，一一對衆言説，典賣些田產，重重酬謝也。』

八戒聽説，扛住行者道：『哥哥，這等一個小孩子家，你衹管盤詰他怎的！他説得是，强盜衹打劫他些浮財，莫成連房屋田產也劫得去？若與他親戚們説了，我們縱有廣大食腸，也吃不了他十畝田價。救他下來罷。』呆子只是想着吃食，那裏管甚麽好歹，使戒刀挑斷繩索，放下怪來。

那怪對唐僧馬下，泪汪汪衹情磕頭。長老心慈，便叫：『孩兒，你上馬來，我帶你去。』那怪道：『師父啊，我手脚都吊麻了，腰胯疼痛，一則是鄉下人家，不慣騎馬。』唐僧叫八戒馱着，那妖怪抹了一眼道：『師父，我的皮膚都凍熟了，不敢要這位師父馱。他的嘴長耳大，腦後鬃硬，搠得我慌。』唐僧道：『教沙和尚馱着。』那怪也抹了一眼道：『師父，那些賊來打劫我家時，一個個都搽了花臉，帶假鬍子，拿刀弄杖的。我被他唬怕了，見這位晦氣臉的師父，一發没了魂了，也不敢要他馱。』唐僧教孫行者馱着。行者呵呵笑道：『我馱！我馱！』

那怪物暗自歡喜。順順當當的要行者馱他。行者把他扯在路旁邊，試了一試，只好有三斤十來兩重。行者笑道：『你這個潑怪物，今日該死了；怎麽在老孫面前搗鬼！我認得你是個「那話兒」呵。』妖怪道：『師父，我是好人家兒女，不幸遭此大難，我怎麽是個甚麽「那話兒」？』行者道：『你既是好人家兒女，怎麽這等骨頭輕？』妖怪道：『我骨格兒小。』行者道：『你今年幾歲了？』那怪道：『我七歲了。』行者笑道：『一歲長一斤，也該七斤。你怎麽不滿四斤重麽？』那怪道：『我小時失乳。』行者説：『也罷，我馱着你，若要尿尿把把，須和我説。』三藏才與八戒、沙僧前走，行者揹着孩兒隨後，一行徑投西去。有詩爲證。詩曰：

道德高隆魔障高，禪機本静静生妖。
心君正直行中道，木母痴頑躧外趫。
意馬不言懷愛欲，黄婆無語自憂焦。
客邪得志空歡喜，畢竟還從正處消。

孫大聖馱着妖魔，心中埋怨唐僧，不知艱苦，『行此險峻山場，空身也難走，却教老孫馱人。這廝莫説他是妖怪，就是好人，他没了父母，不知將他馱與何人，倒不如摜殺他罷。』那怪物却早知覺了。便就使個神通，往四下裏吸了四口氣，吹在行者背上，便覺重有千斤。行者笑道：『我兒啊，你弄重身法壓我老爺哩！』那怪聞言，恐怕大聖傷他，却就解屍，出了元神，跳將起去，佇立在九霄空裏。這行者背上越重了。猴王發怒，抓過他來，往那路旁邊賴石頭上滑辣的一摜，將屍骸摜得像個肉餅一般。還恐他又無禮，索性將四肢扯下，丟在路兩邊，俱粉碎了。

那物在空中，明明看着，忍不住心頭火起道：『這猴和尚，十分憊懶！就作我是個妖魔，要害你師父，却還不曾見怎麽下手哩，你怎麽就把我這等傷損！早是我有算計，出神走了。不然，是無故傷生也。若不趁此時拿了唐僧，再讓一番，越教他停留長智。』好怪物，就在半空裏弄了一陣旋風，走石揚沙，誠然兇狠。好風：

淘淘怒捲水雲腥，黑氣騰騰閉日明。
嶺樹連根通拔盡，野梅帶幹悉皆平。
黄沙迷目人難走，怪石傷殘路怎平。
滾滾團團平地暗，遍山禽獸發哮聲。

颳得那三藏馬上難存，八戒不敢仰視，沙僧低頭掩面。孫大聖情知是怪物弄風，急縱步來趕時，那怪已騁風頭，將唐僧攝去了，無踪無影，不知攝向何方，無處跟尋。

一時間，風聲暫息，日色光明。行者上前觀看，衹見白龍馬，戰兢兢發喊聲嘶；行李擔，丟在路下；八戒伏于崖下呻吟，沙僧蹲在坡前叫喚。行者喊：『八戒！』那呆子聽見是行者的聲音，却抬頭看時，狂風已静。爬起來，

扯住行者道：『哥哥，好大風啊！』沙僧却也上前道：『哥哥，這是一陣旋風。』又問：『師父在那裏？』八戒道：『風來得緊，我們都藏頭遮眼，各自躲風，師父也伏在馬上的。』行者道：『如今却往那裏去了？』沙僧道：『是個燈草做的，想被一風捲去也。』

行者道：『兄弟們，我等自此就該散了！』八戒道：『正是，趁早散了，各尋頭路，多少是好。那西天路無窮無盡，幾時能到得！』沙僧聞言，打了一個失驚，渾身麻木道：『師兄，你都説的是那裏話。我等因爲前生有罪，感蒙觀世音菩薩勸化，與我們摩頂受戒，改換法名，皈依佛果，情願保護唐僧上西方拜佛求經，將功折罪。今日到此，一旦俱休，説出這等各尋頭路的話來，可不違了菩薩的善果，壞了自己的德行，惹人恥笑，説我們有始無終也！』行者道：『兄弟，你説的也是。奈何師父不聽人説。我老孫火眼金睛，認得好歹。才然這風，是那樹上吊的孩兒弄的。我認得他是個妖精，你們不識，那師父也不識，認作是好人家兒女，教我馱着他走。是老孫算計要擺佈他，他就弄個重身法壓我。是我把他摜得粉碎，他想是又使解屍之法，弄陣旋風，把我師父攝去也。因此上怪他每每不聽我説，故我意懶心灰，説各人散了。既是賢弟有此誠意，教老孫進退兩難。——八戒，你端的要怎的處？』八戒道：『我纔自失口亂説了幾句，其實也不該散。哥哥，没及奈何，還信沙弟之言，去尋那妖怪救師父去。』行者却回嗔作喜道：『兄弟們，還要來結同心，收拾了行李、馬匹，上山找尋怪物，搭救師父去。』

三個人附葛扳藤，尋坡轉澗，行經有五七十里，却也没個音信。那山上飛禽走獸全無，老柏喬松常見。孫大聖着實心焦，將身一縱，跳上那巔險峰頭，喝一聲叫『變！』變作三頭六臂，似那大鬧天宮的本像。將金箍棒，幌一幌，變作三根金箍棒，劈哩撲辣的，往東打一路，往西打一路，兩邊不住的亂打。八戒見了道：『沙和尚，不好了。師兄是尋不着師父，惱出氣心風來了。』

那行者打了一會，打出一伙窮神來。都披一片，挂一片，裈無襠，褲無口的，跪在山前，叫：『大聖，山神、

土地來見。』行者道：『怎麽就有許多山神、土地？』衆神叩頭道：『上告大聖。此山喚做「六百里鑽頭號山」。我等是十里一山神，十里一土地，共該三十名山神，三十名土地。昨日已此聞大聖來了，祇因一時會不齊，故此接遲，致令大聖發怒。萬望恕罪。』行者道：『我且饒你罪名。我問你：這山上有多少妖精？』衆神道：『爺爺呀，祇有得一個妖精，把我們頭也摩光了；弄得我們少香没紙，血食全無，一個個衣不充身，食不充口，還吃得有多少妖精哩！』行者道：『這妖精在山前住？是山後住？』衆神道：『他也不在山前山後。這山中有一條澗，叫做枯松澗。澗邊有一座洞，叫做火雲洞。那洞裏有一個魔王，神通廣大，常常的把我們山神、土地拿了去，燒火頂門，黑夜與他提鈴喝號。小妖兒又討甚麽常例錢。』行者道：『汝等乃是陰鬼之仙，有何錢鈔？』衆神道：『正是没錢與他，只得捉幾個山獐、野鹿，早晚間打點群精；若是没物相送，就要來拆廟宇，剥衣裳，攪得我等不得安生！萬望大聖與我等剿除此怪，拯救山上生靈。』行者道：『你等既受他節制，常在他洞下，可知他是那裏妖精，叫做甚麽名字？』衆神道：『説起他來，或者大聖也知道。他是牛魔王的兒子，羅刹女養的。他曾在火焰山修行了三百年，煉成「三昧真火」，却也神通廣大。牛魔王使他來鎮守號山，乳名叫做紅孩兒，號叫做聖嬰大王。』

行者聞言，滿心歡喜。喝退了土地、山神，却現了本像，跳下峰頭，對八戒、沙僧道：『兄弟們放心，再不須思念。師父決不傷生。妖精與老孫有親。』八戒笑道：『哥哥，莫要説謊。你在東勝神洲，他這裏是西牛賀洲，路程遥遠，隔着萬水千山，海洋也有兩道，怎的與你有親？』行者道：『剛纔這伙人都是本境土地、山神。我問他妖怪的原因，他道是牛魔王的兒子，羅刹女養的，名字唤做紅孩兒，號聖嬰大王。想我老孫五百年前大鬧天宫時，遍遊天下名山，尋訪大地豪杰，那牛魔王曾與老孫結七弟兄。一般五六個魔王，止有老孫生得小巧，故此把牛魔王稱爲大哥。這妖精是牛魔王的兒子，我與他父親相識，若論將起來，還是他老叔哩。他怎敢害我師父？我們趁早去來。』沙和尚笑道：『哥啊，常言道：「三年不上門，當親也不親」哩。你與他相别五六百年，又不曾往還杯酒，又没有個節禮相邀，他那裏與你認甚麽親耶？』行者道：『你怎麽這等量人！常言道：「一葉浮萍歸大海，爲人何處不相逢！」縱然他不認親，好道也不傷我師父。不望他相留酒席，必定也還我個囫圇唐僧。』三兄弟各辦虔心，牽着白馬，馬上馱着行李，找大路一直前進。

無分晝夜，行了百十里遠近，忽見一松林，林中有一條曲澗，澗下有碧澄澄的活水飛流，那澗梢頭有一座石板橋，通着那厢洞府。行者道：『兄弟，你看那壁厢有石崖磷磷，想必是妖精住處了。我等從衆商議：那個管看守行李、馬匹，那個肯跟我過去降妖。』八戒道：『哥哥，老猪没甚坐性，我隨你去罷。』行者道：『好！好！』教沙僧：『將馬匹、行李俱潛在樹林深處，小心守護，待我兩個上門去尋師父耶。』那沙僧依命，八戒相隨，與行者各持兵器前來。正是：

未煉嬰兒邪火勝，心猿木母共扶持。

畢竟不知道一去吉凶何如，且聽下回分解。

總評：

自古及今，無一人不受此孩兒之害。人試思之，此孩兒畢竟是何物，理會得着，方許他讀《西遊記》也。

修行了三百年，還是一個孩兒，此子最藏年紀，極好去考童生，省得削鬚矖額。

第四十一回 心猿遭火敗 木母被魔擒

善惡一時忘念，榮枯都不關心。晦明隱現任浮沉，隨分飢餐渴飲。神靜湛然常寂，昏冥便有魔侵。五行蹭蹬破禪林，風動必然寒凜。

却說那孫大聖引八戒別了沙僧，跳過枯松澗，徑來到那怪石崖前。果見有一座洞府，真個也景致非凡。但見：

回鑾古道幽還靜，風月也聽玄鶴弄。白雲透出滿川光，流水過橋仙意興。猿嘯鳥啼花木奇，藤蘿石蹬芝蘭勝。蒼搖崖壑散煙霞，翠染松篁招彩鳳。遠列巔峰似插屏，山朝澗繞真仙洞。昆侖地脉發來龍，有分有緣方受用。

將近行到門前，見有一座石碣，上鐫八個大字，乃是『號山枯松澗火雲洞』。那壁厢一群小妖，在那裏輪槍舞劍的，跳風頑耍。孫大聖厲聲高叫道：『那小的們，趁早去報與洞主知道，教他送出我唐僧師父來，免你這一洞精靈的性命！牙迸半個「不」字，我就掀翻了你的山場，躧平了你的洞府！』那些小妖，聞得此言，慌忙急轉身，各歸洞裏，關了兩扇石門，到裏邊來報：『大王，禍事了！』

却說那怪自把三藏拿到洞中，選剝了衣服，四馬攢蹄，捆在後院裏，着小妖打乾净水刷洗，要上籠蒸吃哩。急聽得報聲禍事，且不刷洗，便來前庭上問：『有何禍事？』小妖道：『有個毛臉雷公嘴的和尚，帶一個長嘴大耳的和尚，在門前要甚麽唐僧師父哩。但若牙迸半個「不」字，就要掀翻山場，躧平洞府。』魔王微微冷笑道：『這是孫行者與猪八戒。他却也會尋哩。我拿他師父，自半山中到此，有百五十里，却怎麽就尋上門來？』教：『小的們，把管車的，推出車去！』那一班幾個小妖，推出五輛小車兒來，開了前門。

八戒望見道：『哥哥，這妖精想是怕我們，推出車子，往那厢搬哩。』行者道：『不是，且看他放在那裏。』祇見那小妖將車子按金、木、水、火、土安下，着五個看着，五個進去通報。那魔王問：『停當了？』答應：『停當了。』教：『取過槍來。』有那一伙管兵器的小妖，着兩個抬出一桿丈八長的火尖槍，遞與妖王。妖王輪槍拽步，

也無甚麽盔甲，只是腰間束一條錦綉戰裙，赤着脚，走出門前。行者與八戒，抬頭觀看，但見那怪物：

面如傅粉三分白，唇若塗朱一表才。鬢挽青雲欺靛染，眉分新月似刀裁。戰裙巧綉盤龍鳳，形比哪吒更富胎。雙手綽槍威凛冽，祥光護體出門來。哏聲響若春雷吼，暴眼明如掣電乖。要識此魔真姓氏，名揚千古唤紅孩。

那紅孩兒怪，出得門來，高叫道：『是甚麽人，在我這裏吆喝？』行者近前笑道：『我賢侄，莫弄虛頭。你今早在山路旁，高吊在松樹梢頭，是那般一個瘦怯怯的黄病孩兒，哄了我師父。我倒好意馱着你，你就弄風兒把我師父攝將來。你如今又弄這個樣子，我豈不認得你？趁早送出我師父，不要白了面皮，失了親情；恐你令尊知道，怪我老孫以長欺幼，不像模樣。』那怪聞言，心中大怒，咄的一聲喝道：『那潑猴頭！我與你有甚親情？你在這裏滿口胡柴，綽甚聲經兒！那個是你賢侄？』行者道：『哥哥，是你也不曉得。當年我與你令尊做弟兄時，你還不知在那裏哩。』那怪道：『這猴子一發胡說！你是那裏人，我是那裏人，怎麽得與我父親做兄弟？』行者道：『你是不知。我乃五百年前大鬧天宫的齊天大聖孫悟空是也。我當初未鬧天宫時，遍遊海角天涯，四大部洲，無方不到。那時節，專慕豪杰。你令尊叫做牛魔王，稱爲平天大聖，與我老孫結爲七弟兄，讓他做了大哥；還有個蛟魔王，稱爲復海大聖，做了二哥；又有個大鵬魔王，稱爲混天大聖，做了三哥；又有個獅狏王，稱爲移山大聖，做了四哥；又有個獼猴王，稱爲通風大聖，做了五哥；又有個禺狨王，稱爲驅神大聖，做了六哥；惟有老孫身小，稱爲齊天大聖，排行第七。我老弟兄們，那時節耍子時，還不曾生你哩！』

那怪物聞言，那裏肯信，舉起火尖槍就刺。行者正是那會家不忙，又使了一個身法，閃過槍頭，輪起鐵棒，罵道：『你這小畜生，不識高低！看棍！』那妖精也使身法，讓過鐵棒道：『潑猢猻，不達時務！看槍！』他兩個也不論親情，一齊變臉，各使神通，跳在雲端裏，好殺：

行者名聲大，魔王手段强。一個橫舉金箍棒，一個直挺火尖槍。吐霧遮三界，噴雲照四方。一天殺氣兇聲吼，

日月星辰不見光。語言無遜讓，情意兩乖張。那一個欺心失禮儀，這一個變臉没綱常。棒架威風長，槍來野性狂。一個是混元真大聖，一個是正果善財郎。二人努力爭强勝，祇爲唐僧拜法王。

那妖魔與孫大聖戰經二十合，不分勝敗。

猪八戒在旁邊，看得明白：妖精雖不敗陣，却只是遮攔隔架，全無攻殺之能；行者縱不贏他，棒法精强，來往祇在那妖精頭上，不離了左右。八戒暗想道：「不好啊，行者溜撒，一時間丟個破綻，哄那妖魔鑽進來，一鐵棒打倒就没了我的功勞。……」你看他抖擻精神，舉着九齒鈀，在空裏，望妖精劈頭就築。那怪見了心驚，急拖槍敗下陣來。行者喝教八戒：「趕上！趕上！」

二人趕到他洞門前，祇見妖精一隻手舉着火尖槍，站在那中間一輛小車兒上；一隻手捏着拳頭，往自家鼻子上捶了兩拳。八戒笑道：「這厮放賴不羞！你好道捶破鼻子，淌出些血來，搽紅了臉，往那裏告我們去耶？」那妖魔捶了兩拳，念個咒語，口裏噴出火來，鼻子裏濃烟迸出，閘閘眼，火焰齊生。那五輛車子上，火光湧出。連噴了幾口，祇見那紅焰焰、大火燒空，把一座火雲洞，被那煙火迷漫，真個是熯天熾地。八戒慌了道：「哥哥，不停當！這一鑽在火裏，莫想得活，把老猪弄做個燒熟的，加上香料，盡他受用哩！快走！快走！」説聲走，他也不顧行者，跑過澗去了。

這行者神通廣大，捏着避火訣，撞入火中，尋那妖怪。那妖怪見行者來，又吐上幾口，那火比前更勝。好火：

炎炎烈烈盈空燎，赫赫威威遍地紅。却似火輪飛上下，猶如炭屑舞西東。這火不是燧人鑽木，又不是老子炮丹，非天火，非野火，乃是妖魔修煉成真三昧火。五輛車兒合五行，五行生化火煎成。肝木能生心火旺，心火致令脾土平。脾土生金金化水，水能生木徹通靈。生生化化皆因火，火遍長空萬物榮。妖邪久悟呼三昧，永鎮西方第一名。

行者被他煙火飛騰，不能尋怪，看不見他洞門前路徑，抽身跳出火中。那妖精在門首，看得明白。他見行者走了，

却纔收了火具，帥群妖，轉于洞内，閉了石門，以爲得勝，着小的排宴奏樂，歡笑不題。

却説行者跳過枯松澗，按下雲頭。祇聽得八戒與沙僧朗朗的在松間講話。行者上前喝八戒道：「你這呆子，全無人氣！你就懼怕妖火，敗走逃生，却把老孫丟下。早是我有些南北哩！」八戒笑道：「哥啊，你被那妖精説着了，果然不達時務。古人云：『識得時務者，呼爲俊杰。』那妖精不與你親，你强要認親；既與你賭鬥，放出那般無情的火來，又不走，還要與他戀戰哩！」行者道：「那怪物的手段比我何如？」八戒道：「不濟。」——「槍法比我何如？」八戒道：「也不濟。老猪見他撑持不住，却來助你一鈀，不期他不識耍，就敗下陣來，没天理，就放火了。」行者道：「正是你不該來。我再與他鬥幾合，我取巧兒撈他一棒，却不是好？」

他兩個祇管論那妖精的手段，講那妖精的火毒。沙和尚倚着松根，笑得獃了。行者看見道：「兄弟，你笑怎麽？你好道有甚手段，擒得那妖魔，破得那火陣？這樁事，也是大家有益的事。常言道：『衆毛攢毬。』你若拿得妖魔，救了師父，也是你的一件大功績。」沙僧道：「我也没甚手段，也不能降妖。我笑你兩個都着了忙也。」行者道：「我怎麽着忙？」沙僧道：「那妖精手段不如你，槍法不如你，只是多了些火勢，故不能取勝。若依小弟説，以相生相克拿他，有甚難處？」行者聞言，呵呵笑道：「兄弟説得有理。果然我們着忙了，忘了這事。若以相生相克之理論之，須是以水克火，却往那裏尋些水來，潑滅這妖火，可不救了師父？」沙僧道：「正是這般。不必遲疑。」行者道：「你兩個祇在此間，莫與他索戰，待老孫去東洋大海求借龍兵，將些水來，潑息妖火，捉這潑怪。」八戒道：「哥哥放心前去，我等理會得。」

好大聖，縱雲離此地，頃刻到東洋。却也無心看玩海景，使個逼水法，分開波浪。正行時，見一個巡海夜叉相撞，看見是孫大聖，急回到水晶宮裏，報知那老龍王。敖廣即率龍子、龍孫、蝦兵、蟹卒一齊出門迎接，請裏面坐。坐定，禮畢，告茶。行者道：「不勞茶，有一事相煩。我因師父唐僧往西天拜佛取經，經過號山枯松澗火雲洞邊，有個

紅孩兒妖精，號聖嬰大王，把我師父拿了去。是老孫尋到洞邊，與他交戰，他却放出火來。我們禁不得他，想着水能克火，特來向你求些水去，與我下場大雨，潑滅了妖火，救唐僧一難。」那龍王道：「大聖差了。若要求取雨水，不該來問我。」行者道：「你是四海龍王，主司雨澤，不來問你，却去問誰？」龍王道：「我雖司雨，不敢擅專，須得玉帝旨意，吩咐在那地方，要幾尺幾寸，甚麼時辰起住，還要三官舉筆，太乙移文，會令了雷公、電母、風伯、雲童。俗語云：『龍無雲而不行』哩。」行者道：「我也不用着風雲雷電，只是要些雨水滅火。」龍王道：「大聖不用風雲雷電，但我一人也不能助力，着捨弟們同助大聖一功如何？」行者道：「令弟何在？」龍王道：「南海龍王敖欽、北海龍王敖順、西海龍王敖閏。」行者笑道：「我若再遊過三海，不如上界去求玉帝旨意了。」龍王道：「不消大聖去，衹我這裏撞動鐵鼓、金鐘，他自頃刻而至。」行者聞其言道：「老龍王，快撞鐘鼓。」

須臾間，三海龍王擁至，問：「大哥，有何事命弟等？」敖廣道：「孫大聖在這裏借雨助力降妖。」三弟即引進見畢，行者備言借水之事。衆神個個歡從，即點起：

鯊魚驍勇爲前部，鱯痴口大作先鋒。鯉元帥翻波跳浪，鯾提督吐霧噴風。鯖太尉東方打哨，鮊都司西路催徵。紅眼馬郎南面舞，黑甲將軍北下衝。鱑把總中軍掌號，五方兵處處英雄。縱横機巧黿樞密，妙算玄微龜相公。有謀有智鼉丞相，多變多能鱉總戎。横行蟹士輪長劍，直跳蝦婆扯硬弓。鮎外郎查明文簿，點龍兵出離波中。

詩曰：

四海龍王喜助功，齊天大聖請相從。衹因三藏途中難，借水前來滅火紅。

那行者領着龍兵，不多時，早到號山枯松澗上。行者道：「敖氏昆玉，有煩遠跡。此間乃妖魔之處，汝等且停于空中，不要出頭露面。讓老孫與他賭鬥，若贏了他，不須列位捉拿；若輸與他，也不用列位助陣；只是他但放火時，可聽我呼喚，一齊噴雨。」龍王俱如號令。

行者却按雲頭，入松林裏，見了八戒、沙僧，叫聲「兄弟」。八戒道：「哥哥來得快哑！可曾請得龍王來？」行者道：「俱來了。你兩個切須仔細，只怕雨大，莫濕了行李，待老孫與他打去。」沙僧道：「師兄放心前去，我等俱理會得了。」行者跳過澗，到了門首，叫聲「開門！」那些小妖又去報道：「孫行者又來了。」紅孩仰面笑道：「那猴子想是火中不曾燒了他，故此又來。這一來切莫饒他，斷然燒個皮焦肉爛才罷！」急縱身，挺着長槍，教：「小的們，推出火車子來！」

他出門前，對行者道：「你又來怎的？」行者道：「還我師父來。」那怪道：「你這猴頭，忒不通變。那唐僧與你做得師父，也與我做得按酒，你還思量要他哩。莫想！莫想！」行者聞言，十分惱怒，掣金箍棒，劈頭就打。那妖精，使火尖槍，急架相迎。這一場賭鬥，比前不同。好殺：

怒發潑妖魔，惱急猴王將。這一個專救取經僧，那一個要吃唐三藏。心變没親情，情疏無義讓。這個恨不得捉住活剥皮，那個恨不得拿來生蘸醬。真個忒英雄，果然多猛壯。棒來槍架賭輸贏，槍去棒迎争下上。舉手相輪二十回，兩家本事一般樣。

那妖王與行者戰經二十回合，見得不能取勝，虛幌一槍，急抽身，捏着拳頭，又將鼻子捶了兩下，却就噴出火來。那門前車子上，煙火迸起；口眼中，赤焰飛騰。孫大聖回頭叫道：「龍王何在？」那龍王兄弟，帥衆水族，望妖精火光裏噴下雨來。好雨！真個是：

瀟瀟灑灑，密密沉沉。瀟瀟灑灑，如天邊墜落星辰；密密沉沉，似海口倒懸浪滾。起初時如拳大小，次後來瓮潑盆傾。滿地澆流鴨頂緑，高山洗出佛頭青。溝壑水飛千丈玉，澗泉波漲萬條銀。三叉路口看看滿，九曲溪中漸漸平。這個是唐僧有難神龍助，扳倒天河往下傾。

那雨淙淙大小，莫能止息那妖精的火勢。原來龍王私雨，只好潑得凡火，妖精的三昧真火，如何潑得？好一

似火上澆油，越潑越灼。大聖道：『等我捻着訣，鑽入火中！』輪鐵棒，尋妖要打。那妖見他來到，將一口烟，劈臉噴來。行者急回頭，燻得眼花雀亂，忍不住淚落如雨。原來這大聖不怕火，只怕烟。當年因大鬧天宮時，被老君放在八卦爐中，煅過一番。他幸在那巽位安身，不曾燒壞。只是風攪得烟來，把他燻做火眼金睛，故至今只是怕烟。那妖又噴一口，行者當不得，縱雲頭走了。那妖王却又收了火具，回歸洞府。

這大聖一身煙火，炮燥難禁，徑投于澗水內救火。怎知被冷水一逼，弄得火氣攻心，三魂出捨。可憐氣塞胸堂喉舌冷，魂飛魄散喪殘生！慌得那四海龍王在半空裏，收了雨澤，高聲大叫：『天蓬元帥！捲簾將軍！休在林中藏隱，且尋你師兄出來！』

八戒與沙僧聽得呼他聖號，急忙解了馬，挑着擔，奔出林來，也不顧泥濘，順澗邊找尋。祇見那上溜頭，翻波滾浪，急流中淌下一個人來。沙僧見了，連衣跳下水中，抱上岸來，却是孫大聖身軀。噫！你看他蜷跼四肢伸不得，渾身上下冷如冰。沙和尚滿眼垂淚道：『師兄！可惜了你，億萬年不老長生客，如今化作個中途短命人！』八戒笑道：『兄弟莫哭。這猴子佯推死，嚇我們哩。你摸他摸，胸前還有一點熱氣沒有？』沙僧道：『渾身都冷了，就有一點兒熱氣，怎的就得回生？』八戒道：『他有七十二般變化，就有七十二條性命。你扯着脚，等我擺佈他。』真個那沙僧扯着脚，八戒扶着頭，把他拽個直，推上脚來，盤膝坐定。八戒將兩手搓熱，仵住他的七竅，使一個按摩禪法。原來那行者被冷水逼了，氣阻丹田，不能出聲。却幸得八戒按摸揉擦，須臾間，氣透三關，轉明堂，衝開孔竅，叫了一聲：『師父啊！』沙僧道：『哥啊，你生爲師父，死也還在口裏。且蘇醒，我們在這裏哩。』行者睁開眼道：『兄弟們在這裏？老孫吃了虧也！』八戒笑道：『你才子發昏的，若不是老猪救你啊，已此了帳了，還不謝我哩！』行者却纔起身，仰面道：『敖氏弟兄何在？』那四海龍王在半空中答應道：『小龍在此伺候。』行者道：『累你遠勞，不曾成得功果，且請回去，改日再謝。』龍王帥水族，泱泱而回，不在話下。

沙僧攙着行者，一同到松林之下坐定。少時間，却定神順氣，止不住淚滴腮邊。又叫：『師父啊！

憶昔當年出大唐，岩前救我脱灾殃。三山六水遭魔障，萬苦千辛割寸腸。托鉢朝餐隨厚薄，參禪暮宿或林莊。一心指望成功果，今日安知痛受傷！』

沙僧道：『哥哥，且休煩惱。我們早安計策，去那裏請兵助力，搭救師父耶。』行者道：『那裏請救麽？』沙僧道：『當初菩薩吩咐，着我等保護唐僧，他曾許我們，叫天天應，叫地地應。那裏請救去？』行者道：『想老孫大鬧天宮時，那些神兵，都禁不得我。這妖精神通不小，須是比老孫手段大些的，才降得他哩。天神不濟，地煞不能，若要拿此妖魔，須是去請觀音菩薩才好。奈何我皮肉酸麻，腰膝疼痛，駕不起筋斗雲，怎生請得？』八戒道：『有甚話吩咐，等我去請。』行者笑道：『也罷，你是去得。若見了菩薩，切休仰視，祇可低頭禮拜。等他問時，你却將地名、妖名説與他，再請救師父之事。他若肯來，定取擒了怪物。』八戒聞言，即便駕了雲霧，向南而去。

却説那個妖王在洞裏歡喜道：『小的們，孫行者吃了虧去了。這一陣雖不得他死，好道也發個大昏。——咦，只怕他又請救兵來也。快開門，等我去看他請誰。』

衆妖開了門，妖精就跳在空裏觀看，祇見八戒往南去了。妖精想着南邊再無他處，斷然是請觀音菩薩，急按下雲，叫：『小的們，把我那皮袋尋出來。多時不用，祇恐口繩不牢，與我換上一條，放在二門之下，等我去把八戒賺將回來，裝于袋內，蒸得稀爛，犒勞你們。』原來那妖精有一個如意的皮袋。衆小妖拿出來，換了口繩，安于洞門内不題。

却説那妖王久居于此，俱是熟遊之地。他曉得那條路上南海去近，那條去遠。他從那近路上，一駕雲頭，趕過了八戒。端坐在壁岩之上，變作一個『假觀世音』模樣，等候着八戒。

那呆子正縱雲行處，忽然望見菩薩。他那裏識得真假？這才是見像作佛。呆子停雲下拜道：『菩薩，弟

子猪悟能叩頭。』妖精道：『你不保唐僧去取經，却見我有何事幹？』八戒道：『弟子因與師父行至中途，遇着號山枯松澗火雲洞，有個紅孩兒妖精，他把我師父攝了去。是弟子與師兄等，尋上他門，與他交戰。他原來會放火，頭一陣，不曾得贏；第二陣，請龍王助雨，也不能滅火。師兄被他燒壞了，不能行動，着弟子來請菩薩。萬望垂慈，救我師父一難！』妖精道：『那火雲洞洞主，不是個傷生的；一定是你們衝撞了他也。』八戒道：『我不曾衝撞他，是師兄悟空衝撞他的。他變作一個小孩子，吊在樹上，試我師父。師父甚有善心，教我解下來，着師兄馱他一程。是師兄摜了他一摜，他就弄風兒，把師父攝去了。』妖精道：『你起來，跟我進那洞裏見洞主，與你說個人情，你陪一個禮，把你師父討出來罷。』八戒道：『菩薩呀，若肯還我師父，就磕他一個頭也罷。』

妖王道：『你跟來。』那呆子不知好歹，就跟着他，徑回舊路，却不向南洋海，隨赴火雲門。頃刻間，到了門首。妖精進去道：『你休疑忌。他是我的故人，你進來。』呆子只得舉步入門。衆妖一齊吶喊，將八戒捉倒，裝于袋内。束緊了口繩，高吊在馱梁之上。妖精現了本像，坐在當中道：『猪八戒，你有甚麽手段，就敢保唐僧取經，就敢請菩薩降我？你大睁着兩個眼，還不認得我是聖嬰大王哩！如今拿你，吊得三五日，蒸熟了賞賜小妖，權爲案酒！』八戒聽言，在裏面罵道：『潑怪物！十分無禮！若論你百計千方，騙了我吃，管教你一個個遭腫頭天瘟！』呆子罵了又罵，嚷了又嚷，不題。

却說孫大聖與沙僧正坐，祇見一陣腥風，颳面而過，他就打了一個噴嚏道：『不好！不好！這陣風，凶多吉少。想是猪八戒走錯路也。』沙僧道：『他錯了路，不會問人？』行者道：『想必撞見妖精了。』沙僧道：『撞見妖精，他不會跑回？』行者道：『不停當，你坐在這裏看守，等我跑過澗去打聽打聽。』沙僧道：『師兄腰疼，祇恐又着他手，等小弟去罷。』行者道：『你不濟事，還讓我去。』

好行者，咬着牙，忍着疼，捻着鐵棒，走過澗，到那火雲洞前，叫聲『潑怪！』那把門的小妖，又急入裏報：『孫行者又在門首叫哩！』那妖王傳令叫拿，那伙小妖，槍刀簇擁，齊聲吶喊，即開門，都道：『拿住！拿住！』行者果然疲倦，不敢相迎，將身鑽在路旁，念個咒語叫『變！』即變做一個銷金包袱。小妖看見取了進去，報道：『大王，孫行者怕了；祇見說一聲「拿」字，慌得把包袱丢下，走了。』妖王笑道：『那包袱也無甚麽值錢之物，左右是和尚的破偏衫，舊帽子，揹進來拆洗做補襯。』一個小妖，果將包袱揹進，不知是行者變的。行者道：『好了！這個銷金包袱，揹着了！』那妖精不以爲事，丢在門内。

好行者，假中又假，虚裏還虚：即拔一根毫毛，吹口仙氣，變作個包袱一樣；他的真身，却又變作一個蒼蠅兒，釘在門樞上。祇聽得八戒在那裏哼哩哼的，聲音不清，却似一個瘟猪。行者嚶的飛了去尋時，原來他吊在皮袋裏也。行者釘在皮袋，又聽得他惡言惡語罵道，妖怪長，妖怪短，『你怎麽假變作個觀音菩薩，哄我回來，吊我在此，還說要吃我！有一日我師兄：

大展齊天無量法，滿山潑怪登時擒！解開皮袋放我出，築你千鈀方趁心！』

行者聞言，暗笑道：『這呆子雖然在這裏面受悶氣，却還不倒了旗槍。老孫一定要拿了此怪。若不如此，怎生雪恨？』

正欲設法拯救八戒出來，祇聽那妖王叫道：『六健將何在？』時有六個小妖，是他知己的精靈，封爲健將，都有名字：一個叫做雲裏霧，一個叫做霧裏雲；一個叫做急如火，一個叫做快如風；一個叫做興烘掀，一個叫做掀烘興。六健將上前跪下。妖王道：『你們認得老大王家麽？』六健將道：『認得。』妖王道：『你與我星夜去請老大王來，說我這裏捉唐僧蒸與他吃，壽延千紀。』六怪領命，一個個厮拖厮扯，徑出門去了。行者嚶的一聲，飛下袋來，跟定那六怪，躲離洞中。

畢竟不知怎的請來，且聽下回分解。

總評：

篇中云：『肝水能生心火旺，心火致令脾土平。脾土生金金化水，水能生木徹通靈。生生化化皆因火，火遍長空萬物榮。』從此看來，病亦是火，藥亦是火，要知要知。

第四十二回 大聖殷勤拜南海 觀音慈善縛紅孩

話說那六健將出洞門，徑往西南上，依路而走。行者心中暗想道：『他要請老大王吃我師父，老大王斷是牛魔王。我老孫當年與他相會，真個意合情投，交遊甚厚。至如今我歸正道，他還是邪魔。雖則久別，還記得他模樣，且等老孫變作牛魔王，哄他一哄，看是何如。』好行者，躲離了六個小妖，展開翅，飛向前邊，離小妖有十數裏遠近，搖身一變，變作個牛魔王；拔下幾根毫氣，叫『變！』即變作幾個小妖。在那山凹裏，駕鷹牽犬，搭弩張弓，充作打圍的樣子，等候那六健將。

那一伙斷拖斷扯，正行時，忽然看見牛魔王坐在中間，慌得興烘掀、掀烘興撲的跪下道：『老大王爺爺在這裏也。』那雲裏霧、霧裏雲、急如火、快如風都是肉眼凡胎，那裏認得真假，也就一同跪倒，磕頭道：『爺爺！小的們是火雲洞聖嬰大王處差來，請老大王爺爺去吃唐僧肉，壽延千紀哩。』行者借口答道：『孩兒們起來，同我回家去，換了衣服來也。』小妖叩頭道：『望爺爺方便，不消回府罷。路程遙遠，恐我大王見責。小的們就此請行。』行者笑道：『好乖兒女。也罷，也罷，向前開路，我和你去來。』六怪抖擻精神，向前喝路。大聖隨後而來。

不多時，早到了本處。快如風、急如火撞進洞裏，報：『大王，老大王爺爺來了。』妖王歡喜道：『你們却中用，這等來的快。』即便叫：『各路頭目，擺隊伍，開旗鼓，迎接老大王爺爺。』滿洞群妖，遵依旨令，齊齊整整，擺將出去。這行者昂昂烈烈，挺着胸脯，把身子抖了一抖，却將那架鷹犬的毫毛，都收回身上。拽開大步，徑走入門裏，坐在南面當中。

紅孩兒當面跪下，朝上叩頭道：『父王，孩兒拜揖。』行者道：『孩兒免禮。』那妖王四大拜拜畢，立于下手。行者道：『我兒，請我來有何事？』妖王躬身道：『孩兒不才，昨日獲得一人，乃東土大唐和尚。常聽得人講，他是一個十世修行之人，有人吃他一塊肉，壽似蓬瀛不老仙。愚男不敢自食，特請父王同享唐僧之肉，壽延千紀。』

行者聞言，打了個失驚道：「我兒，是那個唐僧？」妖王道：「是往西天取經的人也。」行者道：「我兒，可是孫行者師父麼？」妖王道：「正是。」行者擺手搖頭道：「莫惹他！莫惹他！別的還好惹，孫行者是那樣人哩，我賢郎，你不曾會他？那猴子神通廣大，變化多端。他曾大鬧天宮。玉皇上帝差十萬天兵，佈下天羅地網，也不曾捉得他。你怎麼敢吃他師父！快早送出去還他，不要惹那猴子。他若打聽着你吃了他師父，他也不來和你打，他衹把那金箍棒往山腰裏搠個窟窿，連山都掬了去。我兒，弄得你何處安身，教我倚靠何人養老！」

妖王道：「父王說那裏話，長他人志氣，滅孩兒的威風。那孫行者共有兄弟三人，領唐僧在我半山之中，被我使個變化，將他師父攝來。他與那猪八戒當時尋到我的門前，講甚麼攀親托熟之言，被我怒發衝天，與他交戰幾合，也衹如此，不見甚麼高作。那猪八戒刺邪裏就來助戰，是孩兒吐出三昧真火，把他燒敗了一陣。慌得他去請四海龍王助雨，又不能滅得我三昧真火，被我燒了一個小發昏，連忙着猪八戒去請南海觀音菩薩。是我假變觀音，把猪八戒賺來，見吊在如意袋中，也要蒸他與衆小的們吃哩。那行者今早又來我的門首吆喝，我傳令教拿他，慌得他把包袱都丢下，走了。却纔去請父王來看看唐僧活像，方可蒸與你吃，延壽長生不老也。」

行者笑道：「我賢郎啊，你衹知有三昧火贏得他，不知他有七十二般變化哩！」妖王道：「憑他怎麼變化，我也認得。諒他決不敢進我門來。」行者道：「我兒，你雖然認得他，他却不變大的，如狼大象，恐進不得你門；他若變作小的，你却難認。」妖王道：「憑他變甚小的。我這裏每一層門上，有四五個小妖把守，他怎生得入！」行者道：「你是不知。他會變蒼蠅、蚊子、虼蚤，或是蜜蜂、蝴蝶併蟭蟟蟲等項，又會變我模樣，你却那裏認得？」妖王道：「勿慮，他就是鐵膽銅心，也不敢近我門來也。」

行者道：「既如此說，賢郎甚有手段，實是敵得他過，方來請我吃唐僧的肉，奈何我今日還不吃哩。」妖王道：「如何不吃？」行者道：「我近來年老，你母親常勸我作些善事。我想無甚作善，且持些齋戒。」妖王道：「不

知父王是長齋，是月齋？』行者道：『也不是長齋，也不是月齋，喚做「雷齋」。每月祇該四日。』妖王問：『是那四日？』行者道：『三辛逢初六。今朝是辛酉日，一則當齋，二來酉不會客。且等明日，我去親自刷洗蒸他，與兒等同享罷。』

那妖王聞言，心中暗想道：『我父王平日吃人爲生，今活够有一千餘歲，怎麽如今又吃起齋來了？想當初作惡多端，這三四日齋戒，那裏就積得過來。此言有假，可疑！可疑！』即抽身走出二門之下，叫六健將來問：『你們老大王是那裏請來的？』小妖道：『是半路請來的。』妖王道：『我説你們來的快。不曾到家麽？』小妖道：『是，不曾到家。』妖王道：『不好了！着了他假也！這不是老大王！』小妖一齊跪下道：『大王，自家父親，也認不得？』妖王道：『觀其形容動静都像，只是言語不像。只怕着了他假，吃了人虧。你們都要仔細：會使刀的，刀要出鞘；會使槍的，槍要磨明；會使棍的，使棍；會使繩的，使繩。待我再去問他，看他言語如何。若果是老大王，莫説今日不吃，明日不吃，便遲個月何妨！假若言語不對，祇聽我哏的一聲，就一齊下手。』群魔各各領命訖。

這妖王復轉身到于裏面，對行者當面又拜。行者道：『孩兒，家無常禮，不須拜，但有甚話，祇管説來。』妖王伏于地下道：『愚男一則請來奉獻唐僧之肉，二來有句話兒上請。我前日閑行，駕祥光，直至九霄空内，忽逢着祖延道陵張先生。』行者道：『可是做天師的張道陵麽？』妖王道：『正是。』行者問曰：『有甚話説？』妖王道：『他見孩兒生得五官周正，三停平等，他問我是幾年、那月、那日、那時出世。兒因年幼，記得不真。先生子平精熟，要與我推看五星。今請父王，正欲問此。倘或下次再得會他，好煩他推算。』行者聞言，坐在上面暗笑道：『好妖怪呀！老孫自歸佛果，保唐師父，一路上也捉了幾個妖精，不似這廝克剥。他問我甚麽家長禮短，少米無柴的話説，我也好信口捏膿答他。他如今問我生年月日，我却怎麽知道？……』好猴王，也十分乖巧，巍巍端坐中間，也無一些兒懼色，面上反喜盈盈的笑道：『賢郎請起。我因年老，連日有事不遂心懷，把你生時果偶然忘了，且等到明日回家，問你母親便知。』

妖王道：『父王把我八個字時常不離口論説，説我有同天不老之壽，怎麽今日一旦忘了！豈有此理！必是假的！』哏的一聲，群妖槍刀簇擁，望行者没頭没臉的紮來。這大聖使金箍棒架住了，現出本像，對妖精道：『賢郎，你却没理。那裏兒子好打爺的？』那妖王滿面羞慚，不敢回視。行者化金光，走出他的洞府。小妖道：『大王，孫行者走了。』妖王道：『罷！罷！罷！讓他走了罷！我吃他這一場虧也！且關了門，莫與他打話，祇來刷洗唐僧，蒸吃便罷。』

却説那行者搴着鐵棒，呵呵大笑，自澗那邊而來。沙僧聽見，急出林迎着道：『哥啊，這半日方回，如何這等哂笑，想救出師父來也？』行者道：『兄弟，雖不曾救得師父，老孫却得個上風來了。』沙僧道：『甚麽上風？』行者道：『原來猪八戒被那怪假變觀音哄將回來，吊于皮袋之内。我欲設法救援，不期他着甚麽六健將去請老大王來吃師父肉。是老孫想着他老大王必是牛魔王，就變了他的模樣，充將進去，坐在中間。他叫父王，我就應他，他便叩頭，我就直受。着實快活！果然得了上風！』沙僧道：『哥啊，你便圖這般小便宜，恐師父性命難保。』行者道：『不須慮，等我去請菩薩來。』沙僧道：『你還腰疼哩。』行者道：『我不疼了。古人云：「人逢喜事精神爽。」你看着行李、馬匹，等我去。』沙僧道：『你置下仇了，恐他害我師父。你須快去快來。』行者道：『我來得快，祇消頓飯時，就回來矣。』

好大聖，説話間躲離了沙僧，縱筋斗雲，徑投南海。在那半空裏，那消半個時辰，望見普陀山景。須臾，按下雲頭，直至落伽崖上。端肅正行，祇見二十四路諸天迎着道：『大聖，那裏去？』行者作禮畢，道：『要見菩薩。』諸天道：『少停，容通報。』時有鬼子母諸天來潮音洞外報道：『菩薩得知，孫悟空特來參見。』菩薩聞報，即命進去。大聖斂衣皈命，捉定步，徑入裏邊，見菩薩倒身下拜。菩薩道：『悟空，你不領金蟬子西方求經去，却來此何幹？』行

者道：『上告菩薩。弟子保護唐僧前行，至一方，乃號山枯松澗火雲洞。有一個紅孩兒妖精，喚作聖嬰大王，把我師父攝去。是弟子與猪悟能等尋至門前，與他交戰。他放出三昧火來，我等不能取勝，救不出師父。急上東洋大海，請到四海龍王，施雨水，又不能勝火，把弟子都熏壞了，幾乎喪了殘生。』菩薩道：『既他是三昧火，神通廣大，怎麽去請龍王，不來請我？』行者道：『本欲來的，只是弟子被烟熏了，不能駕雲，却教猪八戒來請菩薩。』菩薩道：『悟能不曾來呀。』行者道：『正是。未曾到得寶山，被那妖精假變做菩薩模樣，把猪八戒又賺入洞中，現吊在一個皮袋裏，也要蒸吃哩。』

菩薩聽說，心中大怒道：『那潑妖敢變我的模樣！』恨了一聲，將手中寶珠净瓶往海心裏撲的一摜，唬得那行者毛骨竦然，即起身侍立下面，道：『這菩薩火性不退，好是怪老孫說的話不好，壞了他的德行，就把净瓶摜了。可惜！可惜！早知送了我老孫，却不是一件大人事？』說不了，衹見那海當中，翻波跳浪，鑽出個瓶來。原來是一個怪物馱着出來。行者仔細看那馱瓶的怪物，怎生模樣：

根源出處號幫泥，水底增光獨顯威。世隱能知天地性，安藏偏曉鬼神機。藏身一縮無頭尾，展足能行快似飛。
文王畫卦曾元卜，常納庭臺伴伏義。雲龍透出千般俏，號水推波把浪吹。條條金綫穿成甲，點點裝成彩玳瑁。九
宫八卦袍披定，散碎鋪遮綠燦衣。生前好勇龍王幸，死後還馱佛祖碑。要知此物名和姓，興風作浪惡烏龜。

那龜馱着净瓶，爬上崖邊，對菩薩點頭二十四點，權爲二十四拜。行者見了，暗笑道：『原來是看瓶的。想是不見瓶，就問他要。』菩薩道：『悟空，你在下面說甚麽？』行者道：『没說甚麽。』菩薩教：『拿上瓶來。』這行者即去拿瓶，——唉！莫想拿得他動。好便似蜻蜓撼石柱，怎生摇得半分毫？行者上前跪下道：『菩薩，弟子拿不動。』菩薩道：『你這猴頭，衹會說嘴。瓶兒你也拿不動，怎麽去降妖縛怪？』行者道：『不瞞菩薩說。平日拿得動，今日拿不動。想是吃了妖精虧，筋力弱了。』菩薩道：『常時是個空瓶；如今是净瓶抛下海去，這一時間，轉過了三江五湖，八海四瀆，溪源潭洞之間，共借了一海水在裏面。你那裏有架海的斤量，此所以拿不動也。』行者合掌道：『是，弟子不知。』

那菩薩走上前，將右手輕輕的提起净瓶，托在左手掌上。衹見那龜點點頭，鑽下水去了。行者道：『原來是個養家看瓶的夯貨！』菩薩坐定道：『悟空，我這瓶中甘露水漿，比那龍王的私雨不同：能滅那妖精的三昧火。待要與你拿了去，你却拿不動；待要着善財龍女與你同去，你却又不是好心，專一隻會騙人。你見我這龍女貌美，净瓶又是個寶物，你假若騙了去，却那有工夫又來尋你？你須是留些甚麽東西作當。』行者道：『可憐！菩薩這等多心。我弟子自秉沙門，一向不幹那樣事了。你教我留些當頭，却將何物？我身上這件綿布直裰，還是你老人家賜的。這條虎皮裙子，能值幾個銅錢？這根鐵棒，早晚却要護身。但只是頭上這個箍兒，是個金的，却又被你弄了個方法兒長在我頭上，取不下來。你今要當頭，情願將此爲當。你念個《鬆箍兒咒》，將此除去罷；不然，將何物爲當？』菩薩道：『你好自在啊！我也不要你的衣服、鐵棒、金箍；衹將你那腦後救命的毫毛拔一根與我作當罷。』行者道：『這毫毛，也是你老人家與我的。但恐拔下一根，就拆破群了，又不能救我性命。』菩薩駡道：『你這猴子！你便一毛也不拔，教我這善財也難捨。』行者笑道：『菩薩，你却也多疑。正是「不看僧面看佛面」。千萬救我師父一難罷！』那菩薩：

逍遥欣喜下蓮臺，雲步香飄上石崖。衹爲聖僧遭障害，要降妖怪救回來。

孫大聖十分歡喜，請觀音出了潮音仙洞。諸天大神都列在普陀岩上。菩薩道：『悟空，過海。』行者躬身道：『請菩薩先行。』菩薩道：『你先過去。』行者磕頭道：『弟子不敢在菩薩面前施展。若駕筋斗雲啊，掀露身體，恐菩薩怪我不敬。』菩薩聞言，即着善財龍女去蓮花池裏，劈一瓣蓮花，拖在石岩下邊水上，教行者：『你上那蓮花

瓣兒，我渡你過海。』行者見了道：『菩薩，這花瓣兒，又輕又薄，如何載得我起！這一躧翻跌下水去，却不濕了虎皮裙？走了硝，天冷怎穿！』菩薩喝道：『你且上去看！』行者不敢推辭，捨命往上跳。果然先見輕小，到上面比海船還大三分。行者歡喜道：『菩薩，載得我了。』菩薩道：『既載得，如何不過去？』行者道：『又没個篙、槳、篷、桅，怎生得過？』菩薩道：『不用。』衹把他一口氣吹開吸攏，又着實一口氣，吹過南洋苦海，得登彼岸。行者却脚躧實地，笑道：『這菩薩賣弄神通，把老孫這等呼來喝去，全不費力也！』

那菩薩吩咐概衆諸天各守仙境，着善財龍女閉了洞門，他却縱祥雲，躲離普陀岩，到那邊叫：『惠岸何在？』惠岸——乃托塔李天王第二個太子，俗名木叉是也。——乃菩薩親傳授的徒弟，不離左右，稱爲護法惠岸行者，即對菩薩合掌伺候。菩薩道：『你快上界去，見你父王，問他借天罡刀來一用。』惠岸道：『師父用着幾何？』菩薩道：『全副都要。』

惠岸領命，即駕雲頭，徑入南天門裏，到雲樓宮殿，見父王下拜。天王見了，問：『兒從何來？』木叉道：『師父是孫悟空請來降妖，着兒拜上父王，將天罡刀借了一用。』天王即唤哪吒將刀取三十六把，遞與木叉。木叉對哪吒説：『兄弟，你回去多拜上母親：我事緊急，等送刀來再磕頭罷。』忙忙相别，按落祥光，徑至南海，將刀捧與菩薩。

菩薩接在手中，拋將去，念個咒語，衹見那刀化作一座千葉蓮臺。菩薩縱身上去，端坐在中間。行者在旁暗笑道：『這菩薩省使儉用。那蓮花池裏有五色寶蓮臺，捨不得坐將來，却又問别人去借。』菩薩道：『悟空，休言語，跟我來也。』却纔都駕着雲頭，離了海上。白鸚哥展翅前飛，孫大聖與惠岸隨後。

頃刻間，早見一座山頭。行者道：『這山就是號山了。從此處到那妖精門首，約摸有四百餘裏。』菩薩聞言，即命住下祥雲，在那山頭上念一聲『唵』字咒語，衹見那山左山右，走出許多神鬼，却乃是本山土地衆神，都到菩薩寶蓮座下磕頭。菩薩道：『汝等俱莫驚張。我今來擒此魔王。你與我把這團圍打掃乾净，要三百里遠近地方，不許一個生靈在地。將那窩中小獸，窟内雛蟲，都送在巔峰之上安生。』衆神遵依而退。須臾間，又來回復。菩薩道：『既然乾净，俱各回祠。』遂把净瓶扳倒，唿喇喇傾出水來，就如雷響。真個是：

漫過山頭，沖開石壁。漫過山頭如海勢，沖開石壁似汪洋。黑霧漲天全水氣，滄波影日幌寒光。遍崖沖玉浪，滿海長金蓮。菩薩大展降魔法，袖中取出定身禪。化做落伽仙景界，真如南海一般般。秀蒲挺出曇花嫩，香草舒開貝葉鮮。紫竹幾竿鸚鵡歇，青松數簇鷓鴣喧。萬迭波濤連四野，衹聞風吼水漫天。

孫大聖見了，暗中贊嘆道：『果然是一個大慈大悲的菩薩！若老孫有些法力，將瓶兒望山一倒，管甚麽禽獸蛇蟲哩！』菩薩叫：『悟空，伸手過來。』行者即忙斂袖，將左手伸出。菩薩拔楊柳枝，蘸甘露，把他手心裏寫一個『迷』字。教他：『捏着拳頭，快去與那妖精索戰，許敗不許勝。敗將來我這跟前，我自有法力收他。』

行者領命。返雲光，徑來至洞口。一隻手使拳，一隻手使棒，高叫道：『妖怪開門！』那些小妖，又進去報道：『孫行者又來了！』妖王道：『緊關了門！莫睬他！』行者叫道：『好兒子！把老子趕在門外，還不開門！』小妖又報道：『孫行者罵出那話兒來了！』妖王衹教：『莫睬他！』行者叫兩次，見不開門，心中大怒，舉鐵棒，將門一下打了一個窟窿。慌得那小妖跌將進去道：『孫行者打破門了！』妖王見報幾次，又聽説打破前門，急縱身跳將出去，挺長槍，對行者罵道：『這猴子，老大不識起倒！我讓你得些便宜，你還不知盡足，又來欺我！打破我門，你該個甚麽罪名？』行者道：『我兒，你趕老子出門，你該個甚麽罪名？』

那妖王羞怒，綽長槍，劈胸便刺；這行者舉鐵棒，架隔相還。一番搭上手，鬥經四五個回合，行者捏着拳頭，拖着棒，敗將下來。那妖王立在山前道：『我要刷洗唐僧去哩！』行者道：『好兒子，天看着你哩！你來！』那妖精聞言，愈加嗔怒，喝一聲，趕到面前，挺槍又刺。這行者輪棒又戰幾合，敗陣又走。那妖王罵道：『猴子，

你在前有二三十合的本事，你怎麽如今正門時就要走了，何也？』行者笑道：『賢郎，老子怕你放火。』妖精道：『我不放火了，你上來。』行者道：『既不放火，走開些。好漢子莫在家門前打人。』那妖精不知是詐，真個舉槍又趕。行者拖了棒，放了拳頭。那妖王着了迷亂，衹情追趕。前走的如流星過度，後走的如弩箭離弦。

不一時，望見那菩薩了。行者道：『妖精，我怕你了。你饒我罷。你如今趕至南海觀音菩薩處，怎麽還不回去？』那妖王不信，咬着牙，衹管趕來。行者將身一幌，藏在那菩薩的神光影裏。

這妖精見没了行者。走近前，睁圓眼，對菩薩道：『你是孫行者請來的救兵麽？』菩薩不答應。妖王拈轉長槍，喝道：『咄！你是孫行者請來的救兵麽？』菩薩也不答應。妖精望菩薩劈心刺一槍來。那菩薩化道金光，徑走上九霄空内。行者跟定道：『菩薩，你好欺伏我罷了！那妖精再三問你，你怎麽推聾裝瘂，不敢做聲，被他一槍搠走了，却把那個蓮臺都丢下耶！』菩薩衹教：『莫言語，看他再要怎的。』此時行者與木叉俱在空中，並肩同看。衹見那妖呵呵冷笑道：『潑猴頭，錯認了我也！他不知把我聖嬰當作個甚人。幾番家戰我不過，又去請個甚麽膿包菩薩來，却被我一槍，搠得無形無影去了；又把個寶蓮臺兒丢了。且等我上去坐坐。』好妖精，他也學菩薩，盤手盤脚的，坐在當中。行者看見道：『好！好！好！蓮花臺兒好送人了！』菩薩道：『悟空，你又説甚麽？』行者道：『説甚！説甚！蓮臺送了人了！那妖精坐放臀下，終不得你還要哩？』菩薩道：『正要他坐哩。』行者道：『他的身軀小巧，比你還坐得穩當。』菩薩叫：『莫言語，且看法力。』

他將楊柳枝往下指定，叫一聲『退！』衹見那蓮臺花彩俱無，祥光盡散，原來那妖王坐在刀尖之上。即命木叉：『使降妖杵，把刀柄兒打打去來。』那木叉按下雲頭，將降魔杵，如築墻一般，築了有千百餘下。那妖精，穿通兩腿刀尖出，血流成汪皮肉開。好怪物，你看他咬着牙，忍着痛，且丢了長槍，用手將刀亂拔。行者却道：『菩薩啊，那怪物不怕痛，還拔刀哩。』菩薩見了，唤上木叉，『且莫傷他生命。』却又把楊柳枝垂下，念聲『唵』字咒語，那天罡刀都變做倒須鈎兒，狼牙一般，莫能褪得。那妖精却纔慌了，扳着刀尖，痛聲苦告道：『菩薩，我弟子有眼無珠，不識你廣大法力。千乞垂慈，饒我性命！再不敢恃惡，願入法門戒行也。』

菩薩聞言，却與二行者、白鸚哥低下金光，到了妖精面前。問道：『你可受吾戒行麽？』妖王點頭滴泪道：『若饒性命，願受戒行。』菩薩道：『你可入我門麽？』妖王道：『果饒性命，願入法門。』菩薩道：『既如此，我與你摩頂受戒。』就袖中取出一把金剃頭刀兒，近前去，把那怪分頂剃了幾刀，剃作一個太山壓頂，與他留下三個頂搭，挽起三個窩角揪兒。行者在旁笑道：『這妖精大晦氣！弄得不男不女，不知像個甚麽東西！』菩薩道：『你今既受我戒，我却也不慢你，稱你做善財童子，如何？』那妖點頭受持，衹望饒命。菩薩却用手一指，叫聲『退！』撞的一聲，天罡刀都脱落塵埃，那童子身軀不損。

菩薩叫：『惠岸，你將刀送上天宫，還你父王，莫來接我，先到普陀岩會衆諸天等候。』那木叉領命，送刀上界，回海不題。

却説那童子野性不定，見那腿疼處不疼，臀破處不破，頭挽了三個揪兒，他走去綽起長槍，望菩薩道：『那裏有甚真法力降我！原來是個掩樣術法兒！不受甚戒！看槍！』望菩薩劈臉刺來。恨得個行者輪鐵棒要打。菩薩衹叫：『莫打，我自有懲治。』却又袖中取出一個金箍兒來道：『這寶貝原是我佛如來賜我往東土尋取經人的「金、緊、禁」三個箍兒。緊箍兒，先與你戴了；禁箍兒，收了守山大神；這個金箍兒，未曾捨得與人，今觀此怪無禮，與他罷。』好菩薩，將箍兒迎風一幌，叫聲『變！』即變作五個箍兒，望童子身上抛了去，喝聲『着！』一個套在他頭頂上，兩個套在他左右手上，兩個套在他左右脚上。菩薩道：『悟空，走開些，等我念念金箍兒咒。』行者慌了道：『菩薩呀，請你來此降妖，如何却要咒我？』菩薩道：『這篇咒，不是緊箍兒咒，咒你的；是金箍兒咒，咒那童子的。』行者却纔放心，緊隨左右，聽得他念咒。菩薩捻着訣，默默的念了幾遍，那妖精搓耳揉腮，攢蹄

打滾。正是：

一句能通遍沙界，廣大無邊法力深。

畢竟不知那童子怎的皈依，且聽下回分解。

總評：

篇中云：『作惡多端，這三四日齋戒，那裏就積得過來？』此處極可提醒佛口蛇心的齋公。又云：『你便一毫不拔，教我這善財難捨。』此處極可提醒白手抄化的和尚。

第四十三回　黑河妖孽擒僧去　西洋龍子捉鼉回

却說那菩薩念了幾遍，却纔住口，那妖精就不疼了。又正性起身看處，頸項裏與手足上都是金箍，勒得疼痛，便就除那箍兒時，莫想褪得動分毫。這寶貝已此是見肉生根，越抹越痛。行者笑道：『我那乖乖，菩薩恐你養不大，與你戴個頸圈鐲頭哩。』那童子聞此言，又生煩惱，就此綽起槍來，望行者亂刺。行者急閃身，立在菩薩後面，叫：『念咒！念咒！』

那菩薩將楊柳枝兒，蘸了一點甘露，灑將去，叫聲『合！』祇見他丟了槍，一雙手合掌當胸，再也不能開放。至今留了一個『觀音扭』，即此意也。那童子開不得手，拿不得槍，方知是法力深微。没奈何，才納頭下拜。

菩薩念動真言，把净瓶敧倒，將那一海水，依然收去，更無半點存留。對行者道：『悟空，這妖精已是降了，却只是野心不定，等我教他一步一拜，祇拜到落伽山，方纔收法。你如今快早去洞中，救你師父去來！』行者轉身叩頭道：『有勞菩薩遠涉，弟子當送一程。』菩薩道：『你不消送，恐怕誤了你師父性命。』行者聞言，歡喜叩別。那妖精早歸了正果，五十三參，三拜觀音。

且不題善菩薩收了童子，却說那沙僧久坐林間，盼望行者不到，將行李捎在馬上，一隻手執着降妖寶杖，一隻手牽着繮繩，出松林向南觀看，祇見行者欣喜而來。

沙僧迎着道：『哥哥，你怎麼去請菩薩，此時才來？焦殺我也！』行者道：『你還做夢哩。老孫已請了菩薩，降了妖怪。』行者却將菩薩的法力，備陳了一遍。沙僧十分歡喜道：『救師父去也！』

他兩個才跳過澗去，撞到門前，拴下馬匹。舉兵器齊打入洞裏，剿净了群妖，解下皮袋，放出八戒來。那呆子謝了行者道：『哥哥，那妖精在那裏？等我去築他幾鈀，出出氣來！』行者道：『且尋師父去。』

三人徑至後邊，祇見師父赤條條，捆在院中哭哩。沙僧連忙解繩，行者即取衣服穿上。三人跪在面前道：『師

父吃苦了。』三藏謝道：『賢徒啊，多累你等。怎生降得妖魔也？』行者又將請菩薩，收童子之言，備陳一遍。三藏聽得，即忙跪下，朝南禮拜。行者道：『不消謝他，轉是我們與他作福，收了一個童子。』——如今說童子拜觀音，五十三參，三參見佛，即此是也。——教沙僧，將洞內寶物收了。且尋米糧，安排齋飯，管待了師父。那長老得性命全虧孫大聖，取真經祇靠美猴精。師徒們出洞來，攀鞍上馬，找大路，篤志投西。

行經一個多月，忽聽得水聲振耳。三藏大驚道：『徒弟呀，又是那裏水聲？』行者笑道：『你這老師父，忒也多疑，做不得和尚。我們一同四衆，偏你聽見甚麼水聲。你把那《多心經》又忘了也？』唐僧道：『《多心經》乃浮屠山烏巢禪師口授，共五十四句，二百七十個字。我當時耳傳，至今常念，你知我忘了那句兒？』行者道：『老師父，你忘了「無眼耳鼻舌身意」。我等出家人，眼不視色，耳不聽聲，鼻不嗅香，舌不嘗味，身不知寒暑，意不存妄想——如此謂之祛褪六賊。你如今爲求經，念念在意；怕妖魔，不肯捨身；要齋吃，動舌；喜香甜，嗅鼻；聞聲音，驚耳；睹事物，凝眸；招來這六賊紛紛，怎生得西天見佛？』三藏聞言，默然沉慮道：『徒弟啊，我

一自當年別聖君，奔波晝夜甚殷勤。芒鞋踏破山頭霧，竹笠沖開嶺上雲。夜靜猿啼殊可嘆，月明鳥噪不堪聞。何時滿足三三行，得取如來妙法文！』

行者聽畢，忍不住鼓掌大笑道：『這師父原來只是思鄉難息！若要那三三行滿，有何難哉！常言道：「功到自然成」哩。』八戒回頭道：『哥啊，若照依這般魔障兇高，就走上一千年也不得成功！』沙僧道：『二哥，你和我一般，拙口鈍腮，不要惹大哥熱擦。且祇挨肩磨擔，終須有日成功也。』

師徒們正話間，腳走不停，馬蹄正疾，見前面有一道黑水滔天，馬不能進。四衆停立岸邊，仔細觀看。但見那：

層層濃浪，迭迭渾波。層層濃浪翻烏潦，迭迭渾波捲黑油。近觀不照人身影，遠望難尋樹木形。滾滾一地墨，滔滔千里灰。水沫浮來如積炭，浪花飄起似翻煤。牛羊不飲，鴉鵲難飛。牛羊不飲嫌深黑，鴉鵲難飛怕渺瀰。祇是岸上蘆蘋知節令，灘頭花草鬥青奇。湖泊江河天下有，溪源澤洞世間多。人生皆有相逢處，誰見西方黑水河？

唐僧下馬道：『徒弟，這水怎麼如此渾黑？』八戒道：『是那家潑了靛缸了。』沙僧道：『不然，是誰家洗筆硯哩。』行者道：『你們且休胡猜亂道，且設法保師父過去。』八戒道：『這河若是老猪過去不難；或是駕了雲頭，或是下河負水，不消頓飯時，我就過去了。』沙僧道：『若教我老沙，也祇消縱雲躧水，頃刻而過。』行者道：『我等容易，只是師父難哩。』三藏道：『徒弟啊，這河有多少寬麼？』八戒道：『約摸有十來裏寬。』三藏道：『你三個計較，着那個馱我過去罷。』行者道：『八戒馱得。』八戒道：『不好馱。若是馱着騰雲，三尺也不能離地。常言道：「揹凡人重若丘山。」若是馱着負水，轉連我墜下水去了。』

師徒們在河邊，正都商議，祇見那上溜頭，有一人棹下一隻小船兒來。唐僧喜道：『徒弟，有船來了。叫他渡我們過去。』沙僧厲聲高叫道：『棹船的，來渡人！來渡人！』船上人道：『我不是渡船，如何渡人？』沙僧道：『天上人間，方便第一。你雖不是渡船，我們也不是常來打攪你的。我等是東土欽差取經的佛子，你可方便方便，渡我們過去，謝你。』那人聞言，却把船兒棹近岸邊，扶着槳道：『師父啊，我這船小，你們人多，怎能全渡？』三藏近前看了，那船兒原來是一段木頭刻的，中間祇有一個艙口，只好坐下兩個人。三藏道：『怎生是好？』沙僧道：『這般啊，兩遭兒渡罷。』八戒就使心術，要躲懶討乖，道：『悟淨，你與大哥在這邊看着行李、馬匹，等我保師父先過去，却再來渡馬。教大哥跳過去罷。』行者點頭道：『你說的是。』

那呆子扶着唐僧，那艄公撐開船，舉棹沖流，一直而去。方纔行到中間，祇聽得一聲響亮，捲浪翻波，遮天迷目。那陣狂風十分利害！好風：

當空一片炮雲起，中溜千層黑浪高。兩岸飛沙迷日色，四邊樹倒振天號。翻江攪海龍神怕，播土揚塵花木雕。

呼呼響若春雷吼，陣陣兇如餓虎哮。蟹鱉魚蝦朝上拜，飛禽走獸失窩巢。五湖船户皆遭難，四海人家命不牢。溪內漁翁難把鈎，河間梢子怎撐篙？揭瓦翻磚房屋倒，驚天動地泰山搖。

這陣風，原來就是那棹船人弄的。他本是黑水河中怪物。眼看着那唐僧與豬八戒，連船兒淬在水裏，無影無形，不知攝了那方去也。

這岸上，沙僧與行者心慌道：「怎麼好？老師父步步逢灾，才脱了魔障，幸得這一路平安，又遇着黑水迍邅！」沙僧道：「莫是翻了船，我們往下溜頭找尋去。」行者道：「不是翻船。若翻船，八戒會水，他必然保師父，負水而出。我纔見那個棹船的有些不正氣，想必就是這厮弄風，把師父拖下水去了。」沙僧聞言道：「哥哥何不早説！你看着馬與行李，等我下水找尋去來。」行者道：「這水色不正，恐你不能去。」沙僧道：「這水比我那流沙河如何？去得！去得！」

好和尚，脱了褊衫，札抹了手脚，輪着降妖寶杖，撲的一聲，分開水路，鑽入波中。大踏步行將進去。正走處，衹聽得有人言語。沙僧閃在旁邊，偷睛觀看，那壁厢有一座亭臺，臺門外橫封了八個大字，乃是「衡陽峪黑水河神府」。又聽得那怪物坐在上面道：「一向辛苦，今日方能得物。這和尚乃十世修行的好人，但得吃他一塊肉，便做長生不老人。我爲他也等够多時，今朝却不負我志。」教：「小的們！快把鐵籠抬出來，將這兩個和尚囫圇蒸熟，具柬去請二舅爺來，與他暖壽。」沙僧聞言，按不住心頭火起，掣寶杖，將門亂打。口中罵道：「那潑物，快送我唐僧師父與八戒師兄出來！」唬得那門內妖邪，急跑去報：「禍事了！」老怪問：「甚麼禍事？」小妖道：「外面有一個晦氣色臉的和尚，打着前門駡，要人哩。」

那怪聞言，即唤取披挂。小妖抬出披挂，老妖結束整齊。手提一根竹節鋼鞭，走出門來，真個是兇頑毒像。但見：

方面圜睛霞彩亮，捲唇巨口血盆紅。幾根鐵綫稀髯擺，兩鬢硃砂亂髮蓬。形似顯靈真太歲，貌如發怒狠雷公。身披鐵甲團花燦，頭戴金盔嵌寶濃。竹節鋼鞭提手内，行時滾滾拽狂風。生來本是波中物，脱去原流變化兇。要問妖邪真姓字，前身唤做小鼉龍。

那怪喝道：「是甚人在此打我門哩？」沙僧道：「我把你個無知的潑怪！你怎麼弄玄虚，變作艄公，架船將我師父攝來？快早送還，饒你性命！」那怪呵呵笑道：「這和尚不知死活！你師父是我拿了，如今要蒸熟了請人哩！你上來，與我見個雌雄！三合敵得我啊，還你師父；如三合敵不得，連你一發都蒸吃了，休想西天去也！」沙僧聞言大怒，輪寶杖，劈頭就打。那怪舉鋼鞭，急架相迎。兩個在水底下，這場好殺：

降妖杖，竹節鞭，二人怒發各爭先。一個是黑水河中千載怪，一個是靈霄殿外舊時仙。那個因貪三藏肉中吃，這個爲保唐僧命可憐。都來水底相爭鬥，各要功成兩不然。殺得蝦魚對對摇頭躲，蟹鱉雙雙縮首潛。衹聽水府群妖齊擂鼓，門前衆怪亂争喧。好個沙門真悟净，單身獨力展威權！躍浪翻波無勝敗，鞭迎杖架兩牽連。算來衹爲唐和尚，欲取真經拜佛天。

他二人戰經三十回合，不見高低。沙僧暗想道：「這怪物是我的對手，枉自不能取勝，且引他出去，教師兄打他。」這沙僧虚丟了個架子，拖着寶杖就走。那妖精更不趕來，道：「你去罷，我不與你鬥了。我且具柬帖兒去請客哩。」

沙僧氣呼呼跳出水來，見了行者道：「哥哥，這怪物無禮。」行者問：「你下去許多時才出來，端的是甚妖邪？可曾尋見師父？」沙僧道：「他這裏邊，有一座亭臺，臺門外橫書八個大字，唤做『衡陽峪黑水河神府』。我閃在旁邊，聽着他在裏面説話，教小的們刷洗鐵籠，待要把師父與八戒蒸熟了，去請他舅爺來暖壽。是我發起怒來，就去打門。那怪物提一條竹節鋼鞭走出來，與我鬥了這半日，約有三十合，不分勝負。我却使個佯輸法，要引他出來，着你助陣。那怪物乖得緊，他不來趕我，衹要回去具柬請客，我纔上來了。」行者道：「不知是個甚麼妖邪？」沙僧道：「那模樣像一個大鱉；不然，便是個鼉龍也。」行者道：「不知那個是他舅爺？」

説不了，祇見那下灣裏走出一個老人，遠遠的跪下，叫：『大聖，黑水河河神叩頭。』行者道：『你莫是那棹船的妖邪，又來騙我麽？』那老人磕頭滴泪道：『大聖，我不是妖邪，我是這河内真神。那妖精舊年五月間，從西洋海，趁大潮來于此處，就與小神交鬥。奈我年邁身衰，敵他不過，把我坐的那衡陽峪黑水河神府，就佔奪去住了，又傷了我許多水族。我却没奈何，徑往海内告他。原來西海龍王是他的母舅，不准我的狀子，教我讓與他住。我欲啓奏上天，奈何神微職小，不能得見玉帝。今聞得大聖到此，特來參拜投生。萬望大聖與我出力報冤！』行者聞言道：『這等説，四海龍王都該有罪。他如今攝了我師父與師弟，揚言要蒸熟了，去請他舅爺暖壽，我正要拿他，幸得你來報信。這等啊，你陪着沙僧在此看守，等我去海中，先把那龍王捉來，教他擒此怪物。』河神道：『深感大聖大恩！』

行者即駕雲，徑至西洋大海。按筋斗，捻了避水訣，分開波浪，正然走處，撞見一個黑魚精捧着一個渾金的請書匣兒，從下流頭似箭如梭鑽將上來，被行者撲個滿面，掣鐵棒分頂一下，可憐就打得腦漿迸出，腮骨查開，嗗都的一聲，飄出水面。他却揭開匣兒看處，裏邊有一張簡帖，上寫着：

『愚甥鼉潔，頓首百拜，啓上二舅爺敖老大人臺下：向承佳惠，感感。今因獲得二物，乃東土僧人，實爲世間之罕物。甥不敢自用。因念舅爺聖誕在邇，特設菲筵，預祝千壽。萬望車駕速臨，是荷！』

行者笑道：『這廝却把供狀先遞與老孫也！』正才袖了帖子，往前再行。早有一個探海的夜叉，望見行者，急抽身撞上水晶宫報大王：『齊天大聖孫爺爺來了！』那龍王敖閏即領衆水族，出宫迎接道：『大聖，請入小宫少座，獻茶。』行者道：『我還不曾吃你的茶，你倒先吃了我的酒也！』龍王笑道：『大聖一向皈依佛門，不動葷酒，却幾時請我吃酒來？』行者道：『你便不曾去吃酒，只是惹下一個吃酒的罪名了。』敖順大驚道：『小龍爲何有罪？』行者袖中取出簡帖兒，遞與龍王。

龍王見了，魂飛魄散，慌忙跪下，叩頭道：『大聖恕罪！那廝是舍妹第九個兒子。因妹夫錯行了風雨，刻減了雨數，被天曹降旨，着人曹官魏徵丞相，夢裏斬了。舍妹無處安身，是小龍帶他到此，恩養成人。前年不幸，舍妹疾故，惟他無方居住，我着他在黑水河養性修真。不期他作此惡孽，小龍即差人去擒他來也。』行者道：『你令妹共有幾個賢郎？都在那裏作怪？』龍王道：『舍妹有九個兒子。那八個都是好的。第一個小黄龍，見居淮瀆；第二個小驪龍，見住濟瀆；第三個青背龍，佔了江瀆；第四個赤髯龍，鎮守河瀆；第五個徒勞龍，與佛祖司鐘；第六個穩獸龍，與神宫鎮脊；第七個敬仲龍，與玉帝守擎天華表；第八個蜃龍，在大家兄處，砥據太嶽。此乃第九個鼉龍，因年幼無甚執事，自舊年才着他居黑水河養性，待成名，别遷調用；誰知他不遵吾旨，衝撞大聖也。』

行者聞言，笑道：『你妹妹有幾個妹丈？』敖閏道：『祇嫁得一個妹丈，乃涇河龍王。向年已此被斬，舍妹孀居于此，前年疾故了。』行者道：『一夫一妻，如何生這幾個雜種？』敖閏道：『此正謂「龍生九種，九種各别。」』行者道：『我纔心中煩惱，欲將簡帖爲證，上奏天庭，問你個通同作怪，搶奪人口之罪；據你所言，是那廝不遵教誨，我且饒你這次：一則是看你昆玉分上，二來祇該怪那廝年幼無知，你也不甚知情。你快差人擒來，救我師父，再作區處。』敖閏即唤太子摩昂：『快點五百蝦魚壯兵，將小鼉捉來問罪。一壁厢安排酒席，與大聖陪禮。』行者道：『龍王再勿多心。既講開饒了你便罷，又何須辦酒？我今須與你令郎同回：一則老師父遭愆，二則我師弟盼望。』

那老龍苦留不住，又見龍女捧茶來獻。行者立飲他一盞香茶，别了老龍，隨與摩昂領兵，離了西海。早到黑水河中。行者道：『賢太子，好生捉怪，我上岸去也。』摩昂道：『大聖寬心，小龍子將他拿上來先見了大聖，懲治了他罪名，把師父送上來，才敢帶回海内，見我家父。』行者欣然相别。捏了避水訣，跳出波津，徑到了東邊崖上。

沙僧與那河神迎着道：『師兄，你去時從空而去，怎麼回來却自河內而回？』行者把那打死魚精，得簡帖，怪龍王，與太子同領兵來之事，備陳了一遍。沙僧十分歡喜，都立在岸邊，候接師父不題。

却說那摩昂太子着介士先到他水府門前，報與妖怪道：『西海老龍王太子摩昂來也。』那怪正坐，忽聞摩昂來，心中疑惑道：『我差黑魚精投簡帖拜請二舅爺，這早晚不見回話，怎麼舅爺不來，却是表兄來耶？』正說間，祇見那巡河的小怪，又來報：『大王，河內有一枝兵，屯于水府之西，旗號上書着「西海儲君摩昂小帥」。』妖怪道：『這表兄却也狂妄：想是舅爺不得來，命他來赴宴，既是赴宴，如何又領兵勞士？——咳！但恐其間有故。』教：『小的們，將我的披挂鋼鞭伺候，恐一時變暴。待我且出去迎他，看是何如。』衆妖領命，一個個擦掌摩拳準備。

這鼉龍出得門來，真個見一枝海兵紮營在右。祇見：

徵旗飄綉帶，畫戟列明霞。寶劍凝光彩，長槍纓繞花。弓彎如月小，箭插似狼牙。大刀光燦燦，短棍硬沙沙。鯨鰲并蛤蚌，蟹鱉共魚蝦。大小齊齊擺，乾戈似密麻。不是元戎令，誰敢亂爬蹅！

鼉怪見了，徑至那營門前，厲聲高叫：『大表兄，小弟在此拱候，有請。』有一個巡營的螺螺，急至中軍帳，『報千歲殿下，外有鼉龍叫請哩。』太子按一按頂上金盔，束一束腰間寶帶，手提一根三稜簡，拽開步，跑出營去，道：『你來請我怎麼？』鼉龍進禮道：『小弟今早有簡帖拜請舅爺，想是舅爺見弃，着表兄來的，兄長既來赴席，如何又勞師動衆？不入水府，紮營在此，又貫甲提兵，何也？』太子道：『你請舅爺做甚？』妖怪道：『小弟一向蒙恩賜居于此，久别尊顔，未得孝順。昨日捉得一個東土僧人，我聞他是十世修行的元體，人吃了他，可以延壽，欲請舅爺看過，上鐵籠蒸熟，與舅爺暖壽哩。』太子喝道：『你這廝十分懵懂！你道僧人是誰？』妖怪道：『他是唐朝來的僧人，往西天取經的和尚。』太子道：『你祇知他是唐僧，不知他手下徒弟利害哩。』妖怪道：『他有一個長嘴的和尚，喚做個猪八戒，我也把他捉住了，要與唐和尚一同蒸吃。還有一個徒弟，喚做沙和尚，乃是一條黑漢子，晦氣色臉，使一根寶杖。昨日在這門外與我討師父，被我帥出河兵，一頓鋼鞭，戰得他敗陣逃生，也不見怎的利害。』

太子道：『原來是你不知！他還有一個大徒弟，是五百年前大鬧天宮上方太乙金仙齊天大聖；如今保護唐僧往西天拜佛求經，是普陀岩大慈大悲觀音菩薩勸善，與他改名，喚做孫悟空行者。你怎麼没得做，撞出這件禍來？他又在我海內遇着你的差人，奪了請帖，徑入水晶宫，拿捏我父子們，有「結連妖邪，搶奪人口」之罪。你快把唐僧、八戒送上河邊，交還了孫大聖，憑着我與他陪禮，你還好得性命；若有半個「不」字，休想得全生居于此也！』那怪鼉聞此言，心中大怒道：『我與你嫡親的姑表，你倒反護他人！聽你所言，就教把唐僧送出；天地間那裏有這等容易事也！你便怕他，莫成我也怕他？他若有手段，敢來我水府門前，與我交戰三合，我纔與他師父；若敵不過我，就連他也拿來，一齊蒸熟，也没甚麼親人，也不去請客，自家關了門，教小的們唱唱舞舞，我坐在上面，自自在在，吃他娘不是！』

太子見説，開口罵道：『這潑邪！果然無狀！且不要教孫大聖與你對敵，你敢與我相持麼？』那怪道：『要做好漢，怕甚麼相持！』教：『取披挂！』呼喚一聲，衆小妖跟隨左右，獻上披挂，捧上鋼鞭。他兩個變了臉，各逞英雄；傳號令，一齊擂鼓。這一場比與沙僧争鬥，甚是不同。但見那：

旌旗照耀，戈戟摇光。這壁廂營盤解散，那壁廂門户開張。摩昂太子提金簡，鼉怪輪鞭急架償。一聲炮響河兵烈，三棒鑼鳴海士狂。蝦與蝦争，蟹與蟹鬥。鯨鰲吞赤鯉，鯾鮊起黄鱨。鯊鯔吃鯊鯖魚走，牡蠣擒蟶蛤蚌慌。少揚刺硬如鐵棍，鰏司針利似鋒芒。鱓鱝追白蟮，鱸膾捉烏鯧。一河水怪争高下，兩處龍兵定弱强。混戰多時波浪滚，摩昂太子賽金剛。喝聲金簡當頭重，拿住妖鼉作怪王。

這太子將三稜簡閃了一個破綻，那妖精不知是詐，鑽將進來；被他使個解數，把妖精右臂，祇一簡，打了個

躘踵；赶上前，又一拍脚，跌倒在地。衆海兵一擁上前，揪翻住，將繩子背綁了雙手，將鐵索穿了琵琶骨，拿上岸來。押至孫行者面前道：「大聖，小龍子捉住妖鼉，請大聖定奪。」

行者與沙僧見了道：「你這厮不遵旨令。你舅爺原着你在此居住，教你養性存身，待你名成之日，別有遷用；你怎麽强佔水神之宅，倚勢行兇，欺心誑上，弄玄虚，騙我師父、師弟？我待要打你這一棒，奈何老孫這棒子甚重，略打打兒就了了性命。你將我師父安在何處哩？」那怪叩頭不住道：「大聖，小鼉不知大聖大名。却纔逆了表兄，騁强背理，被表兄把我拿住。今見大聖，幸蒙大聖不殺之恩，感謝不盡。你師父還捆在那水府之間，望大聖解了我的鐵索，放了我手，等我到河中送他出來。」摩昂在旁道：「大聖，這厮是個逆怪，他極奸詐；若放了他，恐生惡念。」沙和尚道：「我認得他那裏，等我尋師父去。」

他兩個跳入水中，徑至水府門前。那裏門扇大開，更無一個小卒。直入亭臺裏面，見唐僧、八戒，赤條條都捆在那裏。沙僧即忙解了師父，河神亦隨解了八戒，一家揹着一個，出水面，徑至岸邊。

猪八戒見那妖精鎖綁在側，急掣鈀上前就築，口裏駡道：「潑邪畜！你如今不吃我了？」行者扯住道：「兄弟，且饒他死罪罷。看敖順賢父子之情。」摩昂進禮道：「大聖，小龍子不敢久停。既然救得你師父，我帶這厮去見家父；雖大聖饒了他死罪，家父决不饒他活罪，定有發落處置，仍回復大聖謝罪。」行者道：「既如此，你領他去罷。多多拜上令尊，尚容面謝。」那太子押着那妖鼉，投水中，帥領海兵，徑轉西洋大海不題。

却説那黑水河神謝了行者，道：「多蒙大聖復得水府之恩！」唐僧道：「徒弟啊，如今還在東岸，如何渡此河也？」河神道：「老爺勿慮，且請上馬，小神開路，引老爺過河。」那師父才騎了白馬，八戒采着繮繩，沙和尚挑了行李，孫行者扶持左右，衹見河神作起阻水的法術，將上流擋住。須臾，下流撤幹，開出一條大路。師徒們行過西邊，謝了河神，登岸上路。這正是：

禪僧有救來西域，徹地無波過黑河。

畢竟不知怎生得拜佛求經，且聽下回分解。

總評：

行者説《心經》處大是可思，不若今之講師，記得些子舊講説，便出來做買賣也。〇今之講經和尚，既不及那猴子，又要弄這猴子怎的？〇妖怪請阿舅暖壽，尚有渭陽之情，不比世人；若表兄弟反面，則與世人一般矣。

第四十四回　法身元運逢車力　心正妖邪度脊關

詩曰：

求經脱障向西遊，無數名山不盡休。兔走烏飛催晝夜，鳥啼花落自春秋。微塵眼底三千界，錫杖頭邊四百州。宿水餐風登紫陌，未期何日是回頭。

話說唐三藏幸虧龍子降妖，黑水河神開路，師徒們過了黑水河，找大路一直西來。真個是迎風冒雪，戴月披星。行够多時，又值早春天氣。但見：

三陽轉運，萬物生輝。三陽轉運，滿天明媚開圖畫；萬物生輝，遍地芳菲設綉茵。梅殘數點雪，麥漲一川雲。漸開冰解山泉溜，盡放萌芽没燒痕。正是那：太昊乘震，勾芒御辰；花香風氣暖，雲淡日光新。道旁楊柳舒青眼，膏雨滋生萬象春。

師徒們在路上，遊觀景色，緩馬而行，忽聽得一聲吆喝，好便似千萬人吶喊之聲。唐三藏心中害怕，兜住馬不能前進，急回頭道：「悟空，是那裏這等響振？」八戒道：「好一似地裂山崩。」沙僧道：「也就如雷聲霹靂。」三藏道：「還是人喊馬嘶。」孫行者笑道：「你們都猜不着，且住，待老孫看是何如。」

好行者，將身一縱，踏雲光，起在空中，睜眼觀看，遠見一座城池；又近覷，倒也祥光隱隱，不見甚麽凶氣紛紛。行者暗自沉吟道：「好去處！如何有響聲振耳？那城中又無旌旗閃灼，戈戟光明，又不是炮聲響振，何以若人馬喧嘩？」

正議間，衹見那城門外，有一塊沙灘空地，攢簇了許多和尚，在那裏扯車兒哩。原來是一齊着力打號，齊喊『大力王菩薩』，所以驚動唐僧。

行者漸漸按下雲頭來看處，呀！那車子裝的都是磚瓦木植土坯之類，灘頭上坡坂最高，又有一道夾脊小路，

兩座大關，關下之路都是直立壁陡之崖，那車兒怎麽拽得上去？雖是天色和暖，那些人却也衣衫藍縷。看此像十分窘迫，行者心疑道：「想是修蓋寺院。他這裏五谷豐登，尋不出雜工人來，所以這和尚親自努力。」

正自猜疑未定，衹見那城門裏，搖搖擺擺，走出兩個少年道士來。你看他怎生打扮。但見他：

頭戴星冠，身披錦綉。頭戴星冠光耀耀，身披錦綉彩霞飄。足踏雲頭履，腰繫熟絲縧。面如滿月多聰俊，形似瑶天仙客嬌。

那些和尚見道士來，一個個心驚膽戰，加倍着力，恨苦的拽那車子。行者就曉得了：「咦！想必這和尚們怕那道士；不然啊，怎麽這等着力拽扯？我曾聽得人言，西方路上，有個敬道滅僧之處，斷乎此間是也。我待要回報師父，奈何事不明白，返惹他怪，敢道這等一個伶俐之人，就不能探個實信。且等下去問得明白，好回師父話。」

你道他來問誰？好大聖，按落雲頭，去郡城脚下，摇身一變，變做個遊方的雲水全真，左臂上挂着一個水火籃兒，手敲着漁鼓，口唱着道情詞，近城門，迎着兩個道士，當面躬身道：「道長，貧道起手。」那道士還禮道：「先生那裏來的？」行者道：「我弟子雲遊于海角，浪蕩在天涯。今朝來此處，欲募善人家。動問二位道長，這城中那條街上好道？那個巷裏好賢？我貧道好去化些齋吃。」那道士笑道：「你這先生，怎麽説這等敗興的話？」行者道：「何爲敗興？」道士道：「你要化些齋吃，却不是敗興？」行者道：「出家人以乞化爲由，却不化齋吃，怎生有錢買？」道士笑道：「你是遠方來的，不知我這城中之事。我這城中，且休説文武官員好道，富民長者愛賢，大男小女見我等拜請奉齋，這般都不須挂齒，頭一等就是萬歲君王好道愛賢。」行者道：「我貧道一則年幼，二則是遠方乍來，實是不知。煩二位道長將這裏地名、君王好道愛賢之事，細説一遍，足見同道之情。」道士說：「此城名喚車遲國。寶殿上君王與我們有親。」

行者聞言，呵呵笑道：『想是道士做了皇帝？』他道：『不是。衹因這二十年前，民遭亢旱，天無點雨，地絶穀苗，不論君臣黎庶，大小人家，家家沐浴焚香，户户拜天求雨。正都在倒懸捱命之處，忽然天降下三個仙長來，俯救生靈。』行者問道：『是那三個仙長？』道士説：『便是我家師父。』行者道：『尊師甚號？』道士云：『我大師父，號做虎力大仙；二師父，鹿力大仙；三師父，羊力大仙。』行者問曰：『三位尊師，有多少法力？』道士云：『我那師父，呼風喚雨，衹在翻掌之間；指水爲油，點石成金，却如轉身之易，所以有這般法力，能奪天地之造化，換星斗之玄微，君臣相敬，與我們結爲親也。』行者道：『這皇帝十分造化。常言道，「術動公卿。」老師父有這般手段，結了親，其實不虧他。——噫，不知我貧道可有星星緣法，得見那老師父一面哩？』道士笑曰：『你要見我師父，有何難處！我兩個是他靠胸貼肉的徒弟，我師父却又好道愛賢，衹聽見説個「道」字，就也接出大門。若是我兩個引進你，乃吹灰之力。』

行者深深的唱個大喏道：『多承舉薦，就此進去罷。』道士説：『且少待片時，你在這裏坐下，等我兩個把公事幹了來，和你進去。』行者道：『出家人無拘無束，自由自在，有甚公幹？』道士用手指定那沙灘上僧人：『他做的是我家生活，恐他躲懶，我們去點他一卯就來。』行者笑道：『道長差了；僧道之輩都是出家人，爲何他替我們做活，伏我們點卯？』

道士云：『你不知道。因當年求雨之時，僧人在一邊拜佛，道士在一邊告鬥，都請朝廷的糧償；誰知那和尚不中用，空念空經，不能濟事。後來我師父一到，喚雨呼風，拔濟了萬民途炭。却纔惱了朝廷，説那和尚無用，拆了他的山門，毁了他的佛像，追了他的度牒，不放他回鄉，御賜與我們家做活，就當小厮一般。我家裏燒火的，也是他；掃地的，也是他；頂門的，也是他。因爲後邊還有住房，未曾完備，着這和尚來拽磚瓦，拖木植，起蓋房宇。衹恐他貪頑躲懶，不肯拽車，所以着我兩個去查點查點。』

行者聞言，扯住道士滴泪道：『我説我無緣，真個無緣，不得見老師父尊面！』道士云：『如何不得見面？』行者道：『我貧道在方上雲遊，一則是爲性命，二則也爲尋親。』道士問：『你有甚麽親？』行者道：『我有一個叔父，自幼出家，髮發爲僧。向日年程饑饉，也來外面求乞。這幾年不見回家，我念祖上之恩，特來順便尋訪。想必是羈遲在此等地方，不能脱身，未可知也。我怎的尋着他，見一面，才可與你進城。』道士云：『這般却是容易。我兩個且坐下，即煩你去沙灘上替我一查。祇點頭目有五百名數目便罷。看内中那個是你令叔。果若有哇，我們看道中情分，放他去了，却與你進城好麽？』

行者頂謝不盡，長揖一聲，别了道士，敲着漁鼓，徑往沙灘之上。過了雙關，轉下夾脊，那和尚一齊跪下磕頭道：『爺爺，我等不曾躲懶，五百名半個不少，都在此扯車哩。』行者看見，暗笑道：『這些和尚，被道士打怕了，見我這假道士就這般悚懼。若是個真道士，好道也活不成了。』行者又摇手道：『不要跪，休怕。我不是監工的，我來此是尋親的。』衆僧們聽説認親，就把他圈子陣圍將上來，一個個出頭露面，咳嗽打響，巴不得要認出去。道：『不知那個是他親哩。』行者認了一會，呵呵笑將起來。衆僧道：『老爺不認親，如何發笑？』行者道：『你們知我笑甚麽？笑你這些和尚全不長俊！父母生下你來，皆因命犯華蓋，妨爺克娘，或是不招姊妹，才把你捨斷了出家；你怎的不遵三寶，不敬佛法，不去看經拜懺，却怎麽與道士傭工，作奴婢使唤？』衆僧道：『老爺，你來羞我們哩！你老人家想是個外邊來的，不知我這裏利害。』行者道：『果是外方來的，其實不知你這裏有甚利害。』

衆僧滴泪道：『我們這一國君王，偏心無道，祇喜得是老爺等輩，惱的是我們佛子。』行者道：『爲何來？』衆僧道：『祇因呼風唤雨，三個仙長來此處，滅了我等，哄信君王，把我們寺拆了，度牒追了，不放歸鄉，亦不許補役當差，賜與那仙長家使用，苦楚難當！但有個遊方道者至此，即請拜王領賞；若是和尚來，不分遠近，就拿來與仙長家傭工。』行者道：『想必那道士還有甚麽巧法術，誘了君王？若只是呼風唤雨，也都是傍門小法術耳，安能動得君心？』衆僧道：『他會摶砂煉汞，打坐存神，點水爲油，點石成金。如今興蓋三清觀宇，對天地晝夜看經懺悔，祈君王萬年不老，所以就把君心惑動了。』

行者道：『原來這般。你們都走了便罷。』衆僧道：『老爺，走不脱！那仙長奏准君王，把我們畫了影身圖，四下裏長川張挂。他這車遲國地界也寬，各府州縣鄉村店集之方，都有一張和尚圖，上面是御筆親題。若有官職的，拿得一個和尚，高陞三級；無官職的，拿得一個和尚，就賞白銀五十兩，所以走不脱。且莫説是和尚，就是剪鬃、秃子、毛稀的，都也難逃。四下裏快手又多，緝事的又廣，憑你怎麽也是難脱。我們没奈何，只得在此苦捱。』

行者道：『既然如此，你們死了便罷。』衆僧道：『老爺，有死的。到處捉來與本處和尚，也共有二千餘衆。到此熬不得苦楚，受不得爊煎，忍不得寒冷，服不得水土，死了有六七百，自盡了有七八百，祇有我這五百個不得死。』

行者道：『怎麽不得死？』衆僧道：『懸梁繩斷，刀刎不疼，投河的飄起不沉，服藥的身安不損。』行者道：『你却造化，天賜汝等長壽哩！』衆僧道：『老爺呀，你少了一個字兒，是「長受罪」哩！我等日食三餐，乃是糙米熬得稀粥。到晚就在沙灘上冒露安身。才合眼，就有神人擁護。』行者道：『想是累苦了，見鬼麽？』衆僧道：『不是鬼，乃是六丁六甲、護教伽藍。但至夜，就來保護。但是要死的，就保着，不教他死。』行者道：『這些神却也没理；祇該教你們早死早生天，却來保護怎的？』衆僧道：『他在夢寐中，勸解我們，教「不要尋死，且苦挨着，等那東土大唐聖僧，往西天取經的羅漢。他手下有個徒弟，乃齊天大聖，神通廣大，專秉忠良之心，與人間報不平之事，濟困扶危，恤孤念寡。祇等他來顯神通，滅了道士，還敬你們沙門禪教哩。」』

行者聞得此言，心中暗笑道：『莫説老孫無手段，預先神聖早傳名。』他急抽身，敲着漁鼓，别了衆僧，徑來

城門口，見了道士。那道士迎着道：『先生，那一位是令親？』行者道：『五百個都與我有親。』兩個道士笑道：『你怎麽就有許多親？』行者道：『一百個是我左鄰，一百個是我右捨，一百個是我父黨，一百個是我母黨，一百個是我交契。你若肯把這五百人都放了，我便與你進去；不放，我不去了。』道士云：『你想有些風病，一時間就胡説了。那些和尚，乃國王御賜，若放一二名，還要在師父處遞了病狀，然後補個死狀，才了得哩。怎麽説都放了！此理不通！不通！且不要説我家没人使唤，就是朝廷也要怪他。那裏長要差官查勘，或時御駕也親來點札，怎麽敢放？』行者道：『不放麽？』道士説：『不放！』行者連問三聲，就怒將起來，把耳朵裏鐵棒取出，迎風捻了一捻，就碗來粗細，幌了一幌，照道士臉上一刮，可憐就打得頭破血流身倒地，皮開頸折腦漿傾！

那灘上僧人，遠遠望見他打殺了兩個道士，丢了車兒，跑將上來道：『不好了！不好了！打殺皇親了！』行者道：『那個是皇親？』衆僧把他簸箕陣圍了。道：『他師父，上殿不參王，下殿不辭主，朝廷常稱做「國師兄長先生」。你怎麽到這裏闖禍？他徒弟出來監工，與你無幹，你怎麽把他來打死？那仙長不説是你來打殺，祇説是來此監工，我們害了他性命。我等怎了？且與你進城去，會了人命出來。』行者笑道：『列位休嚷。我不是雲水全真，我是來救你們的。』衆僧道：『你倒打殺人，害了我們，添了擔兒，如何是救我們的？』

行者道：『我是大唐聖僧徒弟孫悟空行者，特特來此救你們性命。』衆僧道：『不是！不是！那老爺我們認得他。』行者道：『又不曾會他，如何認得？』衆僧道：『我們夢中嘗見一個老者，自言太白金星，常教誨我等，説那孫行者的模樣，莫教錯認了。』行者道：『他和你怎麽説來？』衆僧道：『他説：「那大聖：

磕額金睛幌亮，圓頭毛臉無腮。咨牙尖嘴性情乖，貌比雷公古怪。慣使金箍鐵棒，曾將天闕攻開。如今皈正保僧來，專救人間災害。」』

行者聞言，又嗔又喜。喜道：『替老孫傳名！』嗔：『道那老賊憊懶，把我的元身都説與這伙凡人！』忽失聲道：『列位誠然認我不是孫行者。我是孫行者的門人，來此處學闖禍耍子的。那裏不是孫行者來了？』用手向東一指，哄得衆僧回頭，他却現了本相。衆僧們方纔認得。一個個倒身下拜道：『爺爺！我等凡胎肉眼，不知是爺爺顯化。望爺爺與我們雪恨消災，早進城降邪從正也！』行者道：『你們且跟我來。』衆僧緊隨左右。

那大聖徑至沙灘上，使個神通，將車兒拽過兩關，穿過夾脊，提起來，捽得粉碎。把那些磚瓦木植，盡抛下坡坂。喝教衆僧：『散！莫在我手脚邊，等我明日見這皇帝，滅那道士！』衆僧道：『爺爺呀，我等不敢遠走；但恐在官人拿住解來，却又吃打發贖，返又生灾。』行者道：『既如此，我與你個護身法兒。』好大聖，把毫毛拔了一把，嚼得粉碎，每一個和尚與他一截。都教他：『捻在無名指甲裏，捻着拳頭，祇情走路。無人敢拿你便罷；若有人拿你，攢緊了拳頭，叫一聲「齊天大聖」，我就來護你。』衆僧道：『爺爺，倘若去得遠了，看不見你，叫你不應，怎麽是好？』行者道：『你祇管放心，就是萬里之遥，可保全無事。』

衆僧有膽量大的，捻着拳頭，悄悄的叫聲『齊天大聖！』祇見一個雷公站在面前，手執鐵棒，就是千軍萬馬，也不能近身。此時有百十衆齊叫，足有百十個大聖護持。衆僧叩頭道：『爺爺！果然靈顯！』行者又吩咐：『叫聲「寂」字，還你收了。』真個是叫聲『寂！』依然還是毫毛在那指甲縫裏。衆和尚却纔歡喜逃生，一齊而散。行者道：『不可十分遠遁。聽我城中消息。但有招僧榜出，就進城還我毫毛也。』五百個和尚，東的東，西的西，走的走，立的立，四散不題。

却説那唐僧在路旁，等不得行者回話，教猪八戒引馬投西，遇着些僧人奔走；將近城邊，見行者還與十數個未散的和尚在那裏。三藏勒馬道：『悟空，你怎麽來打聽個響聲，許久不回？』行者引了十數個和尚，對唐僧馬前施禮，將上項事説了一遍。三藏大驚道：『這般啊，我們怎了？』那十數個和尚道：『老爺放心。孫大聖爺爺乃天神降的，神通廣大，定保老爺無虞。我等是這城裏敕建智淵寺内僧人。因這寺是先王太祖御造的，現有先王

太祖神像在內，未曾拆毀。城中寺院，大小盡皆拆了。我等請老爺趕早進城，到我荒山安下。待明日早朝，孫大聖必有處置。』行者道：『汝等説得是，也罷，趁早進城去來。』

那長老却纔下馬，行到城門之下。此時已太陽西墜。過吊橋，進了三層門裏，街上人見智淵寺的和尚牽馬挑包，盡皆回避。正行時，却到山門前。但見那門上高懸着一面金字大匾，乃『敕建智淵寺』。衆僧推開門，穿過金剛殿，把正殿門開了。唐僧取袈裟披起，拜畢金身，方入。衆僧叫：『看家的！』老和尚走出來，看見行者就拜，道：『爺爺！你來了？』行者道：『你認得我是那個爺爺，就是這等呼拜？』那和尚道：『我認得你是齊天大聖孫爺爺。我們夜夜夢中見你。太白金星常常來託夢，説道，衹等你來，我們才得性命。今日果見尊顔與夢中無异。爺爺呀，喜得早來！再遲一兩日，我等已俱做鬼矣！』行者笑道：『請起，請起。明日就有分曉。』衆僧安排了齋飯，他師徒們吃了。打掃乾净方丈，安寢一宿。

二更時候，孫大聖心中有事，偏睡不着。衹聽那裏吹打，悄悄的爬起來，穿了衣服，跳在空中觀看，原來是正南上燈燭熒煌。低下雲頭仔細再看，却是三清觀道士禳星哩。但見那：

靈區高殿，福地真堂。靈區高殿，巍巍壯似蓬壺景；福地真堂，隱隱清如化樂宮。兩邊道士奏笙簧，正面高公擎玉簡。宣理《消灾懺》，開講《道德經》。揚塵幾度盡傳符，表白一番皆俯伏。咒水發檄，燭焰飄摇衝上界；查罡佈鬥，香煙馥鬱透清霄。案頭有供獻新鮮，桌上有齋筵豐盛。

殿門前挂一聯黄綾織錦的對句，綉着二十二個大字，云：『雨順風調，願祝天尊無量法；河清海晏，祈求萬歲有餘年。』行者見三個老道士，披了法衣，想是那虎力、鹿力、羊力大仙。下面有七八百個散衆，司鼓司鐘，侍香表白，盡都侍立兩邊。行者暗自喜道：『我欲下去與他混一混，奈何「單絲不綫，孤掌難鳴」。且回去照顧八戒、沙僧，一同來耍耍。』

按落祥雲，徑至方丈中。原來八戒與沙僧通脚睡着。行者先叫悟净。沙和尚醒來道：『哥哥，你還不曾睡哩？』行者道：『你且起來，我和你受用些來。』沙僧道：『半夜三更，口枯眼澀，有甚受用？』行者道：『這城裏果有一座三清觀。觀裏道士們修醮，三清殿上有許多供養：饅頭足有斗大，燒果有五六十斤一個，襯飯無數，果品新鮮。和你受用去來！』那猪八戒睡夢裏聽見説吃好東西，就醒了，道：『哥哥，就不帶挈我些兒？』行者道：『兄弟，你要吃東西，不要大呼小叫，驚醒了師父。都跟我來。』

他兩個套上衣服，悄悄的走出門前，隨行者踏了雲頭，跳將起去。那呆子看見燈光，就要下手。行者扯住道：『且休忙。待他散了，方可下去。』八戒道：『他才念到興頭上，却怎麽肯散？』行者道：『等我弄個法兒，他就散了。』

好大聖，捻着訣，念個咒語，往巽地上吸一口氣，呼的吹去，便是一陣狂風，徑直捲進那三清殿上，把他些花瓶燭臺，四壁上懸挂的功德，一齊颳倒，遂而燈火無光。衆道士心驚膽戰。虎力大仙道：『徒弟們且散。這陣神風所過，吹滅了燈燭香花，各人歸寢，明朝早起，多念幾卷經文補數。』衆道士果各退回。

這行者却引八戒、沙僧，按落雲頭，闖上三清殿。呆子不論生熟，拿過燒果來，張口就啃。行者掣鐵棒，着手便打。八戒縮手躲過道：『還不曾嚐着甚麽滋味，就打！』行者道：『莫要小家子行。且叙禮坐下受用。』八戒道：『不羞！偷東西吃，還要叙禮！若是請將來，却要如何？』行者道：『這上面坐的是甚麽菩薩？』八戒笑道：『三清也認不得，却認做甚麽菩薩！』行者道：『那三清？』八戒道：『中間的是元始天尊，左邊的是靈寶道君，右邊的是太上老君。』行者道：『都要變得這般模樣，才吃得安穩哩。』那呆子急了，聞得那香噴噴供養，要吃，爬上高臺，把老君一嘴拱下去道：『老官兒，你也坐得够了，讓我老猪坐坐。』八戒變做太上老君；行者變作元始天尊；沙僧變作靈寶道君。把原像都推下去。及坐下時，八戒就搶大饅頭吃。行者道：『莫忙哩！』八戒道：『哥哥，變得如此，還不吃等甚？』

行者道：『兄弟呀，吃東西事小，泄漏天機事大。這聖像都推在地下，倘有起早的道士來撞鐘掃地，或絆一個根頭，却不走漏消息？你把他藏過一邊來。』八戒道：『此處路生，摸門不着，却那裏藏他？』行者道：『我纔進來時，那右手下有一重小門兒，那裏面穢氣畜人，想必是個五穀輪回之所。你把他送在那裏去罷。』

這呆子有些夯力量，跳下來，把三個聖像，拿在肩膊上，扛將出來；到那廂，用脚登開門看時，原來是個大東廁。笑道：『這個弼馬温着然會弄嘴弄舌！把個毛坑也與他起個道號，叫做甚麼「五穀輪回之所」！』那呆子扛在肩上且不丟了去，口裏啯啯噥噥的禱道：

『三清，三清，我説你聽：遠方到此，慣滅妖精。欲享供養，無處安寧。借你坐位，略略少停。你等坐久，也且暫下毛坑。你平日家受用無窮，做個清净道士；今日裏不免享些穢物，也做個受臭氣的天尊！』

祝罷，烹的望裏一，灒了半衣襟臭水，走上殿來。行者道：『可藏得好麼？』八戒道：『藏便藏得好；只是灒起些水來，污了衣服，有些腌臢臭氣，你休噁心。』行者笑道：『也罷，你且來受用；但不知可得個乾净身子出門哩。』那呆子還變做老君。三人坐下，盡情受用。先吃了大饅頭，後吃簇盤、襯飯、點心、拖爐、餅錠、油煠、蒸酥，那裏管甚麼冷熱，任情吃起。原來孫行者不大吃煙火食，衹吃幾個果子，陪他兩個。那一頓如流星趕月，風捲殘雲，吃得罄盡。已此没得吃了，還不走路，且在那裏閑講，消食耍子。

噫！有這般事！原來那東廊下有一個小道士，才睡下，忽然起來道：『我的手鈴兒忘記在殿上，若失落了，明日師父見責。』與那同睡者道：『你睡着，等我尋去。』急忙中不穿底衣，止扯一領直裰，徑到正殿中尋鈴。摸來摸去，鈴兒摸着了。正欲回頭，衹聽得有呼吸之聲，道士害怕。急拽步往外走時，不知怎的，躧着一個荔枝核子，撲的滑了一跌，噹的一聲，把個鈴兒跌得粉碎。猪八戒忍不住呵呵大笑出來，把個小道士唬走了三魂，驚回了七魄，一步一跌，撞到後方丈外，打着門叫：『師公！不好了！禍事了！』三個老道士還未曾睡，即開門問：

西遊記

第四十四回

『有甚禍事？』他戰戰兢兢道：『弟子忘失了手鈴兒，因去殿上尋鈴，衹聽得有人呵呵大笑，險些兒唬殺我也！』老道士聞言，即叫：『掌燈來！看是甚麼邪物？』一聲傳令，驚動那兩廊的道士，大大小小，都爬起來點燈着火，往正殿上觀看。

不知端的何如，且聽下回分解。

總評：

僧也不要滅道，道也不要滅僧，衹要做和尚便做個真正和尚，做道士便做個真正道士，自然各有好處。嘗説真正儒者决不以二氏爲异端也，噫，可與語此者誰乎！

第四十五回　三清觀大聖留名　車遲國猴王顯法

却説孫大聖左手把沙和尚捻一把，右手把猪八戒捻一把，他二人却就省悟。坐在高處，倥着臉，不言不語。憑那些道士點燈着火，前後照看。他三個就如泥塑金裝一般模樣。虎力大仙道：『没有歹人，如何把供獻都吃了？』鹿力大仙道：『却像人吃的勾當，有皮的都剥了皮，有核的都吐出核，却怎麽不見人形？』羊力大仙道：『師兄勿疑。想是我們虔心志意，在此晝夜誦經，前後申文，又是朝廷名號，斷然驚動天尊。想是三清爺爺聖駕降臨，受用了這些供養。趁今仙從未返，鶴駕在斯，我等可拜告天尊，懇求些聖水金丹，進與陛下，却不是長生永壽，見我們的功果也？』虎力大仙道：『説的是。』教：『徒弟們動樂誦經！一壁厢取法衣來，等我步罡拜禱。』那些小道士俱遵命，兩班兒擺列齊整。噹的一聲磬響，齊念一卷《黄庭道德真經》。虎力大仙披了法衣，擎着玉簡，對面前舞蹈揚塵，拜伏于地，朝上啓奏道：

『誠惶誠恐，稽首歸依。臣等興教，仰望清虚。滅僧鄙俚，敬道光輝。敕修寶殿，御製座閣。廣陳供養，高挂龍旗。通宵秉燭，鎮日香菲。一誠達上，寸敬虔歸。今蒙降駕，未返仙車，望賜些金丹聖水，進與朝廷，壽比南山。』

八戒聞言，心中忐忑，默對行者道：『這是我們的不是：吃了東西，且不走路，衹等這般禱祝，却怎麽答應？』行者又捻一把，忽地開口，叫聲：『晚輩小仙，且休拜祝。我等自蟠桃會上來的，不曾帶得金丹聖水，待改日再來垂賜。』那些大小道士聽見説出話來，一個個抖衣而戰道：『爺爺呀！活天尊臨凡，是必莫放，好歹求個長生的法兒！』鹿力大仙上前，又拜云：

『揚塵頓首，謹辦丹誠。微臣歸命，俯仰三清。自來此界，興道除僧。國王心喜，敬重玄齡。羅天大醮，徹夜看經。幸天尊之不弃，降聖駕而臨庭。俯求垂念，仰望恩榮。是必留些聖水，與弟子們延壽長生。』

沙僧捻着行者，默默的道：『哥呀，要得緊，又來禱告了。』行者道：『與他些罷。』八戒寂寂道：『那裏有得？』

行者道：「你衹看着我，我有時，你們也都有了。」

那道士吹打已畢，行者開言道：「那晚輩小仙，不須伏拜。我欲不留些聖水與你們，恐滅了苗裔，若要與你，又忒容易了。」衆道聞言，一齊俯伏叩頭道：「萬望天尊念弟子恭敬之意，千乞喜賜些須。我弟子廣宣道德，奏國王普敬玄門。」行者道：「既如此，取器皿來。」那道士一齊頓首謝恩。虎力大仙愛强，就抬一口大缸，放在殿上；鹿力大仙端一砂盆安在供桌之上；羊力大仙把花瓶摘了花，移在中間。行者道：「你們都出殿前，掩上格子，不可泄了天機，好留與你些聖水。」衆道一齊跪伏丹墀之下，掩了殿門。

那行者立將起來，掀着虎皮裙，撒了一花瓶臊溺。猪八戒見了，歡喜道：「哥啊，我把你做這幾年兄弟，衹這些兒不曾弄我。我纔吃了些東西，道要幹這個事兒哩。」那呆子揭衣服，忽喇喇，就似呂梁洪倒下坂來，沙沙的溺了一砂盆。沙和尚却也撒了半缸。依舊整衣端坐在上道：「小仙領聖水。」

那些道士，推開格子，磕頭禮拜謝恩，抬出缸去，將那瓶盆總歸一處，教：「徒弟，取個鐘子來嘗嘗。」小道士即便拿了一個茶鐘，遞與老道士。道士舀出一鐘來，喝下口去，衹情抹唇咂嘴。鹿力大仙道：「師兄好吃麽？」老道士努着嘴道：「不甚好吃，有些酣釅之味。」羊力大仙道：「等我嘗嘗。」也喝了一口，道：「有些猪溺臊氣。」行者坐在上面，聽見說出這話兒來，已此識破了，道：「我弄個手段，索性留個名罷。」大叫云：

「道號！道號！你好胡思！那個三清，肯降凡基？吾將真姓，說與你知。大唐僧衆，奉旨來西。良宵無事，下降宮闈。吃了供養，閑坐嬉嬉。蒙你叩拜，何以答之？那裏是甚麽聖水，你們吃的都是我一溺之尿！」

那道士聞得此言，攔住門，一齊動叉鈀、掃帚、瓦塊、石頭，沒頭沒臉，往裏面亂打。好行者，左手挾了沙僧，右手挾了八戒，闖出門，駕着祥光，徑轉智淵寺方丈。不敢驚動師父，三人又復睡下。早是五鼓三點，那國王設朝，聚集兩班文武，四百朝官，但見絳紗燈火光明，寶鼎香雲叆叇。此時唐三藏醒來，叫：「徒弟，徒弟，伏侍我倒換關文去來。」行者與沙僧、八戒急起身，穿了衣服，侍立左右道：「上告師父：這昏君信着那些道士，興道滅僧，恐言語差錯，不肯倒換關文，我等護持師父，都進朝去也。」

唐僧大喜，披了錦襴袈裟。行者帶了通關文牒，教悟净捧着鉢盂，悟能拿了錫杖；將行囊、馬匹，交與智淵寺僧看守。徑到五鳳樓前，對黄門官作禮，報了姓名。言是東土大唐取經的和尚來此倒換關文，煩爲轉奏。那閣門大使，進朝俯伏金階，奏曰：「外面有四個和尚，說是東土大唐取經的，欲來倒換關文，現在五鳳樓前候旨。」國王聞奏道：「這和尚沒處尋死，却在這裏尋死！那巡捕官員，怎麽不拿他解來？」旁邊閃過當駕的太師，啓奏道：「東土大唐，乃南贍部洲，號曰中華大國。到此有萬里之遥，路多妖怪。這和尚一定有些法力，方敢西來。望陛下看中華之遠僧，且召來驗牒放行，庶不失善緣之意。」國王准奏，把唐僧等宣至金鑾殿下。師徒們排列階前，捧關文遞與國王。

國王展開方看，又見黄門官來奏：「三位國師來也。」慌得國王收了關文，急下龍座，着近侍的設了綉墩，躬身迎接。三藏等回頭觀看，見那大仙，摇摇擺擺，後帶着一雙丫髻蓬頭的小童兒，往裏直進。兩班官控背躬身，不敢仰視。

他上了金鑾殿，對國王徑不行禮。那國王道：「國師，朕未曾奉請，今日如何肯降？」老道士云：「有一事奉告，故來也。那四個和尚是那國來的？」國王道：「是東土大唐差去西天取經的，來此倒換關文。」那三道士鼓掌大笑道：「我說他走了，原來還在這裏！」國王驚道：「國師有何話說？他才來報了姓名，正欲拿送國師使用，怎奈當駕太師所奏有理，朕因看遠來之意，不滅中華善緣，方纔召入驗牒，不期國師有此問。想是他冒犯尊顔，有得罪處也？」道士笑云：「陛下不知。他昨日來的，在東門外打殺了我兩個徒弟，放了五百個囚僧，捽碎車輛，夜間闖進觀來，把三清聖像毁壞，偷吃了御賜供養。我等被他蒙蔽了，衹道是天尊下降，求些聖水金丹，進與陛下，指望延壽長生；

不期他遺些小便，哄瞞我等。我等各喝了一口，嚐出滋味，正欲下手擒拿，他却走了。今日還在此間，正所謂「冤家路兒窄」也！」那國王聞言發怒，欲誅四衆。

孫大聖合掌開言，厲聲高叫道：「陛下暫息雷霆之怒，容僧等啓奏。」國王道：「你衝撞了國師，國師之言，豈有差謬！」行者道：「他説我昨日到城外打殺他兩個徒弟，是誰知證？我等且屈認了，着兩個和尚償命，還放兩個去取經。他又説我碎車輛，放了囚僧，此事亦無見證，料不該死，再着一個和尚領罪罷了。他説我毁了三清，鬧了觀宇，這又是栽害我也。」

國王道：「怎見栽害？」行者道：「我僧乃東土之人，乍來此處，街道尚且不通，如何夜裏就知他觀中之事？既遺下小便，就該當時捉住，却這早晚坐名害人。天下假名託姓的無限，怎麽就説是我？望陛下回嗔詳察。」那國王本來昏亂，被行者説了一遍，他就決斷不定。

正疑惑之間，又見黄門官來奏：「陛下，門外有許多鄉老聽宣。」國王道：「有何事幹？」即命宣來。宣至殿前，有三四十名鄉老，朝上磕頭道：「萬歲，今年一春無雨，但恐夏月幹荒，特來啓奏，請那位國師爺爺祈一場甘雨，普濟黎民。」國王道：「鄉老且退，就有雨來也。」鄉老謝恩而出。

國王道：「唐朝僧衆，朕敬道滅僧爲何？祇爲當年求雨，我朝僧人，更未嘗求得一點；幸天降國師，拯援塗炭。你今遠來，冒犯國師，本當即時問罪；姑且恕你，敢與我國師賭勝求雨麽？若祈得一場甘雨，濟度萬民，朕即饒你罪名，倒换關文，放你西去。若賭不過，無雨，就將汝等推赴殺場，典刑示衆。」行者笑道：「小和尚也曉得些兒求禱。」

國王見説，即命打掃壇場；一壁廂教：「擺駕，寡人親上五鳳樓觀看。」當時多官擺駕。須臾，上樓坐了。唐三藏隨着行者、沙僧、八戒，侍立樓下。那三道士陪國王坐在樓上。少時間，一員官飛馬來報：「壇場諸色皆備，

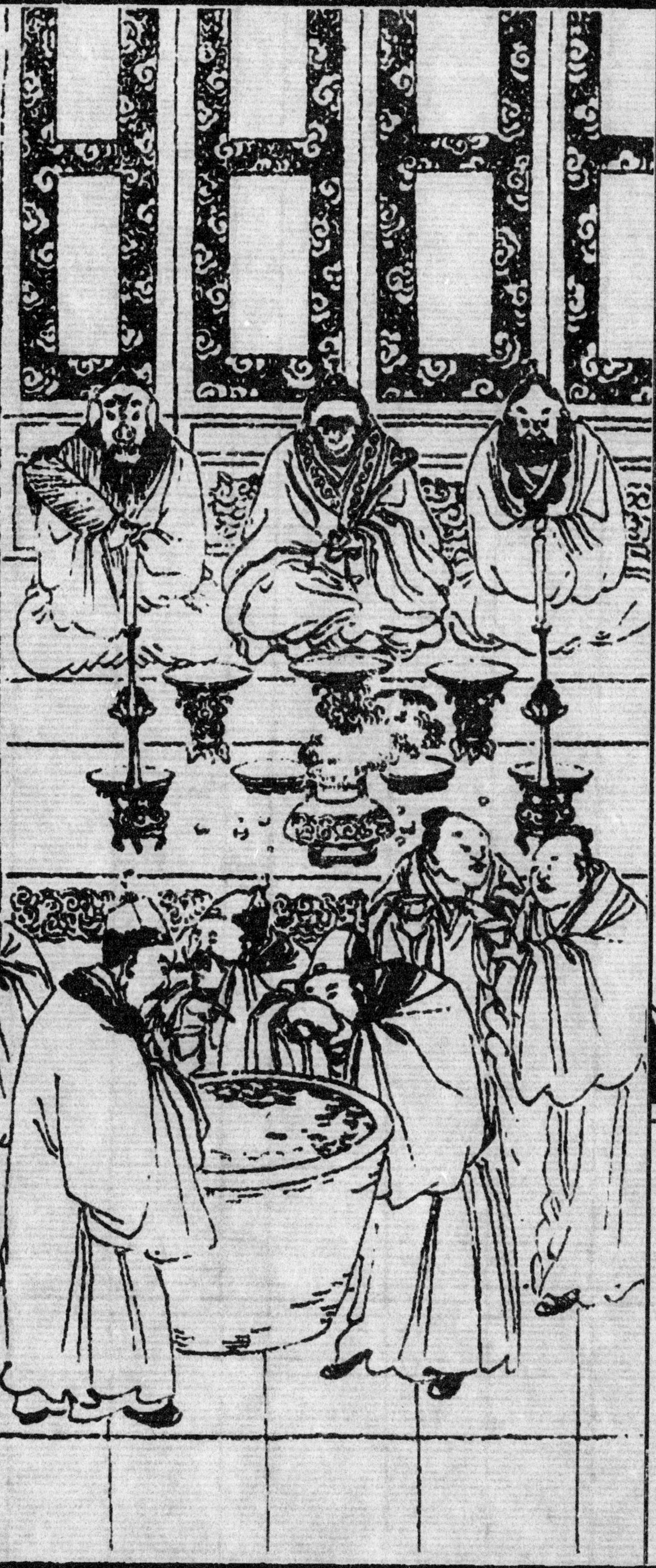

請國師爺爺登壇。」

那虎力大仙，欠身拱手，辭了國王，徑下樓來。行者向前攔住道：『先生那裏去？』大仙道：『登壇祈雨。』行者道：『你也忒自重了，更不讓我遠鄉之僧。——也罷，這正是「强龍不壓地頭蛇」。先生先去，必須對君前講開。』大仙道：『講甚麼？』行者道：『我與你都上壇祈雨，知雨是你的，是我的？不見是誰的功績了。』國王在上聽見，心中暗喜道：『那小和尚説話，倒有些筋節。』沙僧聽見，暗笑道：『不知他一肚子筋節，還不曾拿出來哩！』大仙道：『不消講，陛下自然知之。』行者道：『雖然知之，奈我遠來之僧，未曾與你相會。那時彼此混賴，不成勾當。須講開方好行事。』大仙道：『這一上壇，衹看我的令牌爲號：一聲令牌響，風來；二聲響，雲起；三聲響，雷閃齊鳴；四聲響，雨至；五聲響，雲散雨收。』行者笑道：『妙啊！我僧是不曾見！請了！請了！』

大仙拽開步前進，三藏等隨後，徑到了壇門外。抬頭觀看，那裏有一座高臺，約有三丈多高。臺左右插着二十八宿旗號，頂上放一張桌子，桌上有一個香爐，爐中香烟靄靄。兩邊有兩隻燭臺，臺上風燭煌煌。爐邊靠着一個金牌，牌上鎸的是雷神名號。底下有五個大缸，都注着滿缸清水，水上浮着楊柳枝。楊柳枝上，托着一面鐵牌，牌上書的是雷霆都司的符字。左右有五個大樁，樁上寫着五方蠻雷使者的名録。每一樁邊，立兩個道士，各執鐵錘，伺候着打樁。臺後面有許多道士，在那裏寫作文書。正中間設一架紙爐，又有幾個像生的人物，都是那執符使者，土地贊教之神。

那大仙走進去，更不謙遜，直上高臺立定。旁邊有個小道士，捧了幾張黄紙書就的符字，一口寶劍，遞與大仙。大仙執着寶劍，念聲咒語，將一道符在燭上燒了。那底下兩三個道士，拿過一個執符的像生，一道文書，亦點火焚之。那上面乒的一聲令牌響，衹見那半空裏，悠悠的風色飄來。猪八戒口裏作念道：『不好了！不好了！這道士果然有本事！令牌響了一下，果然就颳風！』行者道：『兄弟悄悄的，你們再莫與我説話，衹管護持師父，等我幹事去來。』

好大聖，拔下一根毫毛，吹口仙氣，叫『變！』就變作一個『假行者』，立在唐僧手下。他的真身，出了元神，趕到半空中。高叫：『那司風的是那個？』慌得那風婆婆捻住佈袋，巽二郎札住口繩，上前施禮。行者道：『我保護唐朝聖僧西天取經，路過車遲國，與那妖道賭勝祈雨，你怎麼不助老孫，反助那道士？我且饒你，把風收了。若有一些風兒，把那道士的鬍子吹得動動，各打二十鐵棒！』風婆婆道：『不敢！不敢！』遂而没些風氣。八戒忍不住，亂嚷道：『那先兒請退！令牌已響，怎麼不見一些風兒？你下來，讓我們上去！』

那道士又執令牌，燒了符檄，撲的又打了一下，衹見那空中雲霧遮滿。孫大聖又當頭叫道：『佈雲的是那個？』慌得那推雲童子、佈霧郎君當面施禮。行者又將前事説了一遍。那雲童、霧子也收了雲霧，放出太陽星耀耀，一天萬里更無雲。八戒笑道：『這先兒只好哄這皇帝，搪塞黎民，全没些真實本事！令牌響了兩下，如何又不見雲生？』

那道士心中焦躁，仗寶劍，解散了頭髮，念着咒，燒了符，再一令牌打將下去，衹見那南天門裏，鄧天君領着雷公、電母到當空，迎着行者施禮。行者又將前項事説了一遍。道：『你們怎麼來的志誠！是何法旨？』天君道：『那道士五雷法是個真的。他發了文書，燒了文檄，驚動玉帝，玉帝擲下旨意，徑至「九天應元雷聲普化天尊」府下。我等奉旨前來，助雷電下雨。』行者道：『既如此，且都住了，同候老孫行事。』果然雷也不鳴，電也不灼。

那道士愈加着忙，又添香、燒符、念咒、打下令牌。半空中，又有四海龍王，一齊擁至。行者當頭喝道：『敖廣！那裏去？』那敖廣、敖順、敖欽、敖閏上前施禮。行者又將前項事説了一遍。道：『向日有勞，未曾成功；今日之事，望爲助力。』龍王道：『遵命！遵命！』行者又謝了敖順道：『前日虧令郎縛怪，搭救師父。』龍王道：『那廝還鎖在海中，未敢擅便，正欲請大聖發落。』行者道：『憑你怎麼處治了罷。如今且助我一功。那道士四聲令牌已畢，却輪到老孫下去幹事了。但我不會發符、燒檄、打甚令牌，你列位却要助我行行。』

鄧天君道：「大聖吩咐，誰敢不從！但只是得一個號令，方敢依令而行，不然，雷雨亂了，顯得大聖無款也。」行者道：「我將棍子爲號罷。」那雷公大驚道：「爺爺呀！我們怎吃得這棍子？」行者道：「不是打你們，但看我這棍子往上一指，就要颳風。」那風婆婆、巽二郎没口的答應道：「就放風！」——「棍子第二指，就要佈雲。」那推雲童子、佈霧郎君道：「就佈雲！就佈雲！」——「棍子第三指，就要雷電皆鳴。」那雷公、電母道：「奉承！奉承！」——「棍子第四指，就要下雨。」那龍王道：「遵命！遵命！」——「棍子第五指，就要大日晴天，却莫違誤。」

吩咐已畢，遂按下雲頭，把毫毛一抖，收上身來。那些人肉眼凡胎，那裏曉得？行者遂在旁邊高叫道：「先生請了。四聲令牌俱已響畢，更没有風雲雷雨，該讓我了。」

那道士無奈，不敢久佔，只得下了臺讓他。努着嘴，徑往樓上見駕。行者道：「等我跟他去，看他説些甚的。」祇聽得那國王問道：「寡人這裏洗耳誠聽，你那裏四聲令響，不見風雨，何也？」道士云：「今日龍神都不在家。」行者厲聲道：「陛下，龍神俱在家；只是這國師法不靈，請他不來。等和尚請來你看。」國王道：「即去登壇，寡人還在此候雨。」

行者得旨，急抽身到壇所，扯着唐僧道：「師父請上臺。」唐僧道：「徒弟，我却不會祈雨。」八戒笑道：「他害你了。若還没雨，拿上柴蓬，一把火了帳！」行者道：「你不會求雨，好的會念經。等我助你。」那長老才舉步登壇，到上面，端然坐下，定性歸神，默念那《蜜多心經》。正坐處，忽見一員官，飛馬來問：「那和尚，怎麼不打令牌，不燒符檄？」行者高聲答道：「不用！不用！我們是静功祈禱。」那官去回奏不題。

行者聽得老師父經文念盡，却去耳朵内取出鐵棒，迎風幌了一幌，就有丈二長短，碗來粗細。將棍望空一指，那風婆婆見了，急忙扯開皮袋，巽二郎解放口繩，祇聽得呼呼風響，滿城中揭瓦翻磚，揚砂走石。看起來，真個好風，却比那尋常之風不同也。但見：

折柳傷花，摧林倒樹。九重殿損壁崩墻，五鳳樓摇梁撼柱。天邊紅日無光，地下黄砂有翅。演武廳前武將驚，會文閣内文官懼。三宫粉黛亂青絲，六院嬪妃蓬寶髻。侯伯金冠落綉纓，宰相烏紗飄展翅。當駕有言不敢談，黄門執本無由遞。金魚玉帶不依班，象簡羅衫無品叙。彩閣翠屏盡損傷，緑窗朱户皆狼狽。金鑾殿瓦走磚飛，錦雲堂門歪槅碎。這陣狂風果是兇，颳得那君王父子難相會；六街三市没人踪，萬户千門皆緊閉！

正是那狂風大作，孫行者又顯神通，把金箍棒鑽一鑽，望空又一指。祇見那：

推雲童子，佈霧郎君。推雲童子顯神威，骨都都觸石垂天；佈霧郎君施法力，濃漠漠飛煙蓋地。茫茫三市暗，冉冉六街昏。因風離海上，隨雨出昆侖。頃刻漫天地，須臾蔽世塵。宛然如混沌，不見鳳樓門。

此時昏霧朦朧，濃雲叆靆。孫行者又把金箍棒鑽一鑽，望空又一指。慌得那：

雷公奮怒，電母生嗔。雷公奮怒，倒騎火獸下天關；電母生嗔，亂掣金蛇離斗府。唿喇喇施霹靂，振碎了鐵叉山；淅瀝瀝閃紅綃，飛出了東洋海。呼呼隱隱滚車聲，燁燁煌煌飄稻米。萬萌萬物精神改，多少昆蟲蟄已開。君臣樓上心驚駭，商賈聞聲膽怯忙。

那沉雷護閃，乒乒乓乓，一似那地裂山崩之勢，唬得那滿城人，户户焚香，家家化紙。孫行者高呼：「老鄧！仔細替我看那貪贜壞法之官，忤逆不孝之子，多打死幾個示衆！」那雷越發振響起來。行者却又把鐵棒望上一指。祇見那：

龍施號令，雨漫乾坤。勢如銀漢傾天塹，疾似雲流過海門。樓頭聲滴滴，窗外響瀟瀟。天上銀河瀉，街前白浪滔。淙淙如瓮撿，滚滚似盆澆。孤莊將漫屋，野岸欲平橋。真個桑田變滄海，霎時陸岸滚波濤。神龍借此來相助，抬起長江望下澆。

這場雨，自辰時下起，衹下到午時前後。下得那車遲城，裏裏外外，水漫了街衢。那國王傳旨道：「雨夠了！雨夠了！十分再多，又淹壞了禾苗，反爲不美。」五鳳樓下聽事官策馬冒雨來報：「聖僧，雨夠了。」行者聞言，將金箍棒往上又一指。衹見霎時間，雷收風息，雨散雲收。國王滿心歡喜，文武盡皆稱讚道：「好和尚！這正是『强中更有强中手』！就是我國師求雨雖靈，若要晴，細雨兒還下半日，便不清爽；怎麼這和尚要晴就晴，頃刻間杲杲日出，萬里就無雲也？」

國王教回鑾，倒換關文，打發唐僧過去。正用御寶時，又被那三個道士上前阻住道：「陛下，這場雨全非和尚之功，還是我道門之力。」國王道：「你才說龍王不在家，不曾有雨，他走上去，以靜功祈禱，就雨下來，怎麼又與他爭功，何也？」虎力大仙道：「我上壇發了文書，燒了符檄，擊了令牌，那龍王誰敢不來？想是別方召請，風、雲、雷、雨……五司俱不在，一聞我令，隨趕而來；適遇着我下他上，一時撞着這個機會，所以就雨。從根算來，還是我請的龍，下的雨，怎麼算作他的功果？」那國王昏亂，聽此言，卻又疑惑未定。

行者近前一步，合掌奏道：「陛下，這些傍門法術，也不成個功果，算不得我的他的。如今有四海龍王，現在空中，我僧未曾發放，他還不敢遽退。那國師若能叫得龍王現身，就算他的功勞。」國王大喜道：「寡人做了二十三年皇帝，更不曾看見活龍是怎麼模樣。你兩家各顯法力，不論僧道，但叫得來的，就是有功；叫不出的，有罪。」那道士怎麼有那樣本事？就叫，那龍王見大聖在此，也不敢出頭。道士云：「我輩不能，你是叫來。」那大聖仰面朝空，厲聲高叫：「敖廣何在？弟兄們都現原身來看！」那龍王聽喚，即忙現了本身。四條龍，在半空中度霧穿雲，飛舞向金鑾殿上。但見：

飛騰變化，繞霧盤雲。玉爪垂鉤白，銀鱗舞鏡明。髯飄素練根根爽，角聳軒昂挺挺清。磕額崔巍，圓睛幌亮。隱顯莫能測，飛揚不可評。禱雨隨時佈雨，求晴即便天晴。這才是有靈有聖真龍像，祥瑞繽紛繞殿庭。

那國王在殿上焚香，衆公卿在階前禮拜。國王道：『有勞貴體降臨，請回。寡人改日醮謝。』行者道：『列位衆神各自歸去，這國王改日醮謝哩。』那龍王徑自歸海，衆神各各回天。這正是：

廣大無邊真妙法，至真了性劈傍門。

畢竟不知怎麼除邪，且聽下回分解。

總評：

描畫祈雨壇場處是大手筆。其餘雖妙，却還是剩技。

第四十六回　外道弄強欺正法　心猿顯聖滅諸邪

話說那國王見孫行者有呼龍使聖之法，即將關文用了寶印，便要遞與唐僧，放行西路。那三個道士，慌得拜倒在金鑾殿上啓奏。那皇帝即下龍位，御手忙攙道：『國師今日行此大禮，何也？』道士說：『陛下，我等至此，匡扶社稷，保國安民，苦歷二十年來，今日這和尚弄法力，抓了丟去，敗了我們聲名，陛下以一場之雨，就恕殺人之罪，可不輕了我等也？望陛下且留住他的關文，讓我兄弟與他再賭一賭，看是何如。』

那國王着實昏亂，東說向東，西說向西，真個收了關文，道：『國師，你怎麼與他賭？』虎力大仙道：『我與他賭坐禪。』國王道：『國師差矣。那和尚乃禪教出身，必然先會禪機，才敢奉旨求經，你怎與他賭此？』大仙道：『我這坐禪，比常不同，有一异名，叫做「雲梯顯聖」。』國王道：『何爲「雲梯顯聖」？』大仙道：『要一百張桌子，五十張作一禪臺，一張一張迭將起去，不許手攀而上，亦不用梯凳而登，各駕一朵雲頭，上臺坐下，約定幾個時辰不動。』

國王見此有些難處，就便傳旨問道：『那和尚，我國師要與你賭「雲梯顯聖」坐禪，那個會麼？』行者聞言，沉吟不答。八戒道：『哥哥，怎麼不言語？』行者道：『兄弟，實不瞞你說。若是踢天弄井，攪海翻江，擔山趕月，換斗移星，諸般巧事，我都幹得；就是砍頭剁腦，剖腹剜心，异樣騰那，却也不怕；但說坐禪，我就輸了。我那裏有這坐性？你就把我鎖在鐵柱子上，我也要上下爬蹭，莫想坐得住。』三藏忽的開言道：『我會坐禪。』行者歡喜道：『却好！却好！可坐得多少時？』三藏道：『我幼年遇方上禪僧講道，那性命根本上，定性存神，在死生關裏，也坐二三個年頭。』行者道：『師父若坐二三年，我們就不取經罷；多也不上二三個時辰，就下來了。』三藏道：『徒弟呀，却是不能上去。』行者道：『你上前答應，我送你上去。』那長老果然合掌當胸道：『貧僧會坐禪。』國王教傳旨，立禪臺。國家有倒山之力，不消半個時辰，就設起兩座臺，在金鑾殿左右。

那虎力大仙下殿，立于階心，將身一縱，踏一朵席雲，徑上西邊臺上坐下。行者拔一根毫毛，變做假像，陪着八戒、沙僧，立于下面，他却作五色祥雲，把唐僧撮起空中，徑至東邊臺上坐下。他又斂祥光，變作一個蟭蟲，飛在八戒耳朵邊道：「兄弟，仔細看着師父，再莫與老孫替身說話。」那呆子笑道：「理會得！理會得！」

却說那鹿力大仙在綉墩上坐看多時，他兩個在高臺上，不分勝負，這道士就助他師兄一功：將腦後短髮，拔了一根，捻着一團，彈將上去，徑至唐僧頭上，變作一個大臭蟲，咬住長老。那長老先前覺癢，然後覺疼。原來坐禪的不許動手，動手算輸。一時間疼痛難禁，他縮着頭，就着衣襟擦癢。八戒道：「不好了！師父羊兒風發了。」沙僧道：「不是，是頭風發了。」行者聽見道：「我師父乃志誠君子，他說會坐禪，斷然會坐；說不會，只是不會。君子家，豈有謬乎？你兩個休言，等我上去看看。」

好行者，嚶的一聲，飛在唐僧頭上，祇見有豆粒大小一個臭蟲叮他師父。慌忙用手捻下，替師父撓撓摸摸。那長老不疼不癢，端坐上面。行者暗想道：「和尚頭光，虱子也安不得一個，如何有此臭蟲？想是那道士弄的玄虛，害我師父。哈哈！枉自也不見輸贏，等老孫去弄他一弄！」這行者飛將去，金殿獸頭上落下，搖身一變，變作一條七寸長的蜈蚣，徑來道士鼻凹裏叮了一下。那道士坐不穩，一個筋斗，翻將下去，幾乎喪了性命；幸虧大小官員人多救起。國王大驚，即着當駕太師領他往文華殿裏梳洗去了。行者仍駕祥雲，將師父馱下階前，已是長老得勝。

那國王祇教放行。鹿力大仙又奏道：「陛下，我師兄原有暗風疾，因到了高處，冒了天風，舊疾舉發，故令和尚得勝。且留下他，等我與他賭「隔板猜枚」。」國王道：「怎麼叫做「隔板猜枚」？」鹿力道：「貧道有隔板知物之法，看那和尚可能夠。他若猜得過我，讓他出去；猜不着，憑陛下問擬罪名，雪我昆仲之恨，不污了二十年保國之恩也。」

真個那國王十分昏亂，依此讒言。即傳旨，將一朱紅漆的櫃子，命內官抬到宮殿。教娘娘放上件寶貝。須臾抬出，放在白玉階前，教僧道：「你兩家各賭法力，猜那櫃中是何寶貝。」三藏道：「徒弟，櫃中之物，如何得知？」行者斂祥光，還變作蟭蟲，釘在唐僧頭上道：「師父放心，等我去看看來。」好大聖，輕輕飛到櫃上，爬在那櫃脚之下，見有一條板縫兒。他鑽將進去，見一個紅漆丹盤，內放一套宮衣，乃是山河社稷襖，乾坤地理裙。用手拿起來，抖亂了，咬破舌尖上，一口血哨噴將去，叫聲「變！」即變作一件破爛流丢一口鐘；臨行又撒上一泡臊溺，却還從板縫裏鑽出來，飛在唐僧耳朵上道：「師父，你祇猜是破爛流丢一口鐘。」三藏道：「他教猜寶貝哩，流丢是件甚寶貝？」行者道：「莫管他，祇猜着便是。」

唐僧進前一步，正要猜，那鹿力大仙道：「我先猜，那櫃裏是山河社稷襖，乾坤地理裙。」唐僧道：「不是，不是，櫃裏是件破爛流丢一口鐘。」國王道：「這和尚無禮！敢笑我國中無寶，猜甚麼流丢一口鐘！」教：「拿了！」那兩班校尉，就要動手，慌得唐僧合掌高呼：「陛下，且赦貧僧一時，待打開櫃看。端的是寶，貧僧領罪；如不是寶，却不屈了貧僧也？」國王教打開看。當駕官即開了，捧出丹盤來看，果然是件破爛流丢一口鐘。國王大怒道：「是誰放上此物？」龍座後面，閃上三宮皇后道：「我主，是梓童親手放的山河社稷襖，乾坤地理裙，却不知怎麼變成此物。」國王道：「御妻請退，寡人知之。——宮中所用之物，無非是緞絹綾羅，那有此甚麼流丢？」教：「抬上櫃來，等朕親藏一寶貝，再試如何。」

那皇帝即轉后宮，把御花園裏仙桃樹上結得一個大桃子——有碗來大小，摘下，放在櫃內，又抬下叫猜。唐僧道：「徒弟啊，又來猜了。」行者道：「放心，等我再去看看。」又嚶的一聲，飛將去，還從板縫兒鑽進去，見是一個桃子，正合他意，即現了原身，坐在櫃裏，將桃子一頓口啃得乾乾净净，連兩邊腮凹兒都啃净了，將核兒安在裏面。仍變蟭蟟蟲，飛將出去，釘在唐僧耳朵上道：「師父，祇猜是個桃核子。」長老道：「徒弟啊，休要弄我。先前不是口快，幾乎拿去典刑。這番須猜寶貝方好。桃核子是甚寶貝？」行者道：「休怕，祇管贏他便了。」

三藏正要開言，聽得那羊力大仙道：『貧道先猜，是一顆仙桃。』三藏猜道：『不是桃，是個光桃核子。』那國王喝道：『是朕放的仙桃，如何是核？三國師猜着了。』三藏道：『陛下，打開來看就是。』當駕官又抬上去打開，捧出丹盤，果然是一個核子，皮肉俱無。國王見了，心驚道：『國師，休與他賭鬥了，讓他去罷。寡人親手藏的仙桃，如今只是一核子，是甚人吃了？想是有鬼神暗助他也。』八戒聽說，與沙僧微微冷笑道：『還不知他是會吃桃子的積年哩！』

正話間，衹見那虎力大仙從文華殿梳洗了，走上殿道：『陛下，這和尚有搬運抵物之術，抬上櫃來，我破他術法，與他再猜。』國王道：『國師還要猜甚？』虎力道：『術法衹抵得物件，却抵不得人身。將這道童藏在裏面，管教他抵換不得。』這小童果藏在櫃裏，掩上櫃蓋，抬將下去，教：『那和尚再猜，這三番是甚寶貝。』三藏道：『又來了！』行者道：『等我再去看看。』嚶的又飛去，鑽入裏面，見是一個小童兒。好大聖，他却有見識。果然是：騰那天下少，似這伶俐世間稀！

他就搖身一變，變作個老道士一般容貌，進櫃裏叫聲『徒弟。』童兒道：『師父，你從那裏來的？』行者道：『我使遁法來的。』童兒道：『你來有麼教誨？』行者道：『那和尚看見你進櫃來了，他若猜個道童，却不又輸了？是特來和你計較計較，剃了頭，我們猜和尚罷。』童兒道：『但憑師父處治，衹要我們贏他便了。若是再輸與他，不但低了聲名，又恐朝廷不敬重了。』行者道：『說得是。我兒過來。贏了他，我重重賞你。』將金箍棒就變作一把剃頭刀，摟抱着那童兒，口裏叫道：『乖乖，忍着疼，莫放聲，等我與你剃頭。』須臾，剃下髮來，窩作一團，塞在那櫃脚紇絡裏。收了刀兒，摸着他的光頭道：『我兒，頭便象個和尚，只是衣裳不趁。脫下來，我與你變一變。』那道童穿的一領葱白色雲頭花絹綉錦沿邊的鶴氅，真個脫下來，被行者吹一口仙氣，叫『變！』即變做一件土黄色的直裰兒，與他穿了。却又拔下兩根毫毛，變作一個木魚兒，遞在他手裏道：『徒弟，須聽着。但叫道童，千萬莫出去；若叫和尚，你就與我頂開櫃蓋，敲着木魚，念一卷佛經鑽出來，方得成功也。』童兒道：『我衹會念《三官經》《北斗經》《消灾經》，不會念佛家經。』行者道：『你可會念佛？』童兒道：『阿彌陀佛，那個不會念？』行者道：『也罷，也罷，就念佛，省得我又教你。切記着，我去也。』還變蟭蟟蟲，鑽出去，飛在唐僧耳輪邊道：『師父，你衹猜是個和尚。』三藏道：『這番他準贏了。』行者道：『你怎麼定得？』三藏道：『經上有云：「佛、法、僧三寶。」和尚却也是一寶。』

正說處，衹見那虎力大仙道：『陛下，第三番是個道童。』衹管叫，他那裏肯出來。三藏合掌道：『是個和尚。』八戒盡力高叫道：『櫃裏是個和尚！』那童兒忽的頂開櫃蓋，敲着木魚，念着佛，鑽出來。喜得那兩班文武，齊聲喝采。唬得那三個道士，拑口無言。國王道：『這和尚是有鬼神輔佐！怎麼道士入櫃，就變做和尚？縱有待詔跟進去，也衹剃得頭便了，如何衣服也能趁體，口裏又會念佛？——國師啊！讓他去罷！』

虎力大仙道：『陛下，左右是「棋逢對手，將遇良材。」貧道將鐘南山幼時學的武藝，索性與他賭一賭。』國王道：『有甚麼武藝？』虎力道：『弟兄三個，都有些神通。會砍下頭來，又能安上；剖腹剜心，還再長完；滚油鍋裏，又能洗澡。』國王大驚道：『此三事都是尋死之路！』虎力道：『我等有此法力，才敢出此朗言，斷要與他賭個才休。』那國王叫道：『東土的和尚，我國師不肯放你，還要與你賭砍頭剖腹，下滚油鍋洗澡哩。』

行者正變作蟭蟟蟲，往來報事。忽聽此言，即收了毫毛，現出本相，哈哈大笑道：『造化！造化！買賣上門了！』八戒道：『這三件都是喪性命的事，怎麼說買賣上門？』行者道：『你還不知我的本事。』八戒道：『哥哥，你衹像這等變化騰那也够了，怎麼還有這等本事？』行者道：『我啊：

砍下頭來能說話，剁了臂膊打得人。紥去腿脚會走路，剖腹還平妙絶倫。就似人家包匾食，一捻一個就囫圇。油鍋洗澡更容易，衹當温湯滌垢塵。』

八戒、沙僧聞言，呵呵大笑。行者上前道：『陛下，小和尚會砍頭。』國王道：『你怎麼會砍頭？』行者道：『我當年在寺裏修行，曾遇着一個方上禪和子，教我一個砍頭法，不知好也不好，如今且試試新。』國王笑道：『那和尚年幼不知事。砍頭那裏好試新？頭乃六陽之首，砍下即便死矣。』虎力道：『陛下，正要他如此，方纔出得我們之氣。』那昏君信他言語，即傳旨，教設殺場。

一聲傳旨，即有羽林軍三千，擺列朝門之外。國王教：『和尚先去砍頭。』行者欣然應道：『我先去！我先去！』拱着手，高呼道：『國師，恕大膽，佔先了。』拽回頭，往外就走。唐僧一把扯住道：『徒弟呀，仔細些。那裏不是耍處。』行者道：『怕他怎的！撒了手，等我去來。』

那大聖徑至殺場裏面，被劊子手撾住了，捆做一團。按在那土墩高處，衹聽喊一聲『開刀！』颼的把個頭砍將下來。又被劊子手一脚踢了去，好似滾西瓜一般，滾有三四十步遠近。行者腔子中更不出血。衹聽得肚裏叫聲：『頭來！』慌得鹿力大仙見有這般手段，即念咒語，教本坊土地神祇：『將人頭扯住，待我贏了和尚，奏了國王，與你把小祠堂蓋作大廟宇，泥塑像改作正金身。』原來那些土地神祇因他有五雷法，也服他使喚，暗中真個把行者頭按住了。行者又叫聲：『頭來！』那頭一似生根，莫想得動。行者心焦，捻着拳，掙了一掙，將捆的繩子就皆掙斷，喝聲：『長！』颼的腔子內長出一個頭來。唬得那劊子手，個個心驚；羽林軍，人人膽戰。那監斬官急走入朝奏道：『萬歲，那小和尚砍了頭，又長出一顆來了。』八戒冷笑道：『沙僧，那知哥哥還有這般手段。』沙僧道：『他有七十二般變化，就有七十二個頭哩。』

說不了，行者走來，叫聲『師父。』三藏大喜道：『徒弟，辛苦麼？』行者道：『不辛苦，倒好耍子。』八戒道：『哥哥，可用刀瘡藥麼？』行者道：『你是摸摸看，可有刀痕？』那呆子伸手一摸，就笑得呆呆睜睜道：『妙哉！妙哉！却也長得完全，截疤兒也没些兒！』

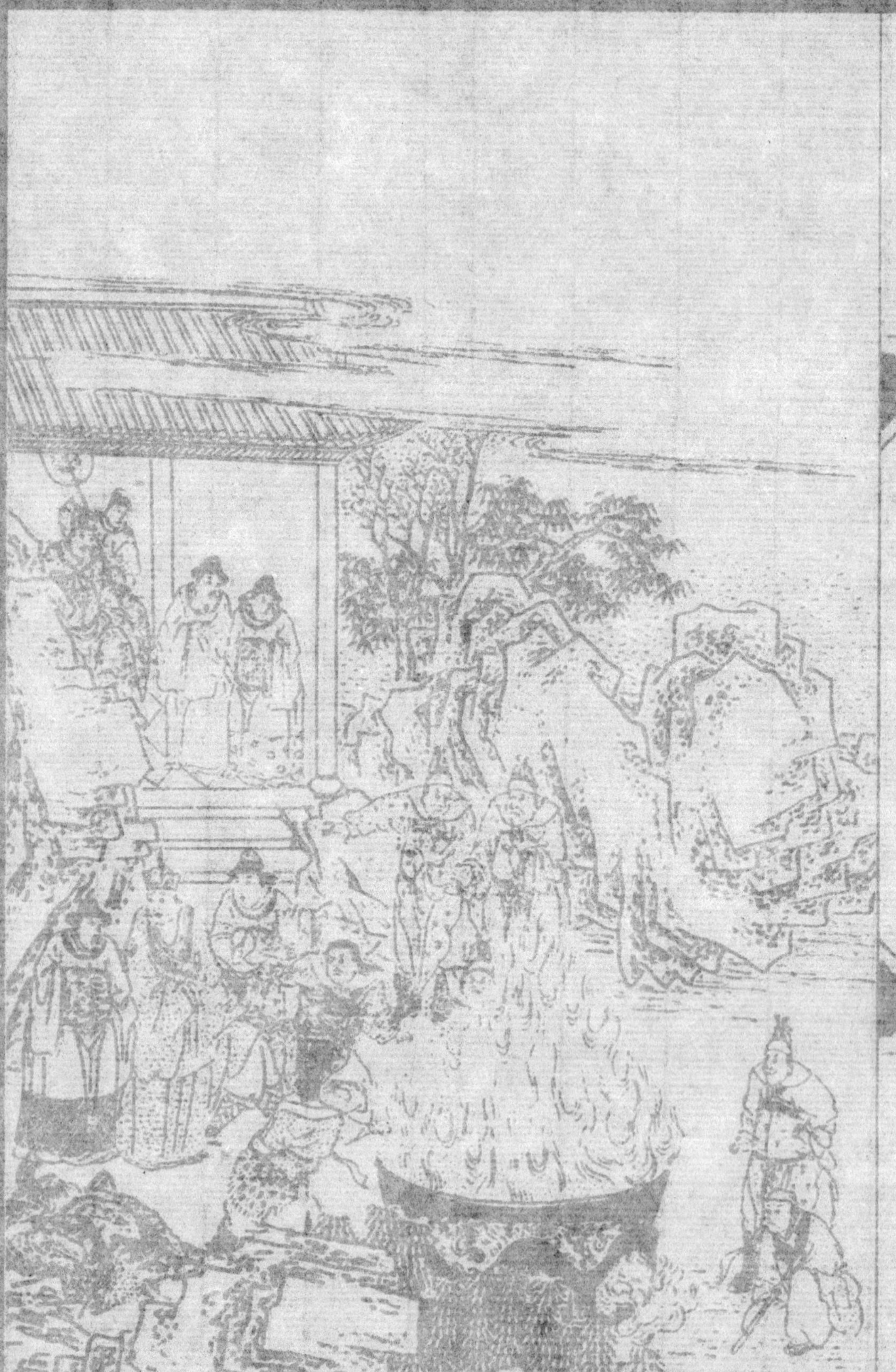

兄弟們正都歡喜，又聽得國王叫領關文：『赦你無罪。快去！快去！』行者道：『關文雖領，必須國師也赴曹砍砍頭，也當試新去來。』國王道：『大國師，那和尚也不肯放你哩。你與他賭勝，且莫唬了寡人。』虎力也只得去，被幾個劊子手，也捆翻在地，幌一幌，把頭砍下，一脚也踢將去，滾了有三十餘步，他腔子裏也不出血，也叫一聲：『頭來！』行者即忙拔下一根毫毛，吹口仙氣，叫『變！』變作一條黄犬，跑入場中，把那道士頭，一口啣來，徑跑到御水河邊丟下不題。

却說那道士連叫三聲，人頭不到，怎似行者的手段，長不出來，腔子中，骨都都紅光迸出。可憐空有喚雨呼風法，怎比長生果正仙？須臾，倒在塵埃。衆人觀看，乃是一隻無頭的黄毛虎。

那監斬官又來奏：『萬歲，大國師砍下頭來，不能長出，死在塵埃，是一隻無頭的黄毛虎。』國王聞奏，大驚失色。目不轉睛，看那兩個道士。鹿力起身道：『我師兄已是命到禄絶了，如何是衹黄虎？這都是那和尚憊懶，使的掩樣法兒，將我師兄變作畜類！我今定不饒他，定要與他賭那剖腹剜心！』

國王聽說，方纔定性回神。又叫：『那和尚，二國師還要與你賭哩。』行者道：『小和尚久不吃煙火食，前日西來，忽遇齋公家勸飯，多吃了幾個饃饃；這幾日腹中作痛，想是生蟲，正欲借陛下之刀，剖開肚皮，拿出臟腑，洗净脾胃，方好上西天見佛。』國王聽說，教：『拿他赴曹。』那許多人，攙的攙，扯的扯。行者展脱手道：『不用人攙，自家走去。——但一件，不許縛手，我好用手洗刷臟腑。』國王傳旨，教：『莫綁他手。』

行者摇摇擺擺，徑至殺場。將身靠着大樁，解開衣帶，露出肚腹。那劊子手將一條繩套在他膊項上，一條繩札住他腿足，把一口牛耳短刀，幌一幌，着肚皮下一割，搠個窟窿。這行者雙手爬開肚腹，拿出腸臟來，一條條理够多時，依然安在裏面。照舊盤曲，捻着肚皮，吹口仙氣，叫『長！』依然長合。國王大驚，將他那關文捧在手中道：『聖僧莫誤西行，與你關文去罷。』行者笑道：『關文小可，也請二國師剖剖剜剜，何如？』國王對鹿力說：『這事不與寡人相幹，是你要與他做對頭的。請去，請去。』鹿力道：『寬心，料我决不輸與他。』

你看他也像孫大聖，摇摇擺擺，徑入殺場，被劊子手套上繩，將牛耳短刀，唿喇的一聲，割開肚腹，他也拿出肝腸，用手理弄。行者即拔一根毫毛，吹口仙氣，叫『變！』即變作一隻餓鷹，展開翅爪，颼的把他五臟心肝，盡情抓去，不知飛向何方受用。這道士弄做一個空腔破肚淋漓鬼，少臟無腸浪蕩魂。那劊子手蹬倒大樁，拖屍來看，呀！原來是一隻白毛角鹿！

慌得那監斬官又來奏道：『二國師晦氣，正剖腹時，被一隻餓鷹將臟腑肝腸都刁去了，死在那裏。原身是個白毛角鹿也。』國王害怕道：『怎麽是個角鹿？』那羊力大仙又奏道：『我師兄既死，如何得現獸形？這都是那和尚弄術法坐害我等。等我與師兄報仇者。』國王道：『你有甚麽法力贏他？』羊力道：『我與他賭下滾油鍋洗澡。』國王便教取一口大鍋，滿着香油，教他兩個賭去。行者道：『多承下顧。小和尚一向不曾洗澡，這兩日皮膚燥癢，好歹蕩蕩去。』

那當駕官果安下油鍋，架起乾柴，燃着烈火，將油燒滾，教和尚先下去。行者合掌道：『不知文洗，武洗？』國王道：『文洗如何？武洗如何？』行者道：『文洗不脱衣服，似這般叉着手，下去打個滾，就起來，不許污壞了衣服，若有一點油膩算輸。武洗要取一張衣架，一條手巾，脱了衣服，跳將下去，任意翻筋斗，竪蜻蜓，當要子洗也。』國王對羊力說：『你要與他文洗，武洗？』羊力道：『文洗恐他衣服是藥煉過的，隔油。武洗罷。』行者又上前道：『恕大膽，屢次佔先了。』你看他脱了布直裰，褪了虎皮裙，將身一縱，跳在鍋內，翻波鬥浪，就似負水一般頑要。

八戒見了，咬着指頭，對沙僧道：『我們也錯看了這猴子了！平時間劖言訕語，鬥他要子，怎知他有這般真實本事！』他兩個唧唧噥噥，誇奬不盡。行者望見，心疑道：『那呆子笑我哩！正是「巧者多勞拙者閑」。老孫這般舞弄，他倒自在。等我作成他捆一繩，看他可怕。』正洗浴，打個水花，淬在油鍋底上，變作個棗核釘兒，再也

不起來了。

那監斬官近前又奏：『萬歲，小和尚被滚油烹死了。』國王大喜，教撈上骨骸來看。劊子手將一把鐵笊籬，在油鍋裏撈，原來那笊籬眼稀，行者變得釘小，往往來來，從眼孔漏下去了，那裏撈得着！又奏道：『和尚身微骨嫩，俱札化了。』

國王教：『拿三個和尚下去！』兩邊校尉，見八戒面凶，先揪翻，把背心捆了。慌得三藏高叫：『陛下，赦貧僧一時。我那個徒弟，自從歸教，歷歷有功；今日衝撞國師，死在油鍋之内，奈何先死者爲神，——我貧僧怎敢貪生！正是天下官員也管着天下百姓。陛下若教臣死，臣豈敢不死。——衹望寬恩，賜我半盞凉漿水飯，三張紙馬，容到油鍋邊，燒此一陌紙，也表我師徒一念，那時再領罪也。』國王聞言道：『也是，那中華人多有義氣。』命取些漿飯、黄錢與他。果然取了，遞與唐僧。

唐僧教沙和尚同去。行至階下，有幾個校尉，把八戒揪着耳朵，拉在鍋邊。三藏對鍋祝曰：『徒弟孫悟空！

自從受戒拜禪林，護我西來恩愛深。指望同時成大道，何期今日你歸陰！生前衹爲求經意，死後還存念佛心。
萬里英魂須等候，幽冥做鬼上雷音！』

八戒聽見道：『師父，不是這般祝了。——沙和尚，你替我奠漿飯，等我禱。』那呆子捆在地下，氣呼呼的道：

『闖禍的潑猴子，無知的弼馬温！該死的潑猴子，油烹的弼馬温！猴兒了帳，馬温斷根！』

孫行者在油鍋底上，聽得那呆子亂罵，忍不住現了本相。赤淋淋的，站在油鍋底道：『饢糟的夯貨！你罵那個哩！』唐僧見了道：『徒弟，唬殺我也！』沙僧道：『大哥乾净推佯死慣了！』慌得那兩班文武，上前來奏道：『萬歲，那和尚不曾死，又打油鍋裏鑽出來了。』監斬官恐怕虚誑朝廷，却又奏道：『死是死了，只是日期犯凶，小和尚來顯魂哩。』

行者聞言大怒，跳出鍋來，揩了油膩，穿上衣服，掣出棒，撾過監斬官，着頭一下，打做了肉團，道：『我顯甚麽魂哩！』唬得多官連忙解了八戒，跪地哀告：『恕罪！恕罪！』國王走下龍座。行者上殿扯住道：『陛下不要走，且教你三國師也下下油鍋去。』那皇帝戰戰兢兢道：『三國師，你救朕之命，快下鍋去，莫教和尚打我。』羊力下殿，照依行者脱了衣服，跳下油鍋，也那般支吾洗浴。

行者放了國王，近油鍋邊，叫燒火的添柴，却伸手探了一把，——呀！那滚油都冰冷，心中暗想道：『我洗時滚熱，他洗時却冷。我曉得了，這不知是那個龍王，在此護持他哩。』急縱身跳在空中，念聲『唵』字咒語，把那北海龍王唤來：『我把你這個帶角的蚯蚓，有鱗的泥鰍！你怎麽助道士冷龍護住鍋底，教他顯聖贏我！』唬得那龍王喏喏連聲道：『敖順不敢相助。大聖原來不知。這個孽畜，苦修行了一場，脱得本殼，却只是五雷法真受，其餘都躧了傍門，難歸仙道。這個是他在小茅山學來的「大開剥」。那兩個已是大聖破了他法，現了本相。這一個也是他自己煉的冷龍，只好哄瞞世俗之人耍子，怎瞞得大聖！小龍如今收了他冷龍，管教他骨碎皮焦。』行者道：『趁早收了，免打！』那龍王化一陣旋風，到油鍋邊，將冷龍捉下海去不題。

行者下來，與三藏、八戒、沙僧立在殿前，見那道士在滚油鍋裏打掙，爬不出來。滑了一跌，霎時間骨脱皮焦肉爛。

監斬官又來奏道：『萬歲，三國師爍化了也。』那國王滿眼垂泪，手撲着御案，放聲大哭道：

『人身難得果然難，不遇真傳莫煉丹。空有驅神咒水術，却無延壽保生丸。圓明混，怎涅槃？徒用心機命不安。
早覺這般輕折挫，何如秘食穩居山！』

這正是：

點金煉汞成何濟，唤雨呼風總是空！

畢竟不知師徒們怎的維持，且聽下回分解。

總評：

人決不可有勝負心。你看他三個道士，衹爲要贏，反換個輸了。〇嘗説棋以不着爲高，兵以不戰爲勝，畢竟奕秋還是個第二手，孫武子還是個敗軍之將也。世亦有知此者乎？〇前面黑風洞、黄袍郎、青獅子、紅孩兒等項，都是金木水火土的别號，作者以之爲魔，欲學者跳出五行也。此處虎力、鹿力、羊力三道士，亦是虎車、鹿車、羊車的隱名，作者之意，亦欲人不以三車爲了義也。讀《西遊記》者，亦知之乎否也？

第四十七回　聖僧夜阻通天水　金木垂慈救小童

却説那國王倚着龍床，泪如泉涌，衹哭到天晚不住。行者上前高呼道：『你怎麽這等昏亂！見放着那道士的屍骸，一個是虎，一個是鹿，那羊力是一個羚羊。不信時，撈上骨頭來看。那裏人有那樣骷髏？他本是成精的山獸，同心到此害你。因見氣數還旺，不敢下手。若再過二年，你氣數衰敗，他就害了你性命，把你江山一股兒盡屬他了。幸我等早來，除妖邪救了你命。你還哭甚！哭甚！急打發關文，送我出去。』國王聞此，方纔省悟。那文武多官俱奏道：『死者果然是白鹿、黄虎，油鍋裏果是羊骨。聖僧之言，不可不聽。』國王道：『既是這等，感謝聖僧。今日天晚。』教，『太師，且請聖僧至智淵寺。明日早朝，大開東閣，教光禄寺安排素净筵宴酬謝。』果送至寺裏安歇。次日五更時候，國王設朝，聚集多官，傳旨：『快出招僧榜文，四門各路張挂。』一壁廂大排筵宴，擺駕出朝，至智淵寺門外，請了三藏等，共入東閣赴宴，不在話下。

却説那脱命的和尚聞有招僧榜，個個欣然，都入城來尋孫大聖，交納毫毛謝恩。這長老散了宴，那國王换了關文，同皇后嬪妃，兩班文武，送出朝門。衹見那些和尚跪拜道旁，口稱：『齊天大聖爺爺！我等是沙灘上脱命僧人。聞知爺爺掃除妖孽，救拔我等，又蒙我王出榜招僧，特來交納毫毛，叩謝天恩。』行者笑道：『汝等來了幾何？』僧人道：『五百名，半個不少。』行者將身一抖，收了毫毛。對君臣僧俗人説道：『這些和尚，實是老孫放了。車輛是老孫運轉雙關，穿夾脊，捽碎了。那兩個妖道也是老孫打死了。今日滅了妖邪，方知是禪門有道。向後來，再不可胡爲亂信。望你把三教歸一：也敬僧，也敬道，也養育人才。我保你江山永固。』國王依言，感謝不盡，遂送唐僧出城去訖。

這一去，衹爲殷勤經三藏，努力修持光一元。曉行夜住，渴飲飢餐，不覺的春盡夏殘，又是秋光天氣。一日，天色已晚。唐僧勒馬道：『徒弟，今宵何處安身也？』行者道：『師父，出家人莫説那在家人的話。』三藏道：

「在家人怎麼？出家人怎麼？」行者道：「在家人，這時候温床暖被，懷中抱子，脚後蹬妻，自自在在睡覺；我等出家人，那裏能够！便是要戴月披星，餐風宿水，有路且行，無路方住。」八戒道：「哥哥，你衹知其一，不知其二。如今路多險峻，我挑着重擔，着實難走，須要尋個去處，好眠一覺，養養精神，明日方好挨擔；不然，却不累倒我也？」行者道：「趁月光再走一程，到有人家之所再住。」師徒們没奈何，只得相隨行者往前。

又行不多時，衹聽得滔滔浪響。八戒道：「罷了！來到盡頭路了！」沙僧道：「是一股水擋住也。」唐僧道：「却怎生得渡？」八戒道：「等我試之，看深淺何如。」三藏道：「悟能，你休亂談。水之淺深，如何試得？」八戒道：「尋一個鵝卵石，抛在當中。若是濺起水泡來，是淺；若是骨都都沉下有聲，是深。」行者道：「你去試試看。」那呆子在路旁摸了一塊頑石，望水中抛去，衹聽得骨都都泛起魚津，沉下水底。他道：「深！深！深！去不得！」唐僧道：「你雖試得深淺，却不知有多少寬闊。」八戒道：「這個却不知，不知。」行者道：「等我看看。」好大聖，縱筋斗雲，跳在空中，定睛觀看，但見那：

洋洋光浸月，浩浩影浮天。靈派吞華嶽，長流貫百川。千層洶浪滚，萬迭峻波顛。岸口無漁火，沙頭有鷺眠。
茫然渾似海，一望更無邊。

急收雲頭，按落河邊道：「師父，寬哩！寬哩！去不得！老孫火眼金睛，白日裏常看千里，凶吉曉得是。夜裏也還看三五百里。如今通看不見邊岸，怎定得寬闊之數？」

三藏大驚，口不能言，聲音哽咽道：「徒弟啊，似這等怎了？」沙僧道：「師父莫哭。你看那水邊立的，可不是個人麼？」行者道：「想是扳罾的漁人，等我問他去來。」拿了鐵棒，兩三步，跑到面前看處，呀！不是人，是一面石碑。碑上有三個篆文大字，下邊兩行，有十個小字。三個大字，乃『通天河』。十個小字，乃『徑過八百里，亘古少人行』。行者叫：「師父，你來看看。」三藏看見，滴泪道：「徒弟呀，我當年別了長安，衹説西天易走；

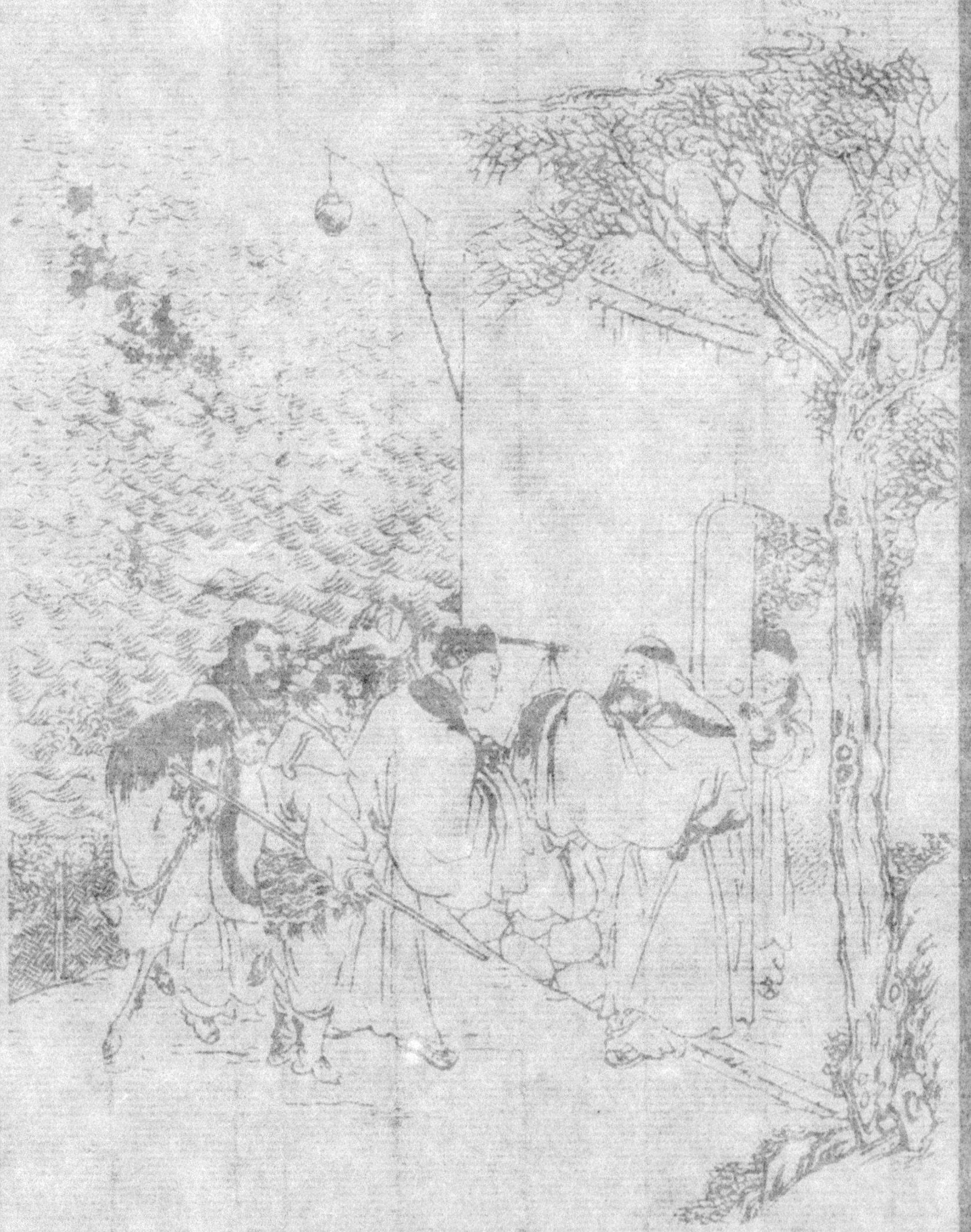

那知道妖魔阻隔，山水迢遥？」

八戒道：「師父，你且聽，是那裏鼓鈸聲音？想是做齋的人家。我們且去趕些齋飯吃，問個渡口尋船，明日過去罷。」三藏馬上聽得，果然有鼓鈸之聲。「却不是道家樂器，足是我僧家舉事。我等去來。」行者在前引馬，一行聞響而來。那裏有甚正路，没高没低，漫過沙灘，望見一簇人家住處，約摸有四五百家，却也都住得好。但見：

倚山通路，傍岸臨溪。處處柴扉掩，家家竹院關。沙頭宿鷺夢魂清，柳外啼鳴喉舌冷。短笛無聲，寒砧不韵。紅蓼枝摇月，黄蘆葉鬥風。陌頭村犬吠疏籬，渡口老漁眠釣艇。燈火稀，人煙静，半空皎月如懸鏡。忽聞一陣白蘋香，却是西風隔岸送。

三藏下馬，衹見那路頭上有一家兒，門外豎一首幢幡，內裏有燈燭熒煌，香煙馥郁。三藏道：「悟空，此處比那山凹河邊，却是不同。在人間屋檐下，可以遮得冷露，放心穩睡。你都莫來，讓我先到那齋公門首告求。若肯留我，我就招呼汝等。假若不留，你却休要撒潑。汝等臉嘴醜陋，衹恐唬了人，闖出禍來，却倒無住處矣。」行者道：「説得有理。請師父先去，我們在此守待。」

那長老才摘了斗笠，光着頭，抖抖褊衫，拖着錫杖，徑來到人家門外。見那門半開半掩，三藏不敢擅入。聊站片時，衹見裏面走出一個老者，項下挂着數珠，口念阿彌陀佛，徑自來關門，慌得這長老合掌高叫：「老施主，貧僧問訊了。」那老者還禮道：「你這和尚，却來遲了。」三藏道：「怎麽説？」老者道：「來遲無物了。早來啊，我捨下齋僧，盡飽吃飯，熟米三升，白布一段，銅錢十文。你怎麽這時才來？」三藏躬身道：「老施主，貧僧不是趕齋的。」老者道：「既不趕齋，來此何幹？」三藏道：「我是東土大唐欽差往西天取經者。今到貴處，天色已晚。聽得府上鼓鈸之聲，特來告借一宿，天明就行也。」那老者摇手道：「和尚，出家人休打誑語。東土大唐，到我這裏，有五萬四千里路。你這等單身，如何來得？」三藏道：「老施主見得最是。但我還有三個小徒，逢山開路，遇水迭橋，保護貧僧，方得到此。」老者道：「既有徒弟，何不同來？」教：「請，請，我舍下有處安歇。」三藏回頭，叫聲「徒弟，這裏來。」

那行者本來性急，八戒生來粗魯，沙僧却也莽撞，三個人聽得師父招呼，牽着馬，挑着擔，不問好歹，一陣風，闖將進去。那老者看見，唬得跌倒在地，口裏衹説是「妖怪來了！妖怪來了！」三藏攙起道：「施主莫怕。不是妖怪，是我徒弟。」老者戰兢兢道：「這般好俊師父，怎麽尋這樣醜徒弟！」三藏道：「雖然相貌不終，却倒會降龍伏虎，捉怪擒妖。」老者似信不信的，扶着唐僧慢走。

却説那三個兇頑，闖入廳房上，拴了馬，丢下行李。那廳中原有幾個和尚念經。八戒掬着長嘴，喝道：「那和尚，念的是甚麽經？」那些和尚，聽見問了一聲，忽然抬頭：

觀看外來人，嘴長耳朵大，身粗背膊寬，聲響如雷咋。行者與沙僧，容貌更醜陋。廳堂幾衆僧，無人不害怕。闍黎還念經，班首教行罷。難顧磬和鈴，佛像且丢下。一齊吹息燈，驚散光乍乍。跌跌與爬爬，門限何曾跨！你頭撞我頭，似倒葫蘆架。清清好道場，翻成大笑話。

這兄弟三人，見那些人跌跌爬爬，鼓着掌哈哈大笑。那些僧越加悚懼，磕頭撞腦，各顧性命，通跑净了。

三藏攙那老者，走上廳堂，燈火全無，三人嘻嘻哈哈的還笑。唐僧罵道：「這潑物，十分不善！我朝朝教誨，日日叮嚀。古人云：『不教而善，非聖而何？教而後善，非賢而何？教亦不善，非愚而何！』汝等這般撒潑，誠爲至下至愚之類！走進門不知高低，唬倒了老施主，驚散了念經僧，把人家好事都攪壞了，却不是墮罪與我？」説得他們不敢回言。那老者方信是他徒弟，急回頭作禮道：「老爺，没大事，没大事，才然關了燈，散了花，佛事將收也。」八戒道：「既是了帳，擺出滿散的齋來，我們吃了睡覺。」老者叫：「掌燈來！掌燈來！」家裏人聽得，

大驚小怪道：『廳上念經，有許多香燭，如何又教掌燈？』幾個僮僕出來看時，這個黑洞洞的，即便點火把燈籠，一擁而至。忽抬頭見八戒、沙僧，慌得丟了火把，忽抽身關了中門。往裏嚷道：『妖怪來了！妖怪來了！』

行者拿起火把，點上燈燭，扯過一張交椅，請唐僧坐在上面。他兄弟們坐在兩旁。那老者坐在前面。

正叙坐間，祇聽得裏面門開處，又走出一個老者，拄着拐杖，道：『是甚麼邪魔，黑夜裏來我善門之家？』前面坐的老者，急起身迎到屏門後道：『哥哥莫嚷，不是邪魔，乃東土大唐取經的羅漢。徒弟們相貌雖兇，果然是山惡人善。』那老者方纔放下拄杖，與他四位行禮。禮畢，也坐了面前，叫：『看茶來。排齋。』連叫數聲，幾個僮僕，戰戰兢兢，不敢攏帳。

八戒忍不住問道：『老者，你這盛價，兩邊走怎的？』老者道：『教他們捧齋來侍奉老爺。』八戒道：『幾個人伏侍？』老者道：『八個人。』八戒道：『這八個人伏侍那個？』老者道：『伏侍你四位。』八戒道：『那白面師父，祇消一個人；毛臉雷公嘴的，祇消兩個人；那晦氣臉的，要八個人；我得二十個人伏侍方夠。』老者道：『這等說，想是你的食腸大些。』八戒道：『也將就看得過。』老者道：『有人，有人。』七大八小，就叫出有三四十人出來。

那和尚與老者，一問一答的講話，衆人方纔不怕。却將上面排了一張桌，請唐僧上坐；兩邊擺了三張桌，請他三位坐；前面一張桌，坐了二位老者。先排上素果品菜蔬，然後是面飯、米飯、閑食、粉湯，排得齊齊整整。唐長老舉起箸來，先念一卷《啓齋經》。那呆子一則有些急吞，二來有些餓了，那裏等唐僧經完，拿過紅漆木碗來，把一碗白米飯，撲的丟下口去，就了了。旁邊小的道：『這位老爺忒沒算計，不籠饅頭，怎的把飯籠了，却不污了衣服？』八戒笑道：『不曾籠，吃了。』小的道：『你不曾舉口，怎麼就吃了？』八戒道：『兒子們便說謊！分明吃了；不信，再吃與你看。』那小的們，又端了碗，盛一碗遞與八戒。呆子幌一幌，又丟下口去就了了。衆僮僕見了道：『爺爺呀！你是「磨磚砌的喉嚨，着實又光又溜！」』那唐僧一卷經還未完，他已五六碗過手了。然後却纔同舉箸，一齊吃齋。呆子不論米飯麵飯，果品閑食，祇情一撈亂噇，口裏還嚷：『添飯！添飯！』漸漸不見來了！

行者叫道：『賢弟，少吃些罷。也强似在山凹裏忍餓，將就夠得半飽也好了。』八戒道：『嘴臉！常言道：「齋僧不飽，不如活埋」哩。』行者教：『收了傢火，莫睬他！』二老者躬身道：『不瞞老爺說。白日裏倒也不怕，似這大肚子長老，也齋得起百十衆；只是晚了，收了殘齋，祇蒸得一石麵飯、五斗米飯與幾桌素食，要請幾個親鄰與衆僧們散福；不期你列位來，唬得衆僧跑了，連親鄰也不曾敢請，盡數都供奉了列位。如不飽，再教蒸去。』八戒道：『再蒸去！再蒸去！』

話畢，收了家火桌席。三藏拱身，謝了齋供。才問：『老施主，高姓？』老者道：『姓陳。』三藏合掌道：『這是我貧僧華宗了。』老者道：『老爺也姓陳？』三藏道：『是，俗家也姓陳。請問適纔做的甚麼齋事？』八戒笑道：『師父問他怎的！豈不知道？必然是「青苗齋」、「平安齋」、「了場齋」罷了。』老者道：『不是，不是。』三藏又問：『端的爲何？』老者道：『是一場「預修亡齋」。』八戒笑得打跌道：『公公忒沒眼力！我們是扯謊架橋，哄人的大王，你怎麼把這謊話哄我！和尚家豈不知齋事？祇有個「預修寄庫齋」、「預修填還齋」，那裏有個「預修亡齋」的？你家人又不曾有死的，做甚亡齋？』

行者聞言，暗喜道：『這呆子乖了些也。——老公公，你是錯說了。怎麼叫做「預修亡齋」？』那二位欠身道：『你等取經，怎麼不走正路，却蹌到我這裏來？』行者道：『走的是正路，祇見一股水擋住，不能得渡，因聞鼓鈸之聲，特來造府借宿。』老者道：『你們到水邊，可曾見些甚麼？』行者道：『止見一面石碑，上書「通天河」三字，下書「徑過八百里，亘古少人行」十字，再無別物。』老者道：『再往上岸走走，好的離那碑記祇有裏許，有一座靈感大王廟，你不曾見？』行者道：『未見。請公公說說，何爲靈感？』那兩個老者一齊垂泪道：『老爺啊！那大王：

感應一方興廟宇，威靈千里祐黎民。年年莊上施甘露，歲歲村中落慶雲。」

行者道：「施甘雨，落慶雲，也是好意思，你却這等傷情煩惱，何也？」那老者跌脚搥胸，哏了一聲道：「老爺啊！

雖則恩多還有怨，縱然慈惠却傷人。祇因要吃童男女，不是昭彰正直神。」

行者道：「要吃童男女麼？」老者道：「正是。」行者道：「想必輪到你家了？」老者道：「今年正到舍下。我們這裏，有百家人家居住。此處屬車遲國元會縣所管，喚做陳家莊。這大王一年一次祭賽，要一個童男，一個童女，猪羊牲醴供獻他。他一頓吃了，保我們風調雨順；若不祭賽，就來降禍生災。」行者道：「你府上幾位令郎？」老者搥胸道：「可憐！可憐！說甚麼令郎，羞殺我等！這個是我舍弟，名喚陳清。老拙叫做陳澄。我今年六十三歲，他今年五十八歲，兒女上都艱難。我五十歲上還没兒子，親友們勸我納了一妾，没奈何，尋下一房，生得一女。今年才交八歲，取名喚做一秤金。」八戒道：「好貴名！怎麼叫做一秤金？」老者道：「我因兒女艱難，修橋補路，建寺立塔，佈施齋僧，有一本帳目，那裏使三兩，那裏使五兩，到生女之年，却好用過有三十斤黃金。三十斤爲一秤，所以喚做一秤金。」

行者道：「那個的兒子麼？」老者道：「舍弟有個兒子，也是偏出，今年七歲了，取名喚做陳關保。」行者問：「何取此名？」老者道：「家下供養關聖爺爺，因在關爺之位下求得這個兒子，故名關保。我兄弟二人，年歲百二，止得這兩個人種，不期輪次到我家祭賽，所以不敢不獻。故此父子之情，難割難捨，先與孩兒做個超生道場。故曰『預修亡齋』者，此也。」

三藏聞言，止不住腮邊泪下道：「這正是古人云：『黃梅不落青梅落，老天偏害没兒人。』」行者笑道：「等我再問他。老公公，你府上有多大家當？」二老道：「頗有些兒，水田有四五十頃，旱田有六七十頃，草場有八九十處，水黃牛有二三百頭，驢馬有三二十匹，猪羊鷄鵝無數。舍下也有吃不着的陳糧，穿不了的衣服。家財產業，也盡得數。」行者道：「你這等家業，也虧你省將起來的。」老者道：「怎見我省？」行者道：「既有這家私，怎麼捨得親生兒女祭賽？拼了五十兩銀子，可買一個童男；拼了一百兩銀子，可買一個童女。連絞纏不過二百兩之數，可就留下自己兒女後代，却不是好？」二老滴泪道：「老爺！你不知道。那大王甚是靈感，常來我們人家行走。」行者道：「他來行走，你們看見他是甚麼嘴臉？有幾多長短？」二老道：「不見其形，祇聞得一陣香風，就知是大王爺爺來了，即忙滿鬥焚香，老少望風下拜。他把我們這人家，匙大碗小之事，他都知道。老幼生時年月，他都記得。祇要親生兒女，他方受用。不要説二三百兩没處買，就是幾千萬兩，也没處買這般一模一樣同年同月的兒女。」

行者道：「原來這等。也罷，也罷，你且抱你令郎出來，我看看。」那陳清急入裏面，將關保兒抱出廳上，放在燈前。小孩兒那知死活，籠着兩袖果子，跳跳舞舞的，吃着耍子。行者見了，默默念聲咒語，搖身一變，變作那關保兒一般模樣。兩個孩兒，攙着手，在燈前跳舞，唬得那老者慌忙跪着唐僧道：「老爺，不當人子！不當人子！這位老爺才然說話，怎麼就變作我兒一般模樣，叫他一聲，齊應齊走！——却折了我們年壽！請現本相！請現本相！」行者把臉抹了一把，現了本相。那老者跪在面前道：「老爺原來有這樣本事。」行者笑道：「可像你兒子麼？」老者道：「象！像！像！果然一般嘴臉，一般聲音，一般衣服，一般長短。」行者道：「你還没細看哩。取秤來稱稱，可與他一般輕重。」老者道：「是，是，是一般重。」行者道：「似這等可祭賽得過麽？」老者道：「忒好！忒好！祭得過了！」

行者道：「我今替這個孩兒性命，留下你家香烟後代，我去祭賽那大王去也。」那陳清跪地磕頭道：「老爺果若慈悲替得，我送白銀一千兩，與唐老爺做盤纏往西天去。」行者道：「就不謝謝老孫？」老者道：「你已替祭

没了你也。』行者道：『怎的得没了？』老者道：『那大王吃了。』行者道：『他敢吃我？』老者道：『不吃你，好道嫌腥。』行者笑道：『任從天命。吃了我，是我的命短；不吃，是我的造化。我與你祭賽去。』

那陳清祇管磕頭相謝，又允送銀五百兩；惟陳澄也不磕頭，也不説謝，只是倚着那屏門痛哭。行者知之，上前扯住道：『老大，你這不允我，不謝我，想是捨不得你女兒麽？』陳澄才跪下道：『是，捨不得。敢蒙老爺盛情，救替了我侄子也够了。但只是老拙無兒，止此一女，就是我死之後，他也哭得痛切，怎麽捨得？』

行者道：『你快去蒸上五斗米的飯，整治些好素菜，與我那長嘴師父吃。教他變作你的女兒，我兄弟同去祭賽。索性行個陰騭，救你兩個兒女性命，如何？』那八戒聽得此言，心中大驚，道：『哥哥，你要弄精神，不管我死活，就要攀扯我。』行者道：『賢弟，常言道：「鷄兒不吃無工之食。」你我進門，感承盛齋，你還嚷吃不飽哩，怎麽就不與人家救些患難？』八戒道：『哥啊，你便會變化，我却不會哩。』行者道：『你也有三十六般變化，怎麽不會？』唐僧叫：『悟能，你師兄説得最是，處得甚當。常言「救人一命，勝造七級浮屠。」一則感謝厚情，二來當積陰德。况凉夜無事，你兄弟耍耍去來。』八戒道：『你看師父説的話！我祇會變山，變樹，變石頭，變癩象，變水牛，變大胖漢還可；若變小女兒，有幾分難哩。』行者道：『老大莫信他，抱出你令愛來看。』

那陳澄急入裏邊，抱將一秤金孩兒，到了廳上。一家子，妻妾大小，不分老幼内外，都出來磕頭禮拜，祇請救孩兒性命。那女兒頭上戴一個八寶垂珠的花翠箍；身上穿一件紅閃黄的紵絲襖，上套着一件官緑緞子棋盤領的披風；腰間系一條大紅花絹裙；脚下踏一雙蝦蟆頭淺紅紵絲鞋；腿上繫兩隻銷金膝褲兒；也袖着果子吃哩。行者道：『八戒，這就是女孩兒。你快變的像他，我們祭賽去。』八戒道：『哥呀，似這般小巧俊秀，怎變？』行者叫：『快些！莫討打！』八戒慌了道：『哥哥不要打，等我變了看。』

這呆子念動咒語，把頭摇了幾摇，叫『變！』真個變過頭來，就也像女孩兒面目，只是肚子胖大，郎伉不像。行者笑道：『再變變！』八戒道：『憑你打了罷！變不過來，奈何？』行者道：『莫成是丫頭的頭，和尚的身子？弄的這等不男不女，却怎生是好？你可佈起罡來。』他就吹他一口仙氣，果然即時把身子變過，與那孩兒一般。便教：『二位老者，帶你寶眷與令郎令愛進去，不要錯了。一會家，我兄弟躲懶討乖，走進去，轉難識認。你將好果子與他吃，不可教他哭叫；恐大王一時知覺，走了風汛。等我兩人耍子去也！』

好大聖，吩咐沙僧保護唐僧，他變作陳關保，八戒變作一秤金。二人俱停當了，却問：『怎麽供獻？還是捆了去，是綁了去？蒸熟了去，是剁碎了去？』八戒道：『哥哥，莫要弄我。我没這個手段。』老者道：『不敢！不敢！只是用兩個紅漆丹盤，請二位坐在盤内，放在桌上，着兩個後生抬一張桌子，把你們抬上廟去。』行者道：『好！好！好！拿盤子出來，我們試試。』那老者即取出兩個丹盤。行者與八戒坐上，四個後生，抬起兩張桌子，往天井裏走走兒，又抬回放在堂上。行者歡喜道：『八戒，像這般子走走耍耍，我們也是上臺盤的和尚了。』八戒道：『若是抬了去，還抬回來，兩頭抬到天明，我也不怕；只是抬到廟裏，就要吃哩，這個却不是耍子！』行者道：『你祇看着我。划着吃我時，你就走了罷。』八戒道：『知他怎麽吃哩？如先吃童男，我便好跑；如先吃童女，我却如何？』老者道：『常年祭賽時，我這裏有膽大的，鑽在廟後，或在供桌底下，看見他先吃童男，後吃童女。』八戒道：『造化！造化！』兄弟正然談論，祇聽得外面鑼鼓喧天，燈火照耀，同莊衆人打開前門，叫：『抬出童男童女來！』這老者哭哭啼啼，那四個後生將他二人抬將出去。

端的不知性命如何，且聽下回分解。

總評：

他兩人能替人性命，真是大俠。然又談笑而爲之，不動一毫聲色，真聖也。

第四十八回 魔弄寒風飄大雪 僧思拜佛履層冰

話說陳家莊衆信人等，將猪羊牲醴與行者、八戒，喧喧嚷嚷，直抬至靈感廟裏排下。將童男女設在上首。行者回頭，看見那供桌上香花蠟燭，正面一個金字牌位，上寫「靈感大王之神」，更無別的神像。衆信擺列停當，一齊朝上叩頭道：「大王爺爺，今年、今月、今日、今時，陳家莊祭主陳澄等衆信，年甲不齊，謹遵年例，供獻童男一名陳關保，童女一名陳一秤金，猪羊牲醴如數，奉上大王享用。保祐風調雨順，五穀豐登。」說罷，燒了紙馬，各回本宅不題。

那八戒見人散了，對行者道：「我們家去罷。」行者道：「你家在那裏？」八戒道：「往老陳家睡覺去。」行者道：「呆子又亂談了。既允了他，須與他了這願心才是哩。」八戒道：「你倒不是呆子，反說我是呆子！衹哄他要耍便罷，怎麽就與他祭賽，當起真來！」行者道：「莫胡說。爲人爲徹。一定等那大王來吃了，才是個全始全終；不然，又教他降灾貽害，反爲不美。」

正說間，衹聽得呼呼風響。八戒道：「不好了！風響是那話兒來了！」行者衹叫：「莫言語，等我答應。」頃刻間，廟門外來了一個妖邪。你看他怎生模樣：

金甲金盔燦爛新，腰纏寶帶繞紅雲。眼如晚出明星皎，牙似重排鋸齒分。足下煙霞飄蕩蕩，身邊霧靄暖熏熏。行時陣陣陰風冷，立處層層煞氣溫。却似捲簾扶駕將，猶如鎮寺大門神。

那怪物攔住廟門問道：「今年祭祀的是那家？」行者笑吟吟的答道：「承下問，莊頭是陳澄、陳清家。」那怪聞答，心中疑似道：「這童男膽大，言談伶俐。常來供養受用的，問一聲不言語，再問聲，唬了魂，用手去捉，已是死人。怎麽今日這童男善能應對？」

怪物不敢來拿，又問：「童男女叫甚名字？」行者笑道：「童男陳關保，童女一秤金。」怪物道：「這祭賽乃上年舊規，如今供獻我，當吃你。」行者道：「不敢抗拒，請自在受用。」怪物聽說，又不敢動手，攔住門喝道：「你莫頂嘴！我常年先吃童男，今年倒要先吃童女！」八戒慌了道：「大王還照舊罷，不要吃壞例子。」

那怪不容分說，放開手，就捉八戒。呆子撲的跳下來，現了本相，掣釘鈀，劈手一築，那怪物縮了手，往前就走，衹聽得當的一聲響。八戒道：「築破甲了！」行者也現本相看處，原來是冰盤大小兩個魚鱗。喝聲「趕上！」二人跳到空中。那怪物因來赴會，不曾帶得兵器，空手在雲端裏問道：「你是那方和尚，到此欺人，破了我的香火，壞了我的名聲！」行者道：「這潑物原來不知。我等乃東土大唐聖僧三藏奉欽差西天取經之徒弟。昨因夜寓陳家，聞有邪魔，假號靈感，年年要童男女祭賽，是我等慈悲，拯救生靈，捉你這潑物！趁早實實供來！一年吃兩個童男女，你在這裏稱了幾年大王，吃了多少男女？一個個算還我，饒你死罪！」那怪聞言就走，被八戒又一釘鈀，未曾打着。他化一陣狂風，鑽入通天河內。

行者道：「不消趕他了。這怪想是河中之物。且待明日設法拿他，送我師父過河。」八戒依言，徑回廟裏，把那猪羊祭醴，連桌面一齊搬到陳家。此時唐長老、沙和尚，共陳家兄弟，正在廳中候信，忽見他二人將猪羊等物都丟在天井裏。三藏迎來問道：「悟空，祭賽之事何如？」行者將那稱名趕怪鑽入河中之事，說了一遍。二老十分歡喜，即命打掃廂房，安排床鋪，請他師徒就寢不題。

却說那怪得命，回歸水內，坐在宮中，默默無言。水中大小眷族問道：「大王每年享祭，回來歡喜，怎麽今日煩惱？」那怪道：「常年享畢，還帶些餘物與汝等受用，今日連我也不曾吃得。造化低，撞着一個對頭，幾乎傷了性命。」衆水族問：「大王，是那個？」那怪道：「是一個東土大唐聖僧的徒弟，往西天拜佛求經者，假變男女，坐在廟裏。我被他現出本相，險些兒傷了性命。一向聞得人講：唐三藏乃十世修行好人，但得吃他一塊肉延壽長生。不期他手下有這般徒弟。我被他壞了名聲，破了香火，有心要捉唐僧，只怕不得能够。」

那水族中，閃上一個斑衣鱖婆，對怪物跬跬拜拜，笑道：「大王，要捉唐僧，有何難處！但不知捉住他，可

賞我些酒肉？」那怪道：「你若有謀，合同用力，捉了唐僧，與你拜爲兄妹，共席享之。」鱖婆拜謝了道：「久知大王有呼風喚雨之神通，攪海翻江之勢力，不知可會降雪？」那怪道：「會降。」又道：「既會降雪，不知可會作冷結冰？」那怪道：「更會！」鱖婆鼓掌笑道：「如此，極易！極易！」那怪道：「你且將極易之功，講來我聽。」鱖婆道：「今夜有三更天氣，大王不必遲疑，趁早作法，起一陣寒風，下一陣大雪，把通天河盡皆凍結。着我等善變化者，變作幾個人形，在于路口，揹包持傘，擔擔推車，不住的在冰上行走。那唐僧取經之心甚急，看見如此人行，斷然踏冰而渡。大王穩坐河心，待他脚踪響處，迸裂寒冰，連他那徒弟們一齊墜落水中，一鼓可得也！」那怪聞言，滿心歡喜道：「甚妙！甚妙！」即出水府，踏長空，興風作雪，結冷凝凍成冰不題。

却說唐長老師徒四人，歇在陳家。將近天曉，師徒們衾寒枕冷。八戒咳歌打戰睡不得，叫道：「師兄，冷啊！」行者道：「你這呆子，忒不長俊！出家人寒暑不侵，怎麼怕冷？」三藏道：「徒弟，果然冷。你看，就是那：

重衾無暖氣，袖手似揣冰。此時敗葉垂霜蕊，蒼松挂凍鈴。地裂因寒甚，池平爲水凝。漁舟不見叟，山寺怎逢僧。樵子愁柴少，王孫喜炭增。徵人須似鐵，詩客筆如菱。皮襖猶嫌薄，貂裘尚恨輕。蒲團僵老衲，紙帳旅魂驚。綉被重裀褥，渾身戰抖鈴。」

師徒們都睡不得，爬起來穿了衣服。開門看處，呀！外面白茫茫的，原來下雪哩！行者道：「怪道你們害冷哩。却是這般大雪！」四人眼同觀看，好雪！但見那：

彤雲密佈，慘霧重浸。彤雲密佈，朔風凜凜號空；慘霧重浸，大雪紛紛蓋地。真個是：六出花，片片飛瓊；千林樹，株株帶玉。須臾積粉，頃刻成鹽。白鸚歌失素，皓鶴羽毛同。平添吴楚千江水，壓倒東南幾樹梅。却便似戰退玉龍三百萬，果然如敗鱗殘甲滿天飛。那裏得東郭履，袁安卧，孫康映讀；更不見子猷舟，王恭幣，蘇武餐氈。但祇是幾家村捨如銀砌，萬里江山似玉團。好雪！柳絮漫橋，梨花蓋捨。柳絮漫橋，橋邊漁叟挂蓑衣；梨花蓋捨，捨下野翁煨骨柮。客子難沽酒，蒼頭苦覓梅。灑灑瀟瀟裁蝶翅，飄飄蕩蕩剪鵝衣。團團滚滚隨風勢，迭迭層層道路迷。陣陣寒威穿小幙，颼颼冷氣透幽幃。豐年祥瑞從天降，堪賀人間好事宜。

那場雪，紛紛灑灑，果如剪玉飛綿。師徒們嘆玩多時，祇見陳家老者，着兩個僮僕，掃開道路，又兩個送出熱湯洗面。須臾，又送滚茶乳餅，又抬出炭火，俱到厢房，師徒們叙坐。

長老問道：「老施主，貴處時令，不知可分春夏秋冬？」陳老笑道：「此間雖是僻地，但祇風俗人物，與上國不同，至于諸凡穀苗牲畜，都是同天共日，豈有不分四時之理？」三藏道：「既分四時，怎麼如今就有這般大雪，這般寒冷？」陳老道：「此時雖是七月，昨日已交白露，就是八月節了。我這裏常年八月間就有霜雪。」三藏道：「甚比我東土不同。我那裏交冬節方有之。」

正話間，又見僮僕來安桌子，請吃粥。粥罷之後，雪比早間又大，須臾，平地有二尺來深。三藏心焦垂泪。陳老道：「老爺放心，莫見雪深憂慮。我捨下頗有幾石糧食，供養得老爺們半生。」三藏道：「老施主不知貧僧之苦。我當年蒙聖恩賜了旨意，擺大駕親送出關，唐王御手擎杯奉餞，問道：『幾時可回？』貧僧不知有山川之險，順口回奏：『祇消三年，可取經回國。』自别後，今已七八個年頭，還未見佛面，恐違了欽限；又怕的是妖魔兇狠，所以焦慮。今日有緣得寓潭府，昨夜愚徒們略施小惠報答，實指望求一船祇渡河；不期天降大雪，道路迷漫，不知幾時才得功成回故土也！」陳老道：「老爺放心，正是多的日子過了，那裏在這幾日。且待天晴，化了冰，老拙傾家費産，必處置送老爺過河。」

祇見一僮又請進早齋。到廳上吃畢。叙不多時，又午齋相繼而進。三藏見品物豐盛，再四不安道：「既蒙見留，祇可以家常相待。」陳老道：「老爺，感蒙替祭救命之恩，雖逐日設筵奉款，也難酬難謝。」

此後大雪方住，就有人行走。陳老見三藏不快，又打掃花園，大盆架火，請去雪洞裏閑耍散悶。八戒笑道：「那

老兒忒没算計！春二三月好賞花園，這等大雪，又冷，賞玩何物！」行者道：「呆子不知事！雪景自然幽靜。一則遊賞，二來與師父寬懷。」陳老道：「正是，正是。」遂此邀請到園。但見：

景值三秋，風光如臘。蒼松結玉蕊，衰柳挂銀花。階下玉苔堆粉屑，窗前翠竹吐瓊芽。巧石山頭，養魚池內。巧石山頭，削削尖峰排玉笋；養魚池內，清清活水作冰盤。臨岸芙蓉嬌色淺，傍崖木槿嫩枝垂。秋海棠，全然壓倒；臘梅樹，聊發新枝。牡丹亭、海榴亭、丹桂亭，亭亭盡鵝毛堆積；放懷處、款客處、遣興處，處處皆蝶翅鋪漫。兩籬黄菊玉綃金，幾樹丹楓紅間白。無數閑庭冷難到，且觀雪洞冷如冰。那裏邊放一個獸面像足銅火盆，熱烘烘炭火才生；那上下有幾張虎皮搭苫漆交椅，軟温温紙窗鋪設。

四壁上挂幾軸名公古畫，却是那：七賢過關，寒江獨釣，迭嶂層巒團雪景，蘇武餐氈，折梅逢使，瓊林玉樹寫寒文。說不盡那：家近水亭魚易買，雪迷山徑酒難沽。真個可堪容膝處，算來何用訪蓬壺？

衆人觀玩良久，就于雪洞裏坐下，對鄰叟道取經之事。又捧香茶飲畢。陳老問：「列位老爺，可飲酒麽？」三藏道：「貧僧不飲，小徒略飲幾杯素酒。」陳老大喜，即命：「取素果品，炖暖酒，與列位蕩寒。」那僮僕即抬桌圍爐，與兩個鄰叟，各飲了幾杯，收了傢火。

不覺天色將晚，又仍請到廳上晚齋。祇聽得街上行人都說：「好冷天啊！把通天河凍住了！」三藏聞言道：「悟空，凍住河，我們怎生是好？」陳老道：「乍寒乍冷，想是近河邊淺水處凍結。」那行人道：「把八百里都凍的似鏡面一般，路口上有人走哩！」三藏聽說有人走，就要去看。陳老道：「老爺莫忙。今日晚了，明日去看。」遂此別却鄰叟。又晚齋畢，依然歇在厢房。

及次日天曉，八戒起來道：「師兄，今夜更冷，想必河凍住也。」三藏迎着門，朝天禮拜道：「衆位護教大神，弟子一向西來，虔心拜佛，苦歷山川，更無一聲報怨；今至于此，感得皇天祐助，結凍河水，弟子空心權謝，待得經回，奏上唐皇，竭誠酬答。」禮拜畢，遂教悟净備馬，趁冰過河。陳老又道：「莫忙，待幾日雪融冰解，老拙這裏辦船相送。」沙僧道：「就行也不是話，再住也不是話。口說無憑，耳聞不如眼見。我備了馬，且請師父親去看看。」陳老道：「言之有理。」教：「小的們，快去備我們六匹馬來！且莫備唐僧老爺馬。」

就有六個小價跟隨。一行人徑往河邊來看，真個是：

雪積如山聳，雲收破曉晴。寒凝楚塞千峰瘦，冰結江湖一片平。朔風凛凛，滑凍棱棱。池魚偎密藻，野鳥戀枯槎。塞外徵夫俱墮指，江頭梢子亂敲牙。裂蛇腹，斷鳥足，果然冰山千百尺。萬壑冷浮銀，一川寒浸玉。東方自信出僵蠶，北地果然有鼠窟。王祥卧，光武渡，一夜溪橋連底固。曲沼結棱層，深淵重迭冱。通天闊水更無波，皎潔冰漫如陸路。

三藏與一行人到了河邊，勒馬觀看，真個那路口上有人行走。三藏問道：「施主，那些人上冰往那裏去？」陳老道：「河那邊乃西梁女國。這起人都是做買賣的。我這邊百錢之物，到那邊可值萬錢；那邊百錢之物，到這邊亦可值萬錢。利重本輕，所以人不顧生死而去。常年家有五七人一船，或十數人一船，飄洋而過。見如今河道凍住，故捨命而步行也。」三藏道：「世間事惟名利最重。似他爲利的，捨死忘生；我弟子奉旨全忠，也只是爲名，與他能差幾何！」教：「悟空，快回施主家，收拾行囊，叩備馬匹，趁此層冰，早奔西方去也。」行者笑吟吟答應。

沙僧道：「師父啊，常言道：『千日吃了千升米。』今已託賴陳府上，且再住幾日，待天晴化凍，辦船而過。忙中恐有錯也。」三藏道：「悟净，怎麽這等愚見！若是正二月，一日暖似一日，可以待得凍解。此時乃八月，一日冷似一日，如何可便望解凍！却不又誤了半載行程？」

八戒跳下馬來：「你們且休講閑口，等老猪試看有多少厚薄。」行者道：「呆子，前夜試水，能去拋石；如今冰凍重漫，怎生試得？」八戒道：「師兄不知。等我舉釘鈀築他一下。假若築破，就是冰薄，且不敢行；若築不動，便是冰厚，如何不行？」三藏道：「正是，說得有理。」那呆子撩衣拽步，走上河邊，雙手舉鈀，盡力一築，祇聽

撲的一聲，築了九個白跡，手也振得生疼。呆子笑道：『去得！去得！連底都錮住了。』

三藏聞言，十分歡喜，與衆同回陳家。衹教收拾走路。那兩個老者苦留不住，只得安排些乾糧烘炒，做些燒餅饃饃相送。一家子磕頭禮拜，又捧出一盤子散碎金銀，跪在面前道：『多蒙老爺活子之恩，聊表途中一飯之敬。』三藏擺手搖頭，只是不受道：『貧僧出家人，財帛何用？就途中也不敢取出。只是以化齋度日爲正事。收了乾糧足矣。』二老又再三央求，行者用指尖兒捻了一小塊，約有四五錢重，遞與唐僧道：『師父，也衹當些襯錢，莫教空負二老之意。』

遂此相向而別。徑至河邊冰上，那馬蹄滑了一滑，險些兒把三藏跌下馬來。沙僧道：『師父，難行！』八戒道：『且住！問陳老官討個稻草來我用。』行者道：『要稻草何用？』八戒道：『你那裏得知？要稻草包着馬蹄方纔不滑，免教跌下師父來也。』陳老在岸上聽言，急命人家中取一束稻草，却請唐僧上岸下馬。八戒將草包裹馬足，然後踏冰而行。

別陳老，離河邊，行有三四里遠近，八戒把九環錫杖遞與唐僧道：『師父，你横此在馬上。』行者道：『這呆子奸詐！錫杖原是你挑的，如何又叫師父拿着？』八戒道：『你不曾走過冰凌，不曉得；凡是冰凍之上，必有凌眼；倘或躧着凌眼，脱將下去，若没横擔之物，骨都的落水，就如一個大鍋蓋蓋住，如何鑽得上來！須是如此架住方可。』行者暗笑道：『這呆子倒是個積年走冰的！』果然都依了他。長老横擔着錫杖，行者横擔着鐵棒，沙僧横擔着降妖寶杖，八戒肩挑着行李，腰横着釘鈀，師徒們放心前進。這一直行到天晚，吃了些乾糧，却又不敢久停，對着星月光華，映的冰凍上，亮灼灼、白茫茫，衹情奔走，果然是馬不停蹄。師徒們莫能合眼，走了一夜。天明又吃些乾糧，望西又進。

正行時，衹聽得冰底下撲喇喇一聲響亮，險些兒唬倒了白馬。三藏大驚道：『徒弟呀！怎麽這般響亮？』八戒道：『這河忒也凍得結實，地凌響了。或者這半中間連底通錮住了也。』三藏聞言，又驚又喜，策馬前進，趲行不題。

却説那妖邪自從回歸水府，引衆精在于冰下。等候多時，衹聽得馬蹄響處，他在底下弄個神通，滑喇的迸開冰凍，慌得孫大聖跳上空中。早把那白馬落于水内，三人盡皆脱下。

那妖邪將三藏捉住，引群精徑回水府。厲聲高叫：『鱖妹何在？』老鱖婆迎門施禮道：『大王，不敢！不敢！』妖邪道：『賢妹何出此言！「一言既出，駟馬難追。」原説聽從汝計，捉了唐僧，與你拜爲兄妹。今日果成妙計，捉了唐僧，就好昧了前言？』教：『小的們，抬過案桌，磨快刀來，把這和尚剖腹剜心，剥皮剮肉；一壁廂響動樂器，與賢妹共而食之，延壽長生也。』鱖婆道：『大王，且休吃他，恐他徒弟們尋來吵鬧。且寧耐兩日，讓那厮不來尋，然後剖開，請大王上坐，衆眷族環列，吹彈歌舞，奉上大王，從容自在享用，却不好也？』那怪依言，把唐僧藏于宫後，使一個六尺長的石匣，蓋在中間不題。

却説八戒、沙僧，在水裏撈着行囊，放在白馬身上馱了。分開水路，湧浪翻波，負水而出。衹見行者在半空中看見，問道：『師父何在？』八戒道：『師父姓「陳」，名「到底」了。如今没處找尋，且上岸再作區處。』原來八戒本是天蓬元帥臨凡，他當年掌管天河八萬水兵大衆；沙和尚是流沙河内出身；白馬本是西海龍孫：故此能知水性。大聖在空中指引。須臾，回轉東崖，曬刷了馬匹，紾掠了衣裳，大聖雲頭按落，一同到于陳家莊上。

早有人報與二老道：『四個取經的老爺，如今衹剩了三個來也。』兄弟即忙接出門外，果見衣裳還濕，道：『老爺們，我等那般苦留，却不肯住，衹要這樣方休。——怎麽不見三藏老爺？』八戒道：『不叫做三藏了，改名叫做「陳到底」也。』二老垂泪道：『可憐！可憐！我説等雪融備船相送，堅執不從，致令喪了性命！』行者道：『老兒，莫替古人耽憂。我師父管他不死長命。老孫知道，決然是那靈感大王弄法算計去了。你且放心，與我們漿漿衣服，曬曬關文，取草料餵着白馬，等我弟兄尋着那厮，救出師父，索性剪草除根，替你一莊人除了後患，庶幾永得安生也。』

行者依言，還未坐下，又見那善財童子上前施禮道：『孫大聖，前蒙盛意，幸菩薩不弃收留，早晚不離左右，專侍蓮臺之下，甚得善慈。』行者知是紅孩兒，笑道：『你那時節魔業迷心，今朝得成正果，才知老孫是好人也。』

行者久等不見，心焦道：『列位與我傳報一聲，若遲了，恐傷吾師之命。』諸天道：『不敢報。菩薩吩咐，衹等他自出來哩。』行者性急，那裏等得，急縱身往裏便走。噫！

這個美猴王，性急能鵲薄。諸天留不住，要往裏邊躍。拽步入深林，睜眼偷覷着。遠觀救苦尊，盤坐襯殘箬。懶散怕梳妝，容顏多綽約。散挽一窩絲，未曾戴纓絡。不挂素藍袍，貼身小襖縛。漫腰束錦裙，赤了一雙脚。披肩綉帶無，精光兩臂膊。玉手執鋼刀，正把竹皮削。

行者見了，忍不住厲聲高叫道：『菩薩，弟子孫悟空志心朝禮。』菩薩教：『外面俟候。』行者叩頭道：『菩薩，我師父有難，特來拜問通天河妖怪根源。』菩薩道：『你且出去，待我出來。』行者不敢强，只得走出竹林，對衆諸天道：『菩薩今日又重置家事哩。怎麽不坐蓮臺，不妝飾，不喜歡，在林裏削篾做甚？』諸天道：『我等却不知。今早出洞，未曾妝束，就入林中去了。又教我等在此接候大聖，必然爲大聖有事。』行者没奈何，只得等候。

不多時，衹見菩薩手提一個紫竹籃兒出林，道：『悟空，我與你救唐僧去來。』行者慌忙跪下道：『弟子不敢催促，且請菩薩着衣登座。』菩薩道：『不消着衣，就此去也。』那菩薩撇下諸天，縱祥雲騰空而去。孫大聖只得相隨。頃刻間，到了通天河界。八戒與沙僧看見道：『師兄性急，不知在南海怎麽亂嚷亂叫，把一個未梳妝的菩薩逼將來也。』說不了，到于河岸。二人下拜道：『菩薩，我等擅幹，有罪！有罪！』菩薩即解下一根束襖的絲縧，將籃兒拴定，提着絲縧，半踏雲彩，抛在河中，往上溜頭扯着，口念頌子道：『死的去，活的住！死的去，活的住！』念了七遍，提起籃兒，但見那籃裏亮灼灼一尾金魚，還斬眼動鱗。菩薩叫：『悟空，快下水救你師父耶。』行者道：『未曾拿住妖邪，如何救得師父？』菩薩道：『這籃兒裏不是？』八戒與沙僧拜問道：『這魚兒怎生有那等手段？』菩薩道：『他本是我蓮花池裏養大的金魚。每日浮頭聽經，修成手段。那一柄九瓣銅錘，乃是一枝未開的菡萏，被他運煉成兵。不知是那一日，海潮泛漲，走到此間。我今早扶欄看花，却不見這廝出拜。掐指巡紋，算着他在此成精，害你師父，故此未及梳妝，運神功，織個竹籃兒擒他。』

行者道：『菩薩，既然如此，且待片時，我等叫陳家莊衆信人等，看看菩薩的金面：一則留恩，二來說此收怪之事，好教凡人信心供養。』菩薩道：『也罷，你快去叫來。』那八戒與沙僧，一齊飛跑至莊前，高呼道：『都來看活觀音菩薩！都來看活觀音菩薩！』一莊老幼男女，都向河邊，也不顧泥水，都跪在裏面，磕頭禮拜。內中有善圖畫者，傳下影神，這才是魚籃觀音現身。當時菩薩就歸南海。

八戒與沙僧，分開水道，徑往那水黿之第，找尋師父。原來那裏邊水怪魚精，盡皆死爛。却入后宮，揭開石匣，馱着唐僧，出離波津，與衆相見。那陳清兄弟，叩頭稱謝道：『老爺不依小人勸留，致令如此受苦。』行者道：『不消説了。你們這裏人家，下年再不用祭賽。那大王已此除根，永無傷害。陳老兒，如今才好累你，快尋一隻船兒，送我們過河去也。』那陳清道：『有，有，有！』就教解板打船。衆莊客聞得此言，無不喜捨。那個道，我買桅篷；這個道，我辦篙槳。有的說，我出繩索；有的說，我雇水手。

正都在河邊上吵鬧，忽聽得河中間高叫：『孫大聖不要打船，花費人家財物。我送你師徒們過去。』衆人聽説，個個心驚，膽小的走了回家，膽大的戰兢兢貪看。須臾，那水裏鑽出一個怪來。你道怎生模樣：

方頭神物非凡品，九助靈機號水仙。曳尾能延千紀壽，潜身静隱百川淵。翻波跳浪沖江岸，向日朝風卧海邊。養氣含靈真有道，多年粉蓋癩頭黿。

那老黿又叫：『大聖，不要打船，我送你師徒過去。』行者輪着鐵棒道：『我把你這個孽畜！若到邊前，這一棒就打死你！』老黿道：『我感大聖之恩，情願辦好心送你師徒，你怎麽反要打我？』行者道：『與你有甚恩惠？』

老黿道：『大聖，你不知這底下水黿之第，乃是我的住宅。自歷代以來，祖上傳留到我。我因省悟本根，養成靈氣，在此處修行，被我將祖居翻蓋了一遍，立做一個水黿之第。那妖邪乃九年前海嘯波翻，他趕潮頭，來于此處，仗逞兇頑，與我爭鬥，被他傷了我許多兒女，奪了我許多眷族。我鬥他不過，將巢穴白白的被他佔了。今蒙大聖至此搭救唐師父，請了觀音菩薩掃淨妖氛，收去怪物，將第宅還歸于我，我如今團團老小，再不須挨土幫泥，得居舊捨。此恩重若丘山，深如大海。——且不但我等蒙惠，祇這一莊上人，免得年年祭賽，全了多少人家兒女，此誠所謂「一舉而兩得」之恩也！敢不報答？』

行者聞言，心中暗喜，收了鐵棒道：『你端的是真實之情麼？』老黿道：『因大聖恩德洪深，怎敢虛謬？』行者道：『既是真情，你朝天賭咒。』那老黿張着紅口，朝天發誓道：『我若真情不送唐僧過此通天河，將身化爲血水！』行者笑道：『你上來，你上來。』老黿却纔負近岸邊，將身一縱，爬上河崖。衆人近前觀看，有四丈圍圓的一個大白蓋。行者道：『師父，我們上他身，渡過去也。』三藏道：『徒弟呀，那層冰厚凍，尚且邅迍，況此黿背，恐不穩便。』老黿道：『師父放心。我比那層冰厚凍，穩得緊哩。但歪一歪，不成功果！』行者道：『師父啊，凡諸衆生，會説人話，決不打誑語。』教：『兄弟們，快牽馬來。』

到了河邊，陳家莊老幼男女，一齊來拜送。行者教把馬牽在白黿蓋上，請唐僧站在馬的頸項左邊，沙僧站在右邊，八戒站在馬後，行者站在馬前，又恐那黿無禮，解下虎筋絛子，穿在老黿的鼻之内，扯起來，像一條繮繩，却使一隻脚踏在蓋上，一隻脚登在頭上，一隻手執着鐵棒，一隻手扯着繮繩，叫道：『老黿，慢慢走啊。歪一歪兒，就照頭一下！』老黿道：『不敢！不敢！』他却蹬開四足，踏水面如行平地。衆人都在岸上，焚香叩頭，都念『南無阿彌陀佛』。這正是真羅漢臨凡，活菩薩出現。衆人衹拜的望不見形影方回，不題。

却説那師父駕着白黿，那消一日，行過了八百里通天河界，乾手乾脚的登岸。三藏上崖，合手稱謝道：『老

黿累你，無物可贈，待我取經回謝你罷。』老黿道：『不勞師父賜謝。我聞得西天佛祖無滅無生，能知過去未來之事。我在此間，整修行了一千三百餘年，雖然延壽身輕，會説人語，只是難脱本殼。萬望老師父到西天與我問佛祖一聲，看我幾時得脱本殼，可得一個人身。』三藏響允道：『我問，我問。』那老黿才淬水中去了。行者遂伏侍唐僧上馬。八戒挑着行囊，沙僧跟隨左右。師徒們找大路，一直奔西。這的是：

聖僧奉旨拜彌陀，水遠山遥災難多。意志心誠不懼死，白黿馱渡過天河。

畢竟不知此後還有多少路程，還有甚麼凶吉，且聽下回分解。

總評：

你看老黿修了一千三百餘年，尚且不得人身，人身如此難得，緣何今人把這身子不作一錢看待？真可爲之痛哭流涕。語曰：『一失足時千古恨，再回頭是百年身。』警省，警省。